Le jour de notre réveil

Auto-édition (Tressange - France)

© Couverture et mise en page : **Caroline Léger**
© Carte : **Valérian Denis**
© Illustration intérieure (page 10) : **Fabien Briere**
© Suivi éditorial : **Marine Gautier**

ISBN : 978-2-9596292-7-3
Dépôt légal : février 2026

Charlotte Benoit

Le jour de notre réveil

onidra.fr

Prologue
Nicolò

11 juin 2029

J'ai passé des semaines à chercher le cadeau parfait, *mio amore.* Rien ne me paraissait à la hauteur de l'événement, même le collier déniché dans une brocante. Jusqu'à ce qu'enfin l'insomnie m'apporte l'illumination, à la veille de notre cryo. Je vais te raconter nos grands moments de mon point de vue, quand le destin m'a amené à te choisir et qui répondent à cette question que tu te poses en boucle : pourquoi mettre ma vie en pause pour te suivre dans ton exil imposé ?

Douze dates-clés, comme ton chiffre préféré. OK. Je l'avoue, le temps file, donc je fais court. Il est cinq heures du mat' déjà. Ça nous laissera l'occasion de remplir les pages qui restent à notre réveil.

Du coup, j'ai fouillé dans tes fournitures scolaires (tu m'en voudras pas j'espère ?). Ce cahier d'écolier à gros carreaux ne manquera à personne.

Avec la lampe-torche de mon téléphone, je me lance. Le 9 juillet 2026 sera la première étape : quand t'as passé la porte du resto où je bossais et t'as tout chamboulé. Mon cœur s'est emballé aussi vite que le réchauffement climatique !

Ça a continué les mois suivants. Non pas à cause du *Big Hot.*

Mais parce que je me consumais pour toi en silence, *mio amore*. Il n'aurait pas fallu grand-chose pour qu'on se loupe lors de la canicule de 2027. Tu te rappelles : les maladies, la météo déglinguée durant trois saisons, les deux tiers des terres émergées déclarées invivables… Pendant que la température moyenne augmentait de deux degrés ce printemps-là, je cherchais juste une solution pour que tu poses tes yeux de princesse sur moi.

On s'est aimé au milieu de l'apocalypse alors que les experts à la télé s'accordaient sur un seul point : la situation ne s'améliorerait pas de sitôt. Tellement de moments magiques à raconter. Trop.

Courant 2028, en France, sous l'influence de ce doux taré de Léonard de la Fuselière, une tendance s'est développée parmi l'élite : la cryogénisation. Le milliardaire croyait en un acte altruiste (genre libérer la planète malade de la présence néfaste des humains). D'autres abordaient la question d'un point de vue très pragmatique (une chance de survie dans ce monde en perdition). Peu importe qui avait raison, ça change pas grand-chose, tes parents t'ont laissé zéro choix. Et, pour s'assurer que tu obéisses, ils m'ont ajouté au package.

La revue le vendait bien quand on nous l'a expliqué, avec Léo en mode messie sauveur sur la couverture. On profite de la formule de luxe : un centre ultra-sécurisé de Nancy en Lorraine. Un bâtiment censé être à l'abri des cataclysmes d'après la brochure. Ce sera que nous. Ton père et ta mère ont reporté. La firme Beck passe en premier, comme toujours. Ils devraient nous rejoindre dans quelques semaines. Enfin, vu le bordel que c'est dehors… Bah… On avisera !

Cazzo ! La trotteuse galope sur ton coucou vintage. Je dois speeder pour coucher mes souvenirs sur le papier et glisser ce cahier dans ton unité cryo. On le lira le jour de notre réveil pour rire du passé.

Car je te promets, *mio amore* : notre histoire ne fait que commencer.

Je t'aime.

Nicolò

PS : je te donnerai quand même le collier à ton réveil, te bile pas !
PS2 : je t'ai dit que je t'aimais ?

Chapitre 1
Réveil chez les insectes
Léa

Quand je me réveille, une étrange impression de déjà-vu m'oppresse, et je lutte pour gonfler mes poumons. Mes sens aussi paralysés que l'est mon corps semblent comme enfermés dans une coquille, incapables de voir, de sentir, d'entendre. Mes doigts sont les premiers à toucher quelque chose, à palper un tissu doux et froid. Ensuite, mon odorat se remet à fonctionner et ça pue… C'est affreux, je ne peux même pas me protéger le nez, trop faible pour lever le bras, obligée de respirer sans broncher un mélange de formol et de merde assez délicat à décrire.

Finalement, je perçois une voix. Masculine sans aucun doute. J'ignore depuis quand cet homme parle, à moins que mes oreilles ne redécouvrent que maintenant comment transmettre les sons. Son débit est très rapide, avec un accent chantant qui rend la compréhension difficile. Il me rappelle les gens du sud de la France à l'époque où nous partions en vacances à Nice, avec cette intonation qui ne m'était pas familière.

— Moi, tout ce que je peux te dire, c'est ce qui y a de marqué sur le registre : quatre cercueils ont été commandés et payés par la Docteur Amanda Beck. J'ai sorti les papiers… On a récupéré que les factures, pas les listes des cryos. Ils tenaient à leur anonymat, ces richards. Tout ce qui reste, ce sont ces numéros. Regarde : 20290611-32-A. Et là. Ça correspond, y a pas de lézard.

Quand il réussit à en placer une, l'autre lui répond avec une économie de mots. Il s'exprime d'une voix grave et éraillée, comme quelqu'un qui fume trop. Cet homme, que j'ai commencé à appeler le Rocailleux, me fait penser à un officiel, un policier ou un militaire haut gradé, quelqu'un habitué à asséner des ordres brefs et précis.

– Les identifiants se falsifient, remarque-t-il.

Une supposition très vite démentie par le premier, le Chantant :

– Pas pour toi, Général. Je ne dis pas que c'est exclu, faut bien gagner sa croûte et on ne crache pas sur un extra. Mais on tient à notre réputation, tu comprends. Les gens engagent les Bugs pour avoir des infos pré *Big Hot*. Si ce qu'on refile est pas fiable, et qu'ils nous demandent plus rien, qu'est-ce qu'on vendra ?

Cette phrase anodine amène une foultitude de questions concernant l'année dans laquelle je débarque, pour qu'il soit devenu si difficile de retrouver des données sur mon époque. Heureusement, mon corps est encore trop insensible pour avoir une quelconque réaction à la panique que je sens venir sinon je serais en train de trembler comme une feuille.

– Vous trouverez, remarque le Rocailleux.

– Oué, sans doute. T'as raison, ma foi. On ne s'appelle pas les Bugs pour rien ! Ce sont les insectes qui survivent quand y a une catastrophe. On est aussi résistant que ces saloperies de cafards qui grouillent dans les villes et bouffent les cadavres.

– Je cherche un médecin, pas une gamine !

– Quand bien même ce serait une putain de plante verte, s'agace le Chantant. Moi, je t'ai dit que je savais où traînaient des cercueils payés par une doctoresse. Une sacrée pointure, en plus ! D'après les archives de Wikipédia, les laboratoires Beck commercialisaient un tas de cochonneries de médocs, ils pesaient trois milliards de dollars avant que leur siège social n'explose fin 2029.

Notre tour de La Défense a été réduite en miettes, cette information s'insinue à travers mes neurones amorphes qui s'évertuent à créer des connexions. Ainsi, mes parents seraient… Leurs visages me reviennent en mémoire, ma mère, tel un glaçon blond engoncé dans ses robes sombres et mon père à la peau d'ébène, l'esprit perdu dans les recherches. Je tente de me rattacher à l'espoir bien maigre que le roi et la reine de la pharmacologie dormaient déjà, une utopie qui ne tiendra pas longtemps face à la dévotion qu'ils portaient à leur travail et pour lequel ils auraient été prêts à sacrifier leur vie.

— J'ai vérifié, glousse le Chantant. Depuis que j'ai découvert qu'ils disaient docteur pour un prof d'archéo. Oué, il n'était vraiment pas content le client cette fois-là… Entre nous, je le comprends, mais on effectue aucun remboursement. Pas de réclamations ! Pour personne ! T'as intérêt à me filer les diamants, dix comme prévu, aussi purs que d'habitude, car tu voudrais pas avoir un souci avec les Bugs, Général ? Ce serait pas bon que d'autres que nous sachent que t'es dans les parages…

— Je n'aime pas ce ton.

— Faudra s'en accommoder, c'est le seul que j'ai. Ta commande est honorée. Maintenant, tu paies et tu te casses. Si tu refuses la gamine, on lui trouvera une occupation. Elle est jeune et jolie. Une métisse de seize ans, ça plaît toujours.

— Vous la revendrez à un gros porc.

Je dois réagir, ils débattent de mon futur. Je… je suis réduite à écouter ces inconnus décider de mon sort comme si je n'étais qu'un objet, toute l'histoire de ma vie. Le Chantant reconnaît avec légèreté :

— En quoi ça te regarde ? Ce n'est pas ta môme. Dommage que ce ne soit pas une doc, quand même… Les vrais, ça a la cote sur le marché. Ceux du coin, ils réussissent à peine à t'ôter un appendice sans te faire crever. On était moins cons jadis… on maîtrisait des trucs qui sauvaient la peau, transplanter des cœurs, greffer des visages...

— Tu as mentionné quatre cercueils ?

— C'est qu'on ne l'embrouille pas comme ça, notre Général ! s'amuse le Chantant. Oué, t'as bien suivi, la facture parle de quatre unités achetées par la doctoresse. Seulement deux ont été activées. Regarde, c'est clair sur le papier ! Mes Bugs ont trouvé que la donzelle, aucune idée où est le second. Enfin, tu sais ce que le Grand-Duché a fabriqué avec ses cryos…

Les implications me dépassent… Cela signifie que… Impossible ! Et mon corps apathique qui n'arrive à rien faire d'autre que de continuer à écouter.

— Je l'emmène.

Un bruit de cailloux me parvient, ténu, derrière le ricanement satisfait du Chantant qui manifeste une joie malsaine :

— Parfait, affaire conclue. Merci… Ils sont magnifiques ! Tiens, je t'ai préparé un p'tit extra, du tabac premier choix ! Les Bugs restent à ton service ! Je t'enverrai un message à l'endroit habituel si je déniche quelque chose d'utile. Mais faut pas espérer du doc de sitôt. Il pourrait se passer des années avant qu'on dégotte une nouvelle liste. Plus que tu peux te le permettre, je crois bien. C'était un plaisir, Mon Général. Si on n'a pas l'occasion de se revoir…

« Aucune idée où est le second », cette phrase anodine m'obsède et me terrifie. Mon audition s'affine et d'autres sons affluent au-delà de la respiration sifflante du Rocailleux : les crissements d'un roulement de pneus, le jappement d'un chien et, aussi étonnant soit-il, les notes d'un piano. Le nom de l'artiste m'échappe. Je ne me souviens pas. Pourtant, je connais ce morceau que quelqu'un jouait sur le grand instrument à queue de mon salon. Je l'écoutais… avec Nicolò.

— Je ne suis pas encore mort ! se défend le Rocailleux.

Des flashs du passé m'apparaissent : une veste de cuisine, un banc derrière le lycée, une voiture bleue, un couteau argenté, un plan de travail en marbre, des yeux bruns…

— Et je m'en réjouis. Ce serait dommage que ces diams qui

te restent ne soient jamais dépensés. D'ailleurs, quand ton heure viendra, ne m'oublie pas. T'en auras pas besoin là où tu vas... Allez ! Inutile de me trucider avec un air menaçant, j'espère que ce sera dans de nombreuses années malgré cette merde. Juste que, tu comprends, j'ai une famille de bébés cafards à nourrir. C'est que ça bouffe, les mioches !

Mes souvenirs se focalisent sur un jeune homme de mon âge, typé méditerranéen : sa peau bronzée, son regard pétillant, son sourire contagieux, ses longs cils noirs, ses joues qui grattent où de rares poils tentent de pousser, ses cheveux foncés, son demi-chignon en contraste avec son crâne rasé, ses bracelets qui cliquettent, ses doigts délicats...

— Dégage avant que je ne te botte les fesses.

— Alors, disons-nous au revoir et à bientôt, l'ami !

Nicolò n'est pas avec moi ? Pendant une seconde, j'oublie jusqu'à mon identité, submergée par les milliers de stimuli que mes sens réveillés me transmettent. Je me cambre, accrochée aux fins bords métalliques de l'unité de confinement cryo, ou UCC comme l'appelait le gentil commercial qui m'avait présenté le modèle, et qui m'avait expliqué que chacune était équipée d'une pile nucléaire qui lui offrait une autonomie de dix mille ans en cas de coupure de courant.

Je vois avec une précision chirurgicale la boue qui macule la bâche protégeant la coque blanche de l'UCC posée sur une planche, à même le béton brut humide du sol, chacune des vingt-trois caisses rectangulaires rangées sans aucun ordre apparent dans la vieille grange, les deux tuiles manquantes, tout là-haut, au sommet de la massive charpente de bois, jonchée de toiles d'araignées. Le cahier de Nicolò ! Je m'arrache les phalanges à récupérer son cadeau à couverture bleue caché sous mon oreiller. Au-delà des souvenirs embrumés, cela pourrait être l'unique lien qu'il me reste avec celui qui détient mon cœur.

– Ça va aller, gamine…

Accroupi à côté de moi, le Rocailleux me soutient, il sent le tabac, la transpiration et le feu. Pour m'éviter de tomber, il me serre avec un mélange de force et de respect entre ses mitaines en cuir dont dépassent des doigts calleux aux ongles sales. Je pleure de longues minutes dans ces bras qui me rappellent ceux de mon père, et qui auraient dû être les siens mais qui ne se révéleraient qu'au mieux ceux de la gouvernante quand bien même il vivrait.

Quand mes larmes finissent par se tarir, le Rocailleux m'aide à m'asseoir et m'appuie contre la paroi opposée de l'UCC. À cet instant, je n'aurais jamais imaginé qu'il n'a qu'à peine cinquante ans avec son allure négligée, des yeux marron tristes, une large barbe brune emmêlée sur des joues burinées et sa tignasse qui sort en franges disparates d'un chapeau de cow-boy.

– Respire, m'ordonne-t-il.

Le conseil pourrait lui être adressé, car il se relève dans une toux rauque pour ôter sa veste paramilitaire. Sa grosse parka poussiéreuse aux multiples poches pèse une tonne sur mes épaules nues. Je me rends compte que je tremble et je me blottis sous cette source de chaleur inespérée, les jambes ramenées contre ma poitrine.

Il faut dire que l'endroit est ouvert à tous les vents et les trous de la toiture ne sont pas les seuls passages par lesquels s'introduisent les courants d'air. Des trois fenêtres basses aménagées dans le massif mur de pierre, deux ont un carreau brisé, et la double-porte donne sur une cour de ferme boueuse.

Je repose mon attention sur mon sauveur. Est-il digne de confiance ? Des centaines de questions tourbillonnent dans mon esprit fatigué incapable d'en formuler une cohérente. Le Rocailleux est grand, au moins un mètre quatre-vingt-dix. Maintenant qu'il a ôté sa veste, un tee-shirt noir moulant ne cache rien de sa musculature. Le pantalon en toile solide est enfilé dans des bottes tactiques, recouvertes de guêtres en peau fermées sur l'extérieur par deux boucles dorées. Quant à moi, je ne porte que des sous-vêtements en coton blanc dévoilant mes jambes décharnées au teint cadavérique.

— Les Bugs t'ont préparé des fringues.

Après avoir ramassé un tas disparate avec une moue désapprobatrice, il dépose les affaires à côté de moi en haussant les épaules. Pour m'offrir un peu d'intimité, il s'assoit sur une des caisses, face à l'entrée, dos tourné. Il tousse de nouveau, et commence à se rouler une cigarette avec du tabac qu'il sort d'une boîte de métal gris.

Mon corps, trop affaibli par ma longue nuit, refuse de produire une seule larme supplémentaire. Ne subsistent que le manque et une boule qui me tord l'estomac.

Dans la cour, un garçon marche aux côtés d'un âne qui tire une charrette remplie de bottes de foin. Lorsqu'ils repassent sans chargement, je décide qu'il est temps que je tente de m'habiller pour m'éloigner des Bugs. Si le Chantant changeait d'avis et revenait me réclamer pour ses clients douteux… Je serre les mains autour de mon ventre en repensant aux odieuses insinuations, le Rocailleux paraît être le moindre mal en l'absence de Nicolò.

Non ! Je m'interdis de songer à lui. Je ne dois même pas évoquer son prénom ou je risque de m'écrouler. Partir d'ici devient mon unique priorité. Une fois en sécurité, je m'autoriserai à pleurer, ou plutôt à réfléchir à un moyen de le retrouver car toute autre perspective m'est inimaginable.

Mes tremblements rendent mes gestes maladroits. Je m'y reprends à trois fois pour réussir à fermer le bouton du jean effiloché, couchée au fond de l'UCC à me tortiller comme un ver de terre. La chemise d'homme à rayures brunes résiste à s'ouvrir et j'abandonne. Je me contente de l'enfiler tel un tee-shirt. Quant aux baskets blanches éculées, elles sont bien trop grandes, tout comme la veste de k-way bleu criard.

Quand j'essaie de me lever, mes jambes refusent de me porter.

Zut ! Alerté par le choc sourd lorsque je retombe au fond du caisson, le Rocailleux lâche sa cigarette, qui rejoint d'autres mégots à terre, et vient m'offrir son aide.

— Calme, m'ordonne-t-il dans un souffle chargé de nicotine. Tu penses être capable de monter à cheval ?

Bien sûr ! Vers mes dix ans, ma période poney m'a amenée à passer mes samedis au centre équestre et j'ai continué à conserver un intérêt pour l'équitation entre deux passions nouvelles. Ma gorge en feu m'empêche de formuler autre chose qu'un murmure indistinct. Il prend ça pour un acquiescement et m'explique :

— Je connais un endroit sûr à une vingtaine de bornes d'ici. On pourrait y arriver avant la nuit si on part maintenant.

J'approuve de la tête à ce qui doit être sa plus longue intervention depuis mon réveil. Il récupère sa veste que j'ai pliée de côté et la remet, sans jamais me lâcher. Accrochée à sa ceinture, je sens une masse métallique et dure fixée au niveau de sa hanche : il est armé. Je décale ma main vers ses reins et, malgré ma phobie de la violence, n'ose aucun commentaire, pas très disposée à froisser la seule personne qui peut m'éloigner des Bugs. Ma situation précaire m'oblige à aborder un problème à la fois.

Cahin-caha, nous sortons. Il fait beau, même si des flaques éparses prouvent qu'il a plu il y a peu. Le soleil brille haut dans le ciel dépourvu de nuages et chauffe la terre rouge de ses rayons impitoyables. Est-ce que ce serait l'été ? Pourtant, moi, j'ai toujours froid.

Comme je l'avais deviné, nous nous trouvons dans une ferme entourée d'une barrière blanche, au milieu d'une forêt luxuriante. Construite avec les mêmes pierres écrues, une seconde grange, fermée, se dresse face à nous. Celle sur la droite est occupée par des vaches, de grosses bêtes à taches brunes qui mâchouillent du foin et dégagent cette odeur doucereuse de fumier qui avait frappé mes narines à mon réveil.

Deux chevaux nous attendent, attachés à des anneaux encastrés à côté de la porte. Le premier est un alezan brûlé, un demi-trait avec une encolure puissante et des sabots recouverts de poils, qui porte de larges fontes sur sa croupe. Je ne remarque la jument morelle derrière lui que quand elle se décale pour saluer son maître d'un bref hennissement, les oreilles redressées, le museau en avant. Un arc est glissé dans un fourreau, sous la sangle de la selle western en cuir noir et argent.

— Mais oui, Darling, murmure le Rocailleux à la fringante monture dont il frotte le chanfrein. On y va.

Dans une des sacoches, il range la boîte qui contient le tabac et mon cahier. Il récupère une vieille casquette et des guêtres élimées. Cet étrange inconnu me prépare comme une poupée, et me fait la courte échelle pour que je puisse atteindre mon perchoir, une selle classique dont l'assise lustrée prouve qu'elle a déjà accueilli nombre de fessiers. Il termine en ajustant mes étriers et me tend les rênes reliées par un gros nœud.

Mon cheval est au moins deux fois plus haut que la ponette que je montais régulièrement et si large que j'ai l'impression d'effectuer un grand écart. L'avantage, c'est que je suis bien calée et l'animal semble calme. Il n'a même pas moufté quand je me suis écrasée sur son dos, surprise par la facilité avec laquelle le Rocailleux m'a portée. Lui se hisse avec la grâce de l'habitude sur sa jument élancée qui n'attend pas qu'il soit installé pour se mettre à trottiner. Force tranquille, le mien s'ébranle dans un prudent demi-tour en quatre temps.

La route qui part de la ferme a été goudronnée autrefois, mais elle n'est plus entretenue depuis des années. Une voiture aurait toutes les difficultés du monde à progresser au milieu des ornières, des racines qui ont soulevé le macadam et des arbres qui poussent dans chaque centimètre carré de terre grappillé par l'empreinte de l'homme. Nous suivons la voie communale sur environ deux kilomètres avant de rejoindre une départementale réduite à un simple chemin perdu dans les feuilles.

Même si nous chevauchons sur le bas-côté, les branches basses nous obligent à louvoyer entre les bosquets squatteurs. Par deux fois, des bruits dans les fourrés amènent le Rocailleux à poser sa paume droite contre sa ceinture, juste au-dessus de la crosse de l'arme dissimulée sous son manteau. Une précaution inutile, car les êtres vivants que nous croisons ne nous veulent pas de mal : ce sont des biches qui demeurent à prudente distance, la tête figée en notre direction, prêtes à décamper au moindre mouvement, et une harde de sangliers dérangée en plein sommeil.

Je me laisse mener sans réfléchir et cela me convient. L'absence de celui dont je ne peux prononcer le nom reste dans un flou acceptable qui me permet de fonctionner. Si sa disparition devient trop tangible, je vais tomber et ne jamais me relever. La simple évocation de ce vide chatouille un désespoir latent qui ronge mes maigres défenses. Pour maîtriser mes pensées mélancoliques et ce gouffre sombre qui menace de m'engloutir, je me focalise sur un but basique, immédiat et atteignable : faire réagir mes cordes vocales. J'inspire et j'expire au rythme du pas des chevaux, essayant de formuler un son articulé. Le résultat s'avère mitigé, limité à d'étranges borborygmes.

Au niveau d'un immense chêne, mon guide s'engage à travers la forêt sur un layon si étroit que mes jambes frottent contre les troncs. Il s'arrête dans une clairière en contrebas de la route, cachée derrière des bosquets glauques. De vieilles tables de pique-nique pourrissent, recouvertes par de gros champignons verdâtres, dans une ambiance chaude et humide qui colle mes habits sur mon dos en sueur. Il saute de sa monture, accroche les rênes de Darling à un ancien panneau de circulation, et vient m'aider à descendre.

— Pause. Tu es toute blanche.

Je me laisse glisser dans ses bras et il me porte jusqu'à l'un des bancs qui, en plus de baigner au soleil, se révèle être celui en meilleur état. Il sort d'une sacoche de sa selle de la viande séchée et deux pommes qu'il m'apporte.

– Mange, ordonne-t-il.

La vue des languettes rosées m'écœure et je ne peux retenir un haut-le-cœur. Sans même m'en rendre compte, un mot s'extrait de mes lèvres gercées :

– Végétarienne, expliqué-je.

Il lève les yeux au ciel et récupère le bœuf déshydraté. En échange, il me cède les deux fruits. Assis sur le même banc que moi, à une distance respectueuse, il s'est tourné en direction de la route et donc d'éventuels arrivants. Il arrache un lambeau de chair qu'il commence à mâchouiller sans discrétion, déglutissant avec une grimace.

Les deux pommes sont magnifiques, avec de belles joues rouges qui brillent. J'en prends une et j'essaie de la croquer. Sans succès, je n'ai pas la force et ne réussis qu'à décrocher un minuscule morceau.

– Donne.

Je sursaute lorsqu'il dégaine un petit couteau avec une dextérité inquiétante. Il baisse la lame devant ma réaction, plaquée le long de son poignet, la main gauche à plat en guise d'apaisement. Je lui tends les fruits, pas tout à fait sereine. Est-ce que je n'ai pas accordé trop vite ma confiance à cet étranger à vouloir fuir la ferme des Bugs ? Je me trouve dans les bois, seule, avec un homme armé que je ne connais pas.

Indifférent à mon trouble, il découpe les pommes en un rien de temps, et dépose entre nous les tranches qu'il débarrasse de la peau quand il remarque que je grignote autour. Ses mains sont sales et des moucherons tentent déjà de me voler ma pitance, mais j'ai trop faim pour être dégoûtée. Le sucre me donne un coup de fouet et, pour la première fois depuis mon réveil, je me sens plus à même de réfléchir.

– Quel jour on est ?

Ma voix est grinçante, presque aussi rocailleuse que celle de mon compagnon.

– 5 janvier 2054, me répond-il sans hésiter.

Ma stupéfaction n'empêche pas mon habileté pour les maths à réaliser la rapide soustraction.

– J'ai pioncé à peine… vingt-cinq ans ? Je ne pensais pas sortir de stase si tôt.

Un quart de siècle s'est pourtant écoulé, une génération est née, une autre a disparu, et moi je suis demeurée figée. Il hausse les épaules, peu concerné. J'enchaîne donc par là où j'aurais dû débuter et me présente :

– Je m'appelle Léa. Léa Beck.

– Matt.

– On est où ?

– Près de ce qui était Dijon.

– C'est ma mère la doctoresse que vous cherchiez. Elle et mon père bossaient dans le secteur du médicament. Ils ont dû avoir un imprévu, comme d'habitude. Et le quatrième… c'était…

– Ça va aller, gamine.

Avant de craquer, je me rapatrie vers un sujet moins douloureux.

– La planète a trinqué, je présume, vu la chaleur qu'il fait pour la saison ?

– On peut le dire.

La discussion se termine aussi vite qu'elle a commencé. Le Rocailleux, ou peut-être devrais-je utiliser son prénom, Matt, se tourne, une cigarette à la bouche, et me laisse seule avec mes pensées qui m'entraînent vers mes parents.

Je crois pouvoir m'aventurer dans cette direction sans trop de risques, ce n'est pas comme si nous étions une famille modèle. Mes géniteurs dédiaient leur existence à la recherche pharmaceutique, soi-disant dans l'objectif de sauver les autres, surtout pour gonfler les bénéfices de la firme Beck, en tout cas toujours à mes dépens. Leur travail les a tués, quelle ironie !

Je me retiens de leur cracher : « Bien fait ! ». Cette rancœur qui m'habite depuis des années, à passer vacances et anniversaires avec pour unique compagnie mes peluches et le personnel de maison, ne m'aide pas à réaliser que, cette fois, ils ne rentreront pas après un colloque, des essais cliniques ou une réunion des actionnaires. Hier, nous mangions ensemble car, dans leur grande mansuétude, leur agenda s'était libéré pour me gratifier de leur présence en ces ultimes heures pré cryo. Il me faudra des mois avant que leur disparition ne me paraisse anormale.

Je termine ma seconde pomme et me désaltère à grosses gorgées dans une gourde en peau avec un bec en os qui me donne pas mal de fil à retordre pour ne pas m'arroser. L'eau me semble étrange, avec un arrière-goût amer. Comme Matt en boit sans rechigner, je pars du principe que le liquide est potable à défaut d'être agréable.

La pause ne dure pas aussi longtemps que je l'espérais. En bougonnant contre son genou douloureux, Matt se lève, ajuste son chapeau, écrase un mégot sous ses rangers, et décrète que le moment est venu de continuer notre voyage. Il me tend la main avec une certaine courtoisie et m'accompagne jusqu'à ma monture sur laquelle il me hisse sans mal.

Je serais incapable de me rappeler le chemin que Matt nous a fait prendre, lui qui connaît la forêt comme sa poche. Il y a des arbres et… des arbres. Et sempiternellement des arbres. La pénombre hypnotique dans laquelle nous progressons ne m'aide pas à rester attentive. Le soleil et les nuages jouent à cache-cache tout l'après-midi. Chaud et froid. Ombre et lumière. Il pleut, de l'eau tiédasse qui se glisse dans le cou et vous trempe sans en avoir l'air.

Trois, ou peut-être quatre heures plus tard, nous arrivons à une bicoque au fond d'une clairière. La cabane est en bois, avec des fondations en pierre qui l'élèvent à une cinquantaine de centimètres du sol. La montée est rendue possible par un escalier qui mène à une porte close ornée d'une couronne de lierre. Anachronisme étrange, le toit de tuiles est recouvert de panneaux photovoltaïques et une grosse unité de climatisation, accrochée à côté du volet, dépasse sur la gauche.

Matt s'arrête au niveau de la lisière et m'ordonne de l'imiter. D'une voix forte, il appelle :

– Renée ? C'est Matt…

Il attend, les doigts occupés à rouler une cigarette, à murmurer des mots doux à sa jument impatiente. C'est d'ailleurs Darling qui, la première, nous avertit de l'arrivée de quelqu'un lorsqu'elle tourne les oreilles en direction d'un bâtiment à l'arrière, d'où proviennent des caquètements. Une vieille dame s'approche en boitillant, un fusil calé dans le pli du coude. Sont-ils donc tous armés ?

Je n'ai jamais su son âge exact, Renée doit avoir au moins quatre-vingts ans, ce qui en fait pour cette époque troublée une vénérable ancêtre. Elle en porte les attributs : menue, voûtée, les cheveux blancs, presque plus de dents, les mains parcheminées aux veines apparentes, et le cou saillant. Il y a pourtant une certaine grâce dans les mouvements de cette femme qui a dû être louée pour sa beauté dans sa jeunesse et qui reste coquette avec de nombreux bracelets qui cliquettent aux poignets. Je repousse la comparaison qui me vient, avec ce garçon auquel je refuse de penser et qui adorait ce style de bijoux.

Elle salue Matt avec une joie véritable :

– Crédieu, ça faisait longtemps ! Je ne savais pas que t'étais dans les parages.

Il approuve d'un hochement de tête et descend. Tenant les rênes de sa jument, il enlace Renée qui paraît si frêle entre ses bras puissants.

– Je passe juste, prévient Matt.

— Oui, comme toujours, mon grand. Jusqu'au jour où tu retrouveras cette maison vide, et que tu n'auras qu'à enterrer mon cadavre bouffé par les loups. Et qui est donc cette gamine qui t'accompagne ?

— Elle sort de cryo.

— Hum, qu'est-ce que tu manigances encore avec les cercueils ? Tu ne peux pas laisser en paix ceux qui restent ?

Je glisse de ma selle. Malgré l'appui de ma monture, mes genoux refusent de me soutenir. Matt accourt à ma rescousse et m'attrape avant que je ne m'écroule dans un mouvement si bref que Darling roule des yeux, effrayée.

— Viens par ici, ma fille, continue Renée, tu as besoin de repos, semblerait-il. Matt, tu l'as épuisée, la pauvre petiote. Regarde, elle n'a que la peau sur les os !

Matt grommelle, mais ne se défend pas de manière articulée. Il attache sa monture, et me soulève dans ses bras contre sa poitrine sifflante. Nous entrons à la suite de Renée, un peu comme un jeune marié porte sa promise, sauf que Matt pourrait être mon père et que mon cœur est pris.

L'intérieur d'une vingtaine de mètres carrés est simple, décoré d'herbes séchées qui embaument la maison, murs et sols sont en bois brut. Le toit est si bas qu'il oblige Matt à se baisser pour ne pas se cogner aux extrémités. Sur la gauche, la cuisine se limite à un évier, placé devant l'unique fenêtre protégée d'une moustiquaire, et à une série de placards branlants qui encadrent un fourneau sur lequel réchauffe une marmite en fonte. À droite se tient la chambre avec son fauteuil où traînent des aiguilles à tricoter, une pièce matérialisée par un grand tapis râpé, qui la sépare de la salle à manger au mobilier de récupération. Renée accroche son arme à un clou à côté de la porte.

— Pose-la sur le lit, ordonne-t-elle. Tu vas rester quelques jours, Matt. J'ai besoin de toi et tu risques de tuer ta jeune amie si tu repars trop vite.

Mon porteur se tend, il n'a pas l'occasion de se défendre que Renée continue :

– Non, chut ! Inutile de répéter que tu me mets en danger, et tout le blablabla. Personne ne vient jamais par ici. Et puis, ce ne serait pas si mal si quelqu'un débarquait avant que je ne devienne grabataire.

– Renée…

– Je dis les choses comme je les pense. Laisse-nous, ce n'est pas une affaire d'homme. Occupe-toi des chevaux. Tu as du foin sous l'appentis, tu peux en prendre pour Darling et le gros. Ma chèvre ne mange pas autant qu'autrefois, elle est âgée, elle aussi.

Matt ôte sa veste qu'il dépose sur le dossier du fauteuil et sort en tee-shirt. Je reste seule avec la vieille femme qui m'aide à me déshabiller et à me coucher. Puis, elle soulève le couvercle de la marmite et, à l'aide d'une louche en fer, verse dans une assiette de faïence blanche un liquide un peu jaune avec des carottes qui flottent dedans. Cela sent bon, et j'ai si faim que je dévore mon premier véritable repas depuis mon réveil.

Matt revient quand elle me ressert, elle le renvoie sans ménagement, avec une longue liste de travaux à effectuer : une fuite à colmater, une pompe à nettoyer, un poulailler à reclôturer... Tout ça à réaliser vite, car elle s'inquiète de la situation, quelque chose à propos de la canicule qui arrive chaque année plus tôt. Matt sort en marmonnant.

La dernière chose dont je me rappelle est la voix mélancolique de la vieille dame qui me caresse les cheveux et chantonne une chanson d'amour, dans laquelle une jeune femme abandonne l'homme de sa vie pour poursuivre ses rêves. Elle meurt seule, mais adulée.

Toi

Nicolò

11 juin 2029

En revenant d'une pause technique après ma belle intro (mes profs de français auraient été super fiers), j'ai de nouveau été le témoin d'un grand mystère de l'existence, alors je me permets un hors sujet avant de débuter le décompte des douze jours : comment tu peux être aussi adorable avec de tels gènes, *mio amore* ?

Par la porte entrebâillée de leur bureau, j'ai surpris ta mère chuchoter :

– Demain, Léa sera enfin en sécurité. Nous pourrons cesser de nous inquiéter pour elle.

Et ton père lui répondre, avec son éternel ton absent :

– Bien…

– Le timing est parfait. Nous devrions recevoir les chiffres de nos derniers tests pour le voyage de retour.

– Hum… oui… oui…

Étrange coup de cœur. Ou accord de raison ? *Cazzo* ! Quel putain de miracle pour expliquer comment l'expat' de Suède, froide et psychorigide, a pu tomber amoureuse de l'Afro-américain perdu dans son monde de virus. Leur rencontre date d'un colloque fin 2011 de ce que tu m'as raconté. L'année d'après, mariage, et bébé en 2013 ! Un foutu prodige ! Avec ces énergumènes, fondateurs en gestation d'un des géants des médocs de la décennie, dix mille prétextes auraient pu les amener à avoir mieux à faire ce week-end, ou simplement à être trop décalés pour remarquer sa future moitié.

T'es le magnifique résultat de cet héritage multiculturel. Je t'étudie alors que tu ronflotes, enroulée dans la couette. Tout est adorable en toi.

- ✓ Ton visage rond.
- ✓ Ton petit nez discret.
- ✓ Tes yeux bleus.
- ✓ Ta peau chocolat.
- ✓ Ta coupe à la garçonne.

Je sais que tu me crois pas. Sans cesse, je te le répète. T'es jolie. Peu importe ce que t'appelles des défauts, tes oreilles décollées, tes lèvres pleines ou ton manque de poitrine. D'ailleurs, quelle crétine, ta mère, qui disait que tu pourrais subir une opération. Elle n'avait pas prévu la fin du monde dans ses plans…

Chapitre 2
Pause dans les bois
Léa

6 janvier 2054

Une bonne douzaine d'heures plus tard, une série de coups brefs me tire du sommeil, aidée par le soleil qui vient me chatouiller par la fenêtre de la cuisine. Je repousse la peau de bête qui me recouvre, je crève de chaud, et contemple les grains de poussière en suspension dans l'air. Un nouveau choc sur la toiture achève de me décider à me lever. Assise au bord du lit, je constate avec satisfaction que mes tremblements ont cessé, je suis déjà sortie de ma phase de cryo-lag qui dure normalement soixante-douze heures. À seize ans, je me remets sans doute plus vite que la moyenne ce qui est rassurant sur mon état de santé.

Mes vêtements m'attendent, pliés par terre en une pile parfaite. Le cadeau-surprise de mon petit-ami, ce cahier qu'il m'a donné pour m'accompagner dans mon long sommeil, est posé devant. Je l'entrouvre à la première page et la simple vue de ses mots ranime des millions de sentiments refoulés qui risquent de me submerger. J'arrête ma lecture, incapable d'assumer, et lutte contre la tentation de disparaître sous la couette, en fœtus.

Cinq minutes passent. Dix peut-être. Malgré l'énorme vide qui menace d'écrabouiller mon âme, une à une, je renferme dans leurs boîtes ces émotions. Jamais je n'ai été ce genre de filles qui se lamentent sur leurs sorts et cela ne débutera pas aujourd'hui. Je dois rester forte pour celui dont je ne peux prononcer le nom. Le gardien de mon cœur m'attend dans son UCC au centre Fuselière de Nancy et compte sur moi pour le réveiller. Nous nous le sommes promis et je me répète cette phrase qu'il m'a adressée : « Notre histoire ne fait que commencer. »

Je m'habille et remarque quelques coutures récentes sur le jean et les chaussettes. Un joli cadeau de Renée, d'autant plus que la vieille chemise a été échangée contre un tee-shirt à manches courtes bleu marine en bien meilleur état. Des réminiscences de ma vie d'antan me reviennent, quand je résidais derrière l'enceinte de la zone protégée de Versailles. Mon dressing abandonné doit pourrir, composé pour un bon tiers d'affaires que je n'ai même pas portées, pendant que je me coltine des fringues râpées jusqu'à la trame. Aucun miroir n'est en mesure de me renvoyer le désastre de ma tenue, ce qui n'est pas un mal. Inutile de rajouter à mon stress les conséquences physiques de deux décennies passées en cryo.

Une assiette sur la table me crie de me restaurer. Je ne me fais pas prier ! À la manière de Renée le jour de mon arrivée, je me sers dans la marmite avec la louche pendue à un crochet au mur. Le petit-déjeuner en cours, je sors avec mon encas et, sans surprise, j'aperçois Matt accroupi sur le toit, luisant de sueur dans un maillot de corps blanc, un marteau dans une main, une cigarette au bec, le chapeau bas. Cela me rassure de le savoir toujours dans les parages. Au moins ne m'a-t-il pas abandonnée car son agenda était trop chargé pour se coltiner une gamine. Une certaine culpabilité me ronge à cette pensée mesquine. La mémoire de mes parents, qu'ils reposent en paix, mériterait mieux, eux que le devoir a menés à leur perte, mais je ne parviens pas à l'étouffer. Il me faudra du temps pour museler mes reproches à leur encontre.

— Bonjour, lui lancé-je avec un entrain forcé.

Il se contente de hocher la tête sans interrompre son travail et frappe avec un regain d'énergie. Je finis de manger, ou plutôt de me bâfrer, quand Renée apparaît à l'arrière de la maison.

— Je me disais bien que je t'avais entendue, ma fille. Viens m'aider, veux-tu.

— J'arrive !

Je rentre poser l'assiette sur la table, récupère ma casquette qui va être utile vu la chaleur extérieure, et rattrape Renée en courant. Quand je pense que nous ne sommes encore qu'en hiver… Pré *Big Hot,* cette température équivaudrait à un mois d'août au-dessus des normales de saison ! Je découvre une clôture qui rejoint deux bâtiments bas, une grange au toit penché et un poulailler. Renée m'explique le souci : le maillage s'interrompt entre le logis des animaux et le sien, à un endroit où deux nouveaux poteaux tout juste dégrossis viennent d'être plantés en terre.

— Matt a effectué le gros œuvre, il faut terminer.

Je la dévisage avec un air que je sais très bête. Ma connaissance de la vie campagnarde se limite au centre équestre de rupins où ma monture était préparée par un garçon d'écurie et aux vacances d'été passées à la piscine de notre villa près de Nice. Elle me montre un autre poteau et je comprends ce qu'elle veut dire, des tiges de métal sont enfoncées le long, puis pliées pour retenir le treillis.

— Ah ok ! Je dois glisser le grillage dans les trucs qui dépassent ?

— C'est ça, rien de sorcier.

Elle me tend un marteau aux arêtes ébréchées, de vieux clous et me laisse pour s'occuper de ses volailles. J'hésite face à cette situation inédite où je me retrouve assignée à une tâche manuelle. Mes professeurs me gronderaient s'ils me surprenaient à perdre mon énergie dans ce qu'ils considéreraient comme dégradant. Ils me rappelleraient que nous avons des salariés pour les tâches simples, et que je devrais plutôt me concentrer sur mes cours. Tout cela me paraît si surfait aujourd'hui, notre position sociale, mes deux classes d'avance et mes prétentions d'un doctorat en mathématiques ne pèsent rien dans la balance de l'apocalypse. Si je veux survivre, je vais devoir apprendre de nouvelles compétences. Comprendre l'algèbre bilinéaire et les convergences en probabilité ne nourrira personne.

Dès que je me mets au boulot, trois jolies bêtes s'approchent de moi en se dandinant, un coq et deux poules. Elles picorent à mon côté, intriguées, avant de décider que je suis trop bruyante pour elles et de s'éloigner en battant des ailes.

Pour m'occuper l'esprit, je compte chacun de mes coups de marteau. À cinquante-deux, je m'accorde une pause, le grillage accroché au premier poteau. J'admire mon ouvrage à quelques mètres de distance, appuyée contre un arbre qui m'offre son ombre. Au diable les beaux penseurs, j'ai réussi à bricoler quelque chose de mes dix doigts ! *Mio amore* serait fier de moi, il me contemplerait avec cet air mutin qui me fait craquer et peut-être même enchaînerait-il par un clin d'œil ! Au moment où mes souvenirs menacent de me perdre, Renée me rejoint, une gourde à la main, très similaire à celle utilisée par Matt. L'arrière-goût me paraît déjà moins désagréable, à croire qu'il est possible de s'habituer à tout.

— Je peux vous poser des questions ?

La vieille dame sourit, sans aucune gêne pour ses mâchoires édentées.

— Pour sûr, réplique-t-elle en regardant en direction du toit de sa maison. Ce n'est pas avec lui que tu vas les avoir, tes réponses. Je t'écoute.

— Vous le connaissez bien ?

Sur le moment, je ne sais pas pourquoi je me renseigne sur Matt en premier, cela m'est venu spontanément.

— Ça, on peut le dire, ma fille. Même que ça date d'avant le *Big*

Hot. Il a épousé ma fille, lui a collé un polichinelle dans le tiroir, et s'est barré.

– Oh !

Malgré la gravité des charges portées à l'encontre de Matt, Renée ne semble pas lui en tenir rigueur. Loin de là, en réalité, car elle continue sans une once d'animosité.

– C'est la vie, confirme-t-elle. Les *bad boys* font toujours craquer les jeunes donzelles qui ignorent les conseils des vieux. Matt l'a aimée, passionnément, mais ça ne pouvait pas coller. Père à dix-sept ans, ce n'était pas pour lui. Qui il est ? Le meilleur ami de mon Vince. Comme mon gamin, un casse-cou, un survivant, un voyou reconverti dans les forces spéciales. Déjà avant que tout parte à vau-l'eau, les garçons ne se sentaient pas à leur place, enfermés entre les quatre murs d'une maison, à suivre les règles. Le jour de leur majorité, ils ont pris le large. Ils ont été réglo à leur manière. De l'argent arrivait, parfois de grosses sommes, je n'ai jamais cherché à savoir d'où ils le sortaient. Quand le *Big Hot* a frappé, Matt et Vince nous ont protégées. Mais ils s'étaient créé des ennemis puissants, ma fille et sa petite de huit ans en ont payé les conséquences en 2032.

– Oh, je suis désolée, répété-je.

– Ce sont de vieilles histoires, soupire-t-elle. Mais Matt n'a jamais été le même après ça.

– À mon réveil, quelqu'un l'a appelé « Général ».

– Pour ça, tu devrais lui demander. Je ne suis pas persuadée qu'il aimerait que tu sois mise au courant par quelqu'un d'autre.

Elle hausse les épaules devant ma moue boudeuse. Voyant que je ne réussirais pas à l'amadouer, je préfère changer de sujet.

– Il m'a dit que nous étions vers Dijon ?

– Oui, à l'ouest, dans le Morvan. Nous sommes dans une zone libre. Y a pas assez de monde pour que le Grand-Duché s'y intéresse.

– Le quoi ?

– Un état souverain qui contrôle l'Alsace-Lorraine et déborde sur les régions alentour jusqu'au Rhin.

Cela constitue beaucoup d'informations à assimiler pour mon pauvre cerveau ralenti. Je demande néanmoins, avide d'en apprendre davantage :

— Et ailleurs ?

— J'ai entendu parler d'une République en Norvège ou en Suède, la Russie aurait réinstauré un tsar, et les Autrichiens un nouvel Empereur. Pour le reste, chacun reste chez soi et les vaches sont bien gardées.

— Je dois me rendre à Nancy. Je suis sûre que… que mon petit-ami est là-bas, toujours en cryo, au centre Fuselière.

Impossible de prononcer son prénom. Rien que de le mentionner, et ma voix part vers les aigus. La vieille dame semble également mal à l'aise. Son visage s'est fermé, les lèvres pincées, et elle frotte la jointure de ses doigts gonflés du gras du pouce.

— Hum… un cercueil de la capitale du Grand-Duché, reprend-elle en sifflant. Ce serait préférable que Matt t'explique. Bon, bon, bon. Cette barrière ne va pas se réparer seule.

Je n'insiste pas, décidée à ne pas brusquer mon unique source d'information.

Mon ouvrage m'occupe jusqu'au milieu de l'après-midi, surtout que je dois tout réajuster quand Renée, inspectrice des travaux finis, me fait remarquer que le grillage est trop lâche et qu'une bestiole pourrait se faufiler en dessous pour venir croquer ses poulets. J'en arrive à une conclusion qui ne me surprend pas : je hais les tâches manuelles !

Je ne reviens que tard vers la maison, les ongles en sang, le dos en vrac et pourtant l'esprit dans une certaine paix, anesthésié par l'épuisement physique. Descendu du toit, Matt entretient sa selle sur les escaliers devant la porte, à l'ombre du soleil encore brûlant. Je le rejoins et m'assois à côté de lui. Il tire le pot de graisse entre nous, me tend un torchon et la bride que je reconnais comme étant celle de mon cheval.

– Sur le cuir.

Il me montre, et je mime ses gestes, sans beaucoup d'entrain. Je ne rêve que d'un bon bain chaud et d'un bouquin. Mes mains me font souffrir et je sens déjà des callosités se former au départ de chaque doigt. Quand j'épie ceux abîmés de Matt, le tableau me donne des sueurs froides et une terrible envie de manucure.

Après de longues minutes à hésiter, je rassemble enfin assez de courage pour risquer :

– Je dois aller à Nancy, Renée m'a dit que je devais vous en parler.

Il arrête de frotter le harnachement et se tourne en ma direction, surpris.

– Pourquoi ? interroge-t-il.

Que lui répondre ? Que mon cœur s'y trouve ? Je cherche mes mots, gênée de me révéler face à un inconnu :

– J'ai entendu une partie de votre conversation à mon réveil dans la grange des Bugs. Il y avait quatre UCC enregistrées au nom de ma mère dont deux ont été activées.

Devant son sourcil levé, je précise :

– Ce que vous appelez des cercueils. Le garçon dans l'autre. C'est mon petit-ami.

– Ah.

Il évite mon regard et continue son travail. Comme Matt ne me facilite pas la discussion et n'ajoute rien, je poursuis :

– Le Bug a dit que la tour Beck a explosé… Notre firme pharmaceutique était… Je suis presque sûre que… Mes parents se dédiaient à leur carrière et ça a fini par les tuer, voilà la triste vérité. Ils sont morts, j'en ai la certitude, au plus profond de moi, c'est trop tard pour eux. Je n'aurais pas pu influer sur leur décision, ils ne m'auraient pas choisie. Mais mon…

Je prends une grande inspiration avant d'insister :

– Mais mon petit-ami est vivant, ça également j'en suis convaincue. Il m'attend à Nancy, toujours endormi. Il est l'unique famille qui me reste, je dois le rejoindre.

– Les chances sont faibles, prévient-il. Et c'est dangereux.

– Pourquoi ? Renée n'a pas voulu m'en dire plus.

– Et moi non plus.

Il se lève, sa selle sous le bras. Énervée qu'il m'ignore ainsi, je lâche mon travail derrière moi et le suis.

– Écoutez, je vous suis redevable de ne pas m'avoir laissée avec les Bugs, mais ce n'est pas une raison pour vous montrer désagréable avec moi. Je n'ai rien demandé à personne, je roupillais tranquillement et c'est VOUS qui avez décidé de me réveiller. Il serait peut-être chouette d'assumer vos responsabilités pour une fois !

– Qu'est-ce que Renée t'a raconté ?

Il me toise avec un air antipathique, une preuve que je suis allée trop loin. Mais je n'ai pas fait vœu de semi-silence, moi, alors je continue sans mâcher mes mots :

– Bien assez ! Je ne vous impose pas de m'accompagner. Comme mes parents, j'ai compris que votre gueule passait en premier et que les gamins, c'est pas votre truc. Je m'en sortirai. J'ai juste besoin de savoir ce qui m'attend en Lorraine.

J'espère avoir suffisamment caché le fait que l'idée de voyager seule me terrifie.

– « Juste » ?

À ma grande surprise, il éclate de rire. Je reste sans voix. Matt se marre, plié en deux, la selle appuyée contre son genou. Il doit y avoir longtemps qu'il n'a pas craqué à ce point, car il n'arrive pas à s'arrêter. Il commence à se calmer, se relève, s'essuie une larme au coin de l'œil, me regarde et repart de plus belle.

– « Juste », glisse-t-il entre deux spasmes. « Juste » ?

Il est pris d'une quinte de toux qui stoppe net son hilarité. Il éructe, crache puis, enfin capable d'articuler sans s'étouffer, il lâche :

— Je dois remonter sur Nancy. Tu peux m'accompagner si c'est ce que tu veux.

Par-dessus mon épaule, il fixe Renée avec un air dur, mais la vieille dame s'est éclipsée derrière le bâtiment quand je pivote pour décrypter leur échange silencieux. Les choses sont dites, Matt récupère sa selle et disparaît dans la grange.

De mon côté, je reviens sur mon escalier. Forcément, la bride est tombée dans la poussière et je dois tout regraisser… Je ravale ma contrariété dans un chapelet d'injures grommelées, pas si mécontente de cette première victoire qui me rapproche de mon petit-ami en cryo.

Je rentre aux derniers rayons du soleil, en même temps que Matt, qui rapporte leur dîner : un joli animal poilu. Pauvre bête… Je peux peut-être accepter d'avoir des mains abîmées de travailleur, et encore ça reste à prouver, mais j'espère ne pas avoir à céder sur le plan alimentaire.

— Une martre, m'explique Renée. Je préfère le lapin, mais ça se laisse béqueter.

— J'ai installé deux nouveaux collets près des terriers sur la colline, précise Matt.

— Alors nous aurons bientôt du civet au souper, s'enthousiasme-t-elle. Il faudra que tu me montres demain.

— Je suis végétarienne, rappelé-je.

Il grogne, ne se permettant aucun commentaire, et commence à dépecer le repas sur une planche à découper, avec des gestes sûrs. Dès que la peau est détachée, Renée la récupère et la débarrasse des fragments de chair, assise en face de lui. Désœuvrée, je m'exile sur le lit, incapable de les aider. Mon cuistot adoré aurait su, lui. Il me bluffait quand il maniait son couteau et tranchait les herbes aromatiques en brins minuscules.

Ce flash-back d'une seconde me coupe la respiration. Je me roule en boule, les mains autour des genoux, à la recherche du moindre filet d'air dans mes poumons oppressés, pour tenter de repousser cette panique qui monte. Mon ventre se tord, autant en réaction à l'idée de l'animal sacrifié que de cette douleur lancinante qui m'aliène. La viande est bannie depuis longtemps de mon régime, et j'ignore si je suis prête à renier mes convictions. Surtout, j'ai le pressentiment que ce n'est que le début d'une interminable série de compromis dans ma quête vers Nancy.

La martre barbote bien vite dans la marmite. L'odeur devient alléchante et mon estomac, creusé par tous les efforts manuels, crie famine face à mon cerveau incertain. Sur leur invitation, je les rejoins à la table étriquée, avec au milieu un pichet de cidre. Le dos appuyé contre le mur, Matt est assis sur un billot de bois, nous ayant laissé les deux seules chaises de la maisonnée. Je craque et fonds en larmes en voyant les assiettes apportées par Renée, elle m'a préparé une soupe de légumes à part de leur gibier.

— Alors vous vous rendez à Nancy, constate Renée après plusieurs cuillerées, et m'avoir consolée.

Matt l'ignore, focalisé sur un morceau de viande qu'il plante de son canif.

— Nous devons lui dire, Matt, insiste-t-elle. Je comprends que tu sois devenu méfiant avec cette chasse à l'homme que tu subis. Mais si tu retournes en Lorraine avec cette jeune fille, elle mérite de savoir dans quoi elle s'embarque.

Il relève la tête et m'examine. Nul besoin d'être une grande psychologue pour piger que ses pensées se bousculent sous son crâne. Il pince la bouche et évite mon regard, concédant la victoire à Renée :

— Vas-y, dit-il.

— Tout a débuté en août 29, commence la vieille dame.

— À quoi bon le cours d'histoire ? demande Matt.

— Si tu veux le faire n'hésite pas, s'agace Renée. Ou sinon tu te tais et tu me laisses raconter à ma manière !

Matt hausse les épaules et l'invite à continuer de la pointe de son couteau.

— Paris est tombée le 7 août 29, et le gouvernement a été dissous. Quelques militaires français basés à Nancy ont alors décidé d'intervenir. Dont les garçons, mon fils Vince, et Matt. Avec leurs copains, ils ont pris le contrôle de la fonderie de Pont-à-Mousson, des usines sidérurgiques de la vallée de la Fensch, de la centrale nucléaire de Cattenom, des barrages hydro-électriques du Rhin, des fermes de Meuse... En moins d'un an, ils dirigeaient un territoire autosuffisant, si ça t'aide à mieux visualiser, tu peux relier les anciennes villes de Reims, Troyes, Bâle, Karlsruhe et Trèves. Cela a attiré du monde, des gens, perdus, inexpérimentés, qui cherchaient à survivre.

— Ça a été le chaos, approuve Matt.

— Les garçons ont dû mettre en place des lois. Le Grand-Duché de Lorraine a été instauré le 8 mai 2030, une date que ses deux fondateurs n'ont pas choisie au hasard, bien entendu. Vince est devenu Duc de Lorraine, et Matt Général en chef des armées. L'un assurait le gouvernement civil, et l'autre le pouvoir militaire.

— Peu importe, intervient-il. J'ai quitté cette vie.

— Si tu le dis.

— Explique-lui plutôt à quoi s'attendre là-bas.

— C'est demandé si gentiment ! Ce pays s'apparente à ce que tu as connu : il y a le confort moderne, l'électricité et l'eau courante, un toit au-dessus de la tête et à manger dans l'assiette. Mais tu dois participer à l'effort collectif, car les places sont chères. Tout est normalisé, réglé, comptabilisé, avec pour seule juge les soldats ducaux en guise d'arbitres. Le Grand-Duché partait d'une belle idée, comme c'est souvent le cas. Mais le gouvernement est devenu une dictature qui décide qui peut vivre ou mourir. Pour accéder à Nancy, il faudra passer les frontières extérieure et intérieure, franchir le mur qui entoure la ville, éviter les contrôles inopinés. Et sans ça…

Elle repousse ses bracelets et me montre un tatouage qui ressemble à un code-barre, inscrit à l'encre noire estompée par les années. Matt imite le geste. Sur la peau tannée par le soleil de son avant-bras je devine le début du même motif.

– Chaque personne admise dans le Grand-Duché se voit attribuer un numéro unique, continue-t-elle. Un ID se falsifie, évidemment, mais la moindre irrégularité est éradiquée sans autre forme de procès.

– Je devrais réussir à t'emmener jusqu'à Nancy, expédie Matt pour clore la discussion. J'ai des contacts pour te fournir un ID valide. Mais si quelqu'un me reconnaît, ça deviendra dangereux.

La question me brûle les lèvres.

– Pourquoi ?

– Divergence d'opinions avec le Duc, répond-il. Comme Renée.

– Je te l'ai déjà dit, intervient Renée. Je pense qu'il te reste une carte à jouer sur ce point, auprès de Vince, si tu le désires. Moi, je suis trop délabrée et butée pour lui pardonner. Lui ne demande que ça dans sa solitude.

– On verra, élude Matt. Ce n'est pas « juste » une promenade de santé.

– Et beaucoup de cryos n'ont pas survécu, ajoute Renée. À ce propos…

– Non ! la coupé-je. Je sais que mon petit-ami est en vie !

L'air renfrogné, Matt se lève et sort, le regard lourd de reproches de Renée accroché à son dos. Il disparaît dans la nuit sombre et la porte se referme derrière lui. La vieille dame soupire et commence à débarrasser. Je m'apprête à la rejoindre pour participer au nettoyage de la vaisselle quand elle m'ordonne de me rasseoir d'un geste impérieux que je ne me risque pas à braver. Le pichet et moi restons donc en tête à tête.

Une question s'échappe de ma bouche sans prévenir :

– Je peux lui faire confiance ?

Renée me fixe, une assiette à la main, et s'exprime d'une voix où ne perle aucune trace d'hésitation :

– S'il y a bien une chose dont je suis sûre à propos de Matt, c'est son intégrité. C'est cette foutue loyauté qui a failli le mener à sa perte et qui le ronge encore. S'il te dit qu'il t'emmènera à Nancy, il le fera.

– Merci.

Ce soir-là, lovée contre la vieille dame qui ronflote, j'ouvre le cahier de *mio amore* à la lueur du feu mourant et ose revivre le jour de notre rencontre.

Le jour de la révélation
Nicolò

9 juillet 2026

Mon premier jour préféré remonte au début de mon boulot d'été au resto, un groupe d'adolescentes bruyantes m'amène à relever la tête du plan de travail. Notre cuisine a la particularité d'être ouverte sur la salle. Les clients apprécient. Ça les rassure de nous surveiller, je présume. Je détestais le principe. Quand je te vois, je réalise, qu'au contraire, j'adore !

Coquette, tu portes cette jupe brune cintrée que t'affectionnes tant, sous un chemisier en lin qui s'accorde si bien avec ta peau dorée. Tes yeux bleus aux cils de biche me font craquer, avec juste une pointe de maquillage pour sublimer ton regard.

Tu me remarques pas, même si ta table est proche de moi. Je ne suis qu'un commis parmi la dizaine qui s'agite en toile de fond. Tu connais que le nom du chef qui, d'ailleurs, va te saluer.

Ton départ me laisse vide, comme si mon cœur venait d'être séparé en deux et que tu avais volé la seconde moitié. Je ne ressuscite que quand je te revois une semaine après. Pour ma survie, t'es une habituée : tu manges ici tous les jeudis.

Pendant des mois, je te guette en silence, trop loin pour t'entendre. Je peux que te contempler. Je mémorise ta garde-robe et chacune de tes mimiques. Je spécule sur la façon de t'aborder. Je rêve de nos échanges. Je fabule sur ce que « nous » pourrait signifier.

Septembre arrive, le collège reprend, j'entre en quatrième, le patron me propose de rester les soirs et week-ends, et mes horaires me permettent d'assurer certains midis de semaine. Tant pis si je dois jongler avec mon emploi du temps, je préfère ça à manquer une seule occasion de te croiser, même si ce n'est qu'une heure, le jeudi.

Chapitre 3
Sur la route
Léa

20 janvier 2054

Chaque soir, Matt annonce que nous partirons le lendemain à l'aube. Chaque matin, je me réveille, pressée de me mettre en route, pour apprendre qu'il chasse de pauvres bestioles, coupe du bois ou ramasse des carottes.

Je m'inquiète pour mon petit-ami qui occupe mes pensées. Renée me rassure avec philosophie : s'il dort encore à Nancy comme j'ai l'air de le croire, quelques jours n'y changeront rien. Je n'ai aucun argument valable à lui opposer, alors je prends mon mal en patience et je me console dans la lecture de son ultime cadeau que je déguste avec lenteur. Bizarrement, le fait que Matt soit dans les parages achève de me conforter. J'ai l'impression que tout ira bien tant que je reste avec lui. Je ne cherche pas à creuser cette sensation, de peur qu'elle ne s'évanouisse et, avec elle, ma meilleure chance de rejoindre le centre Fuselière de Nancy.

La vieille dame aurait réussi à nous garder une troisième semaine si Matt n'était pas revenu au galop de l'une de ses errances matinales, pour se précipiter à l'intérieur de la maisonnette, l'arc à la main. Renée, qui était en train de me montrer comment filtrer le lait de chèvre, sursaute et renverse quelques gouttes sur le plancher de bois qui aspire le liquide blanc.

– Nous partons, annonce Matt.

– S'il le faut, répond avec tristesse Renée. Pourquoi une telle urgence ?

– Des soldats ducaux. Une vingtaine. Ils seront ici demain.

– Il semblerait que tes insectes ne soient pas aussi discrets qu'ils clament de l'être.

– Je n'ai jamais eu confiance.

– Tu te charges d'attirer l'armée loin de moi ?

– Oui, Vince ne doit pas te localiser.

Elle acquiesce en silence et se lève pour ouvrir le placard qui renferme les vivres. Il la rejoint et la stoppe, sa large main burinée posée avec tendresse sur les doigts frêles de Renée.

– Tu en auras besoin cet été, explique-t-il.

– Impossible de chasser si tu as des soldats à tes trousses.

– Ça ira. J'ai l'habitude.

– N'oublie pas que tu as désormais deux bouches à nourrir.

Ils se tournent en ma direction et je me sens soudain toute petite.

– Ça ira, répète-t-il avec sérieux.

En moins de temps qu'il ne faut pour le dire, Matt et moi sommes sur nos chevaux, nos affaires personnelles réduites à ce que nous portons sur le dos et à ce que contiennent les sacs de selle jamais déballés dont celui dans lequel j'ai reglissé mon précieux cahier.

Lorsque Matt s'est penché pour l'étreindre une dernière fois, Renée lui a chuchoté quelque chose à l'oreille qui lui a fait froncer les sourcils. Je suis trop loin pour entendre. Je n'ai cependant pas raté son signe d'approbation qui a réjoui la vieille dame. Mon tour de lui adresser mes adieux vient ensuite. Étrangement, car je ne la connais qu'à peine, j'ai une boule dans la gorge quand elle me délivre ses ultimes conseils :

– Sois prudente, ma fille. Surveille ce gaillard pour moi, s'il te plaît. Cette maison te sera toujours ouverte si tu cherches un endroit où te reposer. Mémorise la route en partant, cela me plairait de te revoir.

– Moi aussi.

Elle m'embrasse sur les deux joues avec son menton plein de poils piquants et assène une tape sur la croupe de mon gros cheval qui se met en branle. Matt claque de la langue et lâche sa jument impatiente à travers la forêt. Renée reste en haut des escaliers, droite et digne devant sa porte avant que les arbres ne nous la masquent après un dernier signe.

Prouvant à nouveau que les autres l'intéressent plus qu'il ne le laisse paraître, Matt me montre des repères visuels pour retrouver le chemin vers Renée. Il me fait observer d'un grognement le balisage de randonnée au cercle bleu puis, de sa main tendue, le squelette d'un vélo rouillé qui marque le point où tourner à droite. Je tâche de mémoriser autant que possible les indications, bien décidée à tenir ma promesse donnée à Renée. Ce serait un endroit merveilleux pour reprendre notre histoire, mon amoureux et moi, dans la tranquillité de la forêt et la charmante compagnie de la vieille dame. Je me sens si stupide à ne pas même réussir à évoquer son prénom…

Au bout d'un moment que j'ai du mal à estimer, nous débouchons sur une route goudronnée et Matt parle pour la première fois depuis notre départ :

– Dix-huit, sur ta gauche.

Le panneau de la ligne de coupe qu'il me montre est rongé par l'écorce. Encore une décennie, et il aura disparu. Un entier naturel, numéro atomique de l'argon, moyen historique de contacter les pompiers, et la liberté de la majorité. Je saurais m'en rappeler.

– On va éviter la voie principale, continue-t-il.

Il nous entraîne sur un layon parallèle. Le chemin bosselé n'arrête pas de monter et de descendre, pour ensuite remonter et redescendre. Darling, la jument noire de Matt, s'amuse beaucoup, elle trottine dans les trous et avale les pentes au galop. Les troncs tombés ne sont pour elle qu'une occasion de s'envoler dans les airs. Mon gros pépère, lui, ne dépasse jamais le pas et enjambe avec prudence les obstacles sans jamais se permettre un brin de folie. C'est d'ailleurs au cours de cette matinée que j'ai décidé de le baptiser ainsi quand Matt me répond d'un haussement d'épaules à ma question sur son nom.

Chacun à son rythme, Pépère et Darling nous emmènent donc vers notre destination qui se révèle être un minuscule bourg perdu au milieu de champs dorés, entourés de ruines réduites à des fondations et à des caves béantes. La pierre blanche de la dizaine de maisons encore en état brille au soleil, à tel point que c'en est éblouissant.

– Évite de parler, me conseille Matt. Et garde les yeux baissés.

– Quel est le plan ?

– Mêler l'utile à l'agréable.

– C'est-à-dire ?

– Te trouver des chaussures correctes.

– Et attirer les soldats ducaux loin de Renée.

Il acquiesce, avec une pointe de satisfaction à constater ma compréhension de la situation. Mon attention se reporte sur mes baskets qui bâillent, fendues à l'avant. Mes arpions s'aèrent en continu, comme ricanerait un certain garçon au sens pratique, mais les désavantages sont trop nombreux pour que cela pèse dans la balance.

Même si Matt nous arrête à la première maison aux volets peints en jaune, notre arrivée ne passe pas inaperçue, son plan fonctionne à merveille. Plusieurs personnes sortent de chez elles, pour nous surveiller depuis les perrons, l'air sévère et les joues rouges, des pétoires antiques à la main.

L'homme qui nous accueille pue la colle et la transpiration. Il porte un tablier de cuir patiné, porté sur ses épaules nues, avec en-dessous un vieux pantalon en toile sur lequel il tente d'essuyer des paluches noires de je ne sais quelle substance collante.

– M'sieur, salue-t-il pendant que Matt descend de monture.

– Des chaussures, ordonne Matt d'un ton péremptoire.

Je suis son exemple et accroche Pépère avec la jument à un anneau enfoncé dans la façade.

L'intérieur est lugubre, imprégné d'odeur de produits chimiques, seulement éclairé par une unique fenêtre à côté de laquelle est installé l'atelier de l'artisan. Le cordonnier travaille sur une botte, coincée dans une sorte de support qui la maintient à l'horizontale. Toutes sortes d'outils traînent, éparpillés au milieu de diverses fioles louches. Il ouvre de lourds volets, ce qui illumine des étagères remplies de souliers, dans tous les styles et de toutes les couleurs.

– Si mon bon m'sieur veut r'garder, dit-il avec un excès de serviabilité qui découvre ses chicots pourris.

Très sûr de ce qu'il recherche, Matt part en exploration à travers les piles et il ne tarde pas à identifier un modèle en bien meilleur état que celui que je porte. En soi, ce n'est pas un défi ! Il est plus difficile de trouver quelque chose de disponible en taille trente-six. C'est sans compter sur les stocks cachés que le cordonnier nous rapporte de sa cave, des caisses entières bourrées de chaussures de marche avec, sur certaines, des traces étranges qui présagent le pire pour le précédent propriétaire.

Matt me laisse le choix final, j'opte pour une paire brune à la grosse semelle et au bout renforcé, qu'il s'occupe de payer pendant que je remets mes guêtres par-dessus. Le marchand essaie de lui vendre diverses bricoles que Matt refuse d'un grognement. Il accepte en définitive d'acheter des provisions de bouche pour quelques jours : nous n'avons presque rien emporté de chez Renée.

Nos emplettes terminées, surtout des fruits et des biscuits au miel pour moi, nous repartons sous le regard porcin des habitants. Matt ne décroche pas un mot avant que nous ne soyons loin du village.

– Maintenant, on embarque l'armée ducale derrière nous. Et demain, on s'évapore.

22 janvier 2054

Cela résume parfaitement notre programme des deux jours suivants. Alternant entre le pas et le trot, nous avalons les kilomètres avec, pour seules pauses, des repas pris à la va-vite au bord de ruisseaux et de brèves siestes sous une tente minuscule, dans une guerre perpétuelle contre les moustiques. La pluie n'arrête pas, elle s'infiltre sous les vêtements, et trempe notre couchage, ce que je déteste, bien sûr. Je râle, de froid et de faim, chaque muscle de mon corps se manifeste par sa présence douloureuse. Pour ne rien arranger, l'orage gronde à plusieurs reprises, et le soleil ne revient que pour augmenter l'humidité de l'air déjà étouffant, avant de disparaître à la prochaine ondée.

À mon réveil, je pensais qu'un quart de siècle, ce n'était pas grand-chose, je me rends désormais compte de mon erreur. Des incendies ont ravagé certaines bourgades dont il ne reste rien. D'autres ont été anéanties par des inondations et des coulées de boue. Le temps a accompli son œuvre partout, les toits sont tombés, le macadam est défoncé, et il est parfois difficile de croire que des hommes ont pu habiter ici.

Le moindre interstice est occupé par une plante qui, avec la patience de la nature, agrandit la fissure jusqu'à faire s'écrouler des murs et renverser des véhicules. Naissent alors des sculptures étranges, avec des bâtiments qui ne tiennent que grâce aux branches emmêlées ou aux racines alambiquées, dans un tableau digne d'un Picasso bourré. Je ne reconnais pas la plupart des essences, je ne suis pas une spécialiste, mais j'ai l'impression de retrouver le même style de végétation qu'en Guadeloupe, où mes parents m'ont envoyée en vacances pour mes treize ans, une forêt tropicale qui n'a rien à voir avec celle qui poussait en France pré *Big Hot*.

Des animaux errent dans les ruines désolées, nos anciens compagnons sont là aussi, beaucoup de chats squattent les maisons de leurs maîtres passés. Ils nous observent de leurs yeux jaunes à prudente distance, bien décidés à conserver leur nouvelle liberté, et les chiens redevenus sauvages se sont rassemblés en meutes. L'un d'eux daigne nous accompagner pendant quelques kilomètres, avant qu'il ne disparaisse pour une quelconque raison.

Malgré mes récriminations, que d'ailleurs il ignore, mon guide reste fidèle à lui-même, bourru, peu loquace mais prévenant quand nécessaire. Le soir du second jour, il semble content du rythme et sa satisfaction grandit grâce à un lapin étourdi venu se précipiter sous nos fers en fin d'après-midi. Ce pauvre petit être est sacrifié au carnivore qui sourit presque en ramassant le futur repas qu'il achève d'un coup sec. Moi, je grimace. Mon malaise s'explique surtout du fait que je crains que mes convictions ne tiennent pas face à la faim lancinante qui me taraude.

La joie fugace de Matt s'évapore quand, moins d'une demi-heure après, une vague lueur apparaît droit devant nous entre les arbres.

– Connards…, remarque-t-il.

Cette interjection lâchée à l'improviste me provoque un sursaut, ses premières paroles depuis des heures. Je me redresse sur ma selle, dans une vaine tentative de comprendre ce qui le dérange dans cette lumière.

– Il se passe quoi ?

– Ma cabane est squattée, répond-il.

Il met pied à terre et commence à vérifier les munitions dans son pistolet. Je me laisse glisser de Pépère, et manque de m'étaler sur une racine traîtresse que la faible clarté du soleil baissant m'avait cachée, un rappel douloureux que je ne vais pas devenir meilleure cavalière en deux jours.

— Quelqu'un avec de bonnes intentions ne viendrait pas s'exiler si loin d'un village, ajoute-t-il.

J'évite de faire la remarque sur ce que cela signifie sur lui et préfère demander :

— Est-ce que vous ne pourriez pas au moins lui donner le bénéfice du doute ?

Il me sonde avec une expression étrange, avant de ranger l'arme dans son holster.

— On verra. Attends-moi.

Bien sûr, je refuse de l'écouter, Matt m'ignore et se contente de soupirer quand le craquement de branches retentit dans le silence de la futaie. À une centaine de mètres, une cabane en bois apparaît, très similaire à celle qu'habite Renée, avec un panneau photovoltaïque sur le toit, et des escaliers de pierre. De la lumière perce entre les volets fermés.

— Cette fois tu restes ici, gronde Matt.

L'ordre est sans appel, je plante un genou à terre et tolère ma position arrière. J'ai eu la preuve de mon incapacité à la discrétion, j'accepte de mettre de côté mon insatiable curiosité pour augmenter nos chances de survie. Ce que Matt découvre à travers la moustiquaire doit le convaincre, car il s'approche de la porte et sort son arme. L'hésitation stoppe net son geste, le pied déjà prêt à défoncer le battant. Il regarde en ma direction et un changement s'opère dans son attitude. Je ne vois pas bien, je crois qu'il lève les yeux au ciel. En tout cas, il rengaine et frappe, la main néanmoins toujours sur la crosse de son pistolet et le corps plaqué le long du chambranle.

— Bonsoir l'ami ! Accueillerais-tu deux voyageurs à ta table ce soir ?

Le raclement désordonné d'une chaise précède la voix affolée d'un homme apeuré :

— J'suis pas armé !

— Si j'avais voulu te tuer, tu serais mort, rétorque Matt.

Un petit blondinet apparaît dans l'entrebâillement de la porte, le contre-jour m'empêche de discerner son visage, mais je ne peux pas rater son mouvement de recul quand Matt achève d'ouvrir le battant d'un coup de pied. Surpris, l'occupant de la cabane fait un pas en arrière et tombe sur le derrière. Il glisse sur les fesses jusqu'à se retrouver acculé contre le mur, face à l'entrée. Sa panique atteint son paroxysme lorsque Matt se penche vers lui et, contre toute attente, lui tend une main secourable.

— Du calme, l'ami. La jeune fille et moi cherchons juste un endroit où dormir.

Je les rejoins, et ma présence semble rassurer l'Apeuré, qui se relève, gêné. Il est à peine plus grand que moi, et doit avoir la trentaine, même s'il est difficile d'en juger, lui qui pue la sueur et la terreur.

— J'suis désolé, bégaie-t-il. Je vous ai pris pour d'autres. Des passeurs rôdent dans le secteur, je les ai entendus hier soir. C'est la lumière qui vous a attirés ? Je l'éteins toujours. Merde… je suis crevé… Vous… vous voulez juste pioncer ici ?

— Tu peux garder ma cabane, répond Matt.

L'Apeuré blanchit encore un peu, je n'aurais jamais cru que cela serait possible.

— Oh merde ! J'suis désolé. Je ne savais pas.

— Je te l'ai dit. Ça n'a pas d'importance.

Comme s'il était chez lui, et a priori c'est en effet le cas, Matt s'installe dans le canapé, les pieds sur la table basse. C'est le seul siège de la maisonnette, dont la cuisine est réduite au strict nécessaire, avec une plaque électrique en équilibre sur des tréteaux et un gros congélateur coffre. Le lit est aussi gigantesque que les autres meubles sont minimalistes, surmonté d'un chevet en bois massif qui représente un ours gravé, et encombré d'une montagne de coussins.

— Et si tu allais chercher nos montures, ordonne Matt.

— Oui, valide l'Apeuré. Immédiatement !

Il sort à pas pressés. Matt abandonne sa nonchalance et pousse le tapis élimé de l'entrée pour vérifier si la trappe dissimulée en dessous est intacte. Satisfait par ce qu'il trouve, il remet tout en place, avant d'ôter veste et chapeau, qu'il dépose sur l'immense matelas et de revenir vers la porte, pour surveiller l'extérieur comme s'il attendait quelque chose.

– Ce n'est pas risqué ? demandé-je.

– Darling se défendra, explique-t-il.

La jument répond à ses espérances, un court hennissement est bientôt suivi par le bruit sourd d'un corps qui tombe au sol.

– Maintenant, je sais qu'il a quelque chose à cacher.

– Ou il est juste terrifié et a opté pour ce que tout homme sain d'esprit ferait quand il se sent menacé : la fuite.

– Possible.

– Offrez-lui une chance.

Dans un grognement peu convaincu, il dévale l'escalier avec une brève grimace et marche à grands pas en direction des montures. Darling vient à notre rencontre au trot, l'encolure relevée, les rênes ballantes. Je laisse Matt calmer l'impétueuse cavale et continue vers Pépère que je discerne à peine dans le contre-jour. L'alezan attend avec à ses pieds le blondinet qui gémit, les bras autour des côtes.

– Ça va ?

– Saloperie de cheval, jure-t-il.

– Si j'étais vous, je ne dirais pas ça. Allez, venez.

L'étonnement que je lis sur son visage me fait pitié.

– Je pensais…

Je m'accroupis à son côté. Tout ce que je vois à cet instant est un homme blessé, au bord du gouffre, pas le moins du monde quelqu'un de dangereux comme Matt semble le croire.

– Venez, répété-je.

Je l'aide à se relever. Ses mains sont moites et tremblantes. Je ne remarque Matt qu'au dernier moment, alors qu'il nous observe de derrière sa jument qu'il est en train de desseller. Il ne se permet aucune réflexion sur la confiance que j'accorde à cet inconnu, pas plus qu'il ne cherche à contredire ma décision de l'inviter à revenir vers la cabane. L'Apeuré s'occupe de Pépère avec moi, sous la surveillance continue de Matt. L'ambiance reste tendue pendant la préparation du lapin, et ne se détend que quand Matt extirpe une bouteille d'alcool fort d'une caisse cachée sous le lit.

– J'suis désolé, lâche l'homme après une grosse gorgée. J'ai paniqué.

– Tu peux remercier la demoiselle pour la seconde chance, rétorque Matt.

Et la première aussi, même si je me garde bien de m'en glorifier, trop accaparée que je suis par la réserve de radis que Matt m'a dégottée.

– Merci, bégaie l'Apeuré.

– Comment vous vous appelez ? demandé-je entre deux grignotages.

– Olivier.

– Léa. Pourquoi êtes-vous ici, Olivier ?

Je refuse la seconde tournée que Matt propose, je sens déjà les effets du fond de vin qu'il m'a donné la première fois me monter à la tête.

– C'est pitoyable, répond Olivier après un moment.

– S'il vous plaît. Je promets de ne pas juger.

Il me montre son poignet, où se trouve ce code-barre que tous semblent porter dans la région. Un autre symbole est tatoué à côté : une sorte d'oiseau biffé d'une large croix. Je me tourne vers Matt, dans l'espoir qu'il m'aide à comprendre, mais il vient de terminer de rouler une cigarette et sort fumer, un verre à la main.

– J'ai servi quinze ans dans l'armée ducale, m'explique Olivier le doigt sur son tatouage. Ma femme, ma fille et moi avons obtenu l'autorisation de nous installer à Nancy. Mais un fils est arrivé, un deuxième enfant. Je n'ai pas un grade assez élevé pour en assumer les coûts, on a voulu le cacher, plutôt que d'accepter notre déménagement dans la zone extérieure, mais on s'est fait prendre et j'ai été banni du Grand-Duché pour trahison.

Et là il suit les lignes qui barrent l'animal encré dans sa peau avant de conclure :

– Je vais me démerder pour revenir ! Je suis perdu sans elles.

– C'est... terrible.

– Et injuste... pleurniche Olivier. Ce bébé a le droit de vivre, mais mes deux princesses me manquent.

Assis à l'entrée, Matt nous ignore, même s'il n'a pas dû rater un seul mot de notre discussion. Je ne trouve rien à dire, je baisse les yeux, et Olivier s'abandonne à la contemplation de sa boisson, sans doute reparti très loin de la cabane. L'alcool continue à produire son effet sur moi et la chaleur commence à m'oppresser, je m'identifie un peu trop à ce couple, lui aussi séparé. Je me lève pour rejoindre Matt et profiter de la fraîcheur somme toute très relative de l'extérieur.

– Il n'a pas eu de chance, chuchoté-je.

– Les règles doivent être respectées, répond Matt froidement. Va te coucher, demain nous traversons la frontière.

Je ne rentre que quand Matt se décide. Le pauvre Olivier s'est endormi en boule sur le canapé. Avant que je ne réussisse à comprendre ce qui arrive, Matt lui assène un coup sec sur le crâne. Sidérée par la violence gratuite, je ne peux empêcher ma voix de partir dans les aigus :

– Qu'est-ce que vous fabriquez ?

– Une assurance.

Avec une certaine dextérité, Matt bascule le corps amorphe de l'Apeuré et lui enserre les poignets et les chevilles dans des menottes en plastique car, bien sûr, Matt possède ce genre de matériel, rien ne m'étonne venant de lui. S'ensuit une fouille minutieuse, le contenu des poches du malheureux est rassemblé sur la table basse, des allumettes, une cordelette, des biscuits, un caillou blanc. Ce dernier élément intrigue Matt, qui le manipule entre ses doigts sales avant de le mettre avec les autres trouvailles. La préparation pour la nuit se termine en mode momie, quand l'Apeuré toujours assommé se retrouve enroulé dans un drap.

— Ce n'est plus de mon âge, remarque Matt alors qu'il s'écroule sur le canapé, à bout de souffle.

— Vous n'aviez pas à faire ça !

— Il s'en sortira, rétorque-t-il. Je veux juste pouvoir pioncer pénard.

Il étouffe une toux rauque, puis ajoute :

— Tu lui as sauvé la vie, bravo.

— Vous... vous l'auriez vraiment tué ?

— Je n'ai jamais dit que j'étais quelqu'un de bien. Et arrête de me vouvoyer, ce formalisme est déplacé.

— Mais...

— Il suffit, répond-il avec colère. Il me reste des draps si tu insistes.

Une quinte le pousse à stopper net sa menace, ce qui ne m'empêche pas de me taire, peu désireuse de découvrir s'il bluffe. Je le laisse avec sa rancœur et sa bouteille, et m'arroge le lit.

Je dors très mal, et Matt aussi, car il est encore plus maussade que d'habitude quand il vient me secouer, à l'aube, pour me tendre une paire de ciseaux et une tasse d'un mélange brunâtre :

— Libère ton ami.

Je me retiens de lui rétorquer que j'ai horreur du café et que ce n'est pas mon ami, et me contente de boire et de m'habiller avant de suivre ses ordres. L'Apeuré porte en cet instant son surnom à merveille.

— Je suis sûre que vous retrouverez vos princesses et votre bébé, dis-je quand j'ai terminé de l'extirper de sa prison de tissus.

Il me fixe, surpris, en frottant ses poignets où est incrusté le layon rouge des liens.

— On y va, gronde-t-on dans mon dos.

Olivier frémit à ce ton péremptoire et lance des regards terrifiés vers la porte, où Matt nous surveille, la main sur la crosse de son arme.

— Je ne l'avais pas reconnu hier… le Général… Vous ne devriez pas rester avec lui ! Il n'est pas le bienvenu là où vous vous rendez.

Je refuse d'en entendre davantage et cours me réfugier auprès de Pépère. Je me répète en boucle ce qui m'aide à ne pas craquer : je dois rejoindre le centre Fuselière de Nancy pour y réveiller mon petit-ami et Matt est ma meilleure chance.

Le jour des premiers mots
Nicolò

8 octobre 2026

Un de nos serveurs tombe malade, le service s'en trouve compromis ! Le chef scanne notre cuisine de ses deux petits yeux noirs. Par chance, mes oignons sont émincés. Il me désigne alors du doigt, son torchon battant l'air :

— Nicolò ! Va aider en salle !

— Oui, chef !

Passage rapide par le vestiaire. Ma tenue de commis remisée, je récupère le veston que la responsable m'apporte. Elle me briefe en urgence, je croule sous les conseils, redites de mes cours d'hôtellerie. Moi, je ne pense qu'à une chose : on est jeudi !

Toutes les étoiles s'alignent : tu viens et tu te retrouves dans ma zone. Je bafouille quand je croise tes yeux bleus. Ton sourire m'aide à reprendre pied, à noter ta commande et à ne pas trop me ridiculiser.

Par contre, notre première discussion manque de romantisme :

— Quel est le plat du jour ? demandes-tu.

Heureusement que j'avais quand même un minimum écouté les consignes car je suis en mesure de répondre avec fierté :

— Risotto crémeux aux fruits de mer frais, *signorina.*

Je me rappelle le menu comme si c'était hier.

Mon chef est content de moi, mais un intérimaire remplacera l'absent dès le soir, et moi je vais retourner dans l'anonymat des fourneaux. Sans réfléchir, je propose :

– Est-ce que je pourrais pas rester en salle genre un service par semaine ? Ce serait cool pour mon apprentissage, non ?

Il se gratouille le menton.

– OK.

Je négocie le jeudi midi, bien sûr !

Chapitre 4
Le restaurant
Léa

23 janvier 2054

La frontière est proche, nous l'apercevons pour la première fois du haut d'une colline quand mon estomac m'informe que midi arrive. Construite de bric et de broc le long de ce qui était jadis une autoroute, elle possède une hauteur toute symbolique et les trous sont si nombreux que j'ignore ce qu'elle est censée empêcher de passer. Matt ne se précipite pourtant pas vers ce qui a l'air d'être une clôture de jardin. Il profite de notre perchoir pour observer le ciel en silence, un appareil qui ressemble à un téléphone portable en main.

– Qu'est-ce qu'on attend ? demandé-je après cinq minutes.

– Les drones, répond-il. Tu peux te mettre à l'aise, je dois récupérer leur cycle du jour.

Les explications ne viennent pas, alors je hoche la tête, comme si je comprenais, et pose pied à terre. En revenant d'un pipi rapide, je remarque un abricotier sauvage, magnifique avec ses grosses boules orange gorgées par le soleil qui déjà nous gratifie d'une bonne trentaine de degrés. Toute à ma cueillette, la raison de notre présence m'échappe un bref moment quand le bourdonnement sourd d'une machine brise la tranquillité.

Je cours vers les chevaux, les mains chargées de onze abricots, juste à temps pour voir foncer un petit avion gris argenté, fuselé et étincelant sous les rayons du zénith. Matt tente de lire ce qu'affiche son appareil, mais Darling lui donne du fil à retordre, alors qu'elle roule des yeux inquiets vers le ciel, ce qui oblige Matt à abandonner la lecture des chiffres sur l'écran pour la calmer. Aussi vite qu'il est arrivé, le drone disparaît sur notre gauche.

– Chier… Va falloir attendre le prochain.

En guise de consolation, je lui propose un de mes fruits qu'il accepte sans conviction. Il décide d'établir le campement pour le déjeuner. C'est à cet instant que je remarque que nos bagages ont triplé, même Darling porte désormais deux grosses fontes. C'est de l'une d'elles que Matt sort un sac à dos verdâtre, à la toile plastifiée renforcée, le genre que les marcheurs utilisent dans leurs randonnées, avec des courroies pour le couchage, et des pochettes sur le côté pour la bouteille d'eau.

– Tiens, je me suis dit que ça te plairait.

Je souris à pleines dents, amusée de voir ce grand gaillard m'offrir son cadeau avec une attitude qui pourrait se traduire par : « Ce n'est pas pour autant que je te pardonne. » Je ne suis pas assez fière pour refuser, ou plutôt m'excuser de l'avoir poussé à ne pas tuer quelqu'un. Je découvre à l'intérieur une gourde et un couteau, tous deux similaires à ceux de Matt, et mon précieux cahier. Comme à chaque fois, sa simple existence me fait monter le sang aux joues, je le serre fort entre mes bras pour refouler la panique qui me menace.

– Merci, murmuré-je.

Il hoche la tête, déjà en train de sortir notre repas, et son tabac pour se rouler ses maudites cigarettes, tandis que je me réfugie à l'ombre d'un gros hêtre, sur un tapis d'herbe sans trop de fourmis qui grouillent.

Au troisième passage du drone, les deux derniers ayant d'ailleurs été très rapprochés, Matt me rejoint :

– On aura une fenêtre dans trois heures, ce sera juste, mais les chevaux connaissent la route. Pas envie d'attendre demain.

– Vous pouvez m'expliquer ?

Il se laisse glisser à terre, le dos appuyé contre l'arbre face à moi, et continue à mâchouiller un morceau de viande séchée :

– Une vingtaine d'appareils, une vitesse de 100 km/h, pour une frontière de mille kilomètres, répond-il. Fais le calcul.

Inutile de m'y inciter, je lui épargne le résultat et me contente de conclure :

– Il existe des failles.

– Exact.

– Donc chaque jour, ils sont réglés sur un cycle différent.

– Encore exact.

– C'est pour ça que le mur est symbolique. Il n'y a pas besoin d'empêcher les gens de sauter par-dessus, la menace est ailleurs et imprévisible.

– Mon idée, remarque Matt non sans une pointe de regret.

– Les drones ont quelle portée ?

– Quand tu les entends, il est trop tard.

– Et en-dessous ?

– Il faudrait creuser très profond pour tromper les capteurs.

– Comment ça se fait que vous avez ça ? dis-je en montrant la télécommande qu'il a posée à côté de lui.

– Tu sais qui je suis, répond-il avec un clin d'œil. Et tu veux une anecdote ?

– J'en rêve…

– Leurs moteurs sont alimentés grâce à des piles de cercueils.

Satisfait, il allonge les jambes, et rabat son chapeau sur son visage. Inutile d'être une grande psychologue pour comprendre qu'il désire profiter d'une pause.

Je le laisse tranquille et termine mon repas avec, pour spectacle, la ronde de ces drones qui fonctionnent grâce aux mêmes sources d'énergie qui m'ont gardée en vie. Ont-elles sauvé celle de mon petit-ami ?

En pleine réflexion, je m'assoupis à mon tour, et c'est le bip d'une montre qui nous tire de notre sieste. Matt a dû, elle également, la récupérer au cours de notre passage à la cabane, car je suis certaine qu'il ne portait rien au poignet lorsque nous nous trouvions chez Renée.

— Dans dix minutes, annonce-t-il.

Ce sursis nous permet de nous préparer, ce qui pour moi signifie une bonne rasade d'eau pour diluer le mauvais goût du réveil dans la bouche, tandis que Matt se roule une cigarette. Son calme m'aide à contrôler mon appréhension, même si l'air me semble de plus en plus lourd à mesure que s'égrène le décompte des dernières secondes.

Au signal, nous galopons vers l'autoroute, et grimpons aussi vite que mon cheval le peut via une bretelle défoncée qui mène à l'A5 d'après un panneau bleu branlant. Je me force à me concentrer sur la route, les yeux fixés sur les oreilles de ma monture qui sait exactement où elle va, pour ne pas voir les corps qui gisent sur le macadam, des animaux… mais pas que...

Pépère accepte pour une fois de sauter, et non d'enjamber, le muret qui se dresse. Nous sommes en train de redescendre quand des cris me font me retourner sur ma selle, accrochée au pommeau pour ne pas glisser. Quelqu'un sprinte en notre direction, bien loin déjà, car il n'a aucune chance de soutenir à pied le rythme imprimé par nos chevaux.

— Il faut l'aider, dis-je en tirant sur les rênes pour ralentir.

— Trop tard, répond Matt. Notre fenêtre est serrée.

Il oblige Pépère à repartir au galop.

— Attendez-moi, hurle l'homme dont je reconnais l'intonation apeurée.

– Quel idiot, grommelle Matt entre ses dents.

Notre course ne s'arrête pas là, car mon guide a décidé de mettre la plus grande distance possible entre nous et la frontière extérieure. Les traces laissées par les clandestins sont partout, des affaires, des corps abandonnés sur le bord du chemin souillé par les vaines tentatives de pauvres hères désespérés.

Quand j'entends le drone arriver, mon instinct de survie me crie de me cacher, mais je sais que notre destin est scellé s'il nous a détectés. Mon cœur rate un battement au moment où les moteurs changent de régime. Mais l'appareil ne ralentit pas pour nous, il stationne au niveau de l'échangeur. Deux tirs brefs retentissent, puis il réaccélère et continue sa route après avoir fait pleuvoir la mort. Les oiseaux ne tardent pas à reprendre leur pépiement, eux qui devraient être les seuls à régner sur les cieux.

– Bienvenue dans le Grand-Duché, conclut Matt avec lassitude.

Ce soir-là, nous nous arrêtons dans un ancien restaurant en périphérie d'un village. Construit sur une position surélevée, au centre d'une large place en grande partie occupée par un parking, l'endroit est en bon état en comparaison du reste de la bourgade dont les toits affleurent à la surface d'un étang en contrebas.

Matt guide les chevaux dans la salle principale. Il leur arrange des boxes entre les tables défoncées et leur sert de l'eau dans des seaux à vin en métal blanc. Une fois les bêtes pansées, il nous installe juste à côté d'elles, dans un bureau rempli de papiers éparpillés. C'est donc au milieu de divers documents comptables, un régal de chiffres disparates, que nous partageons notre repas, des abricots et une omelette pour moi, un nouvel animal sacrifié pour sa survie à lui. Mon petit-ami n'est pas le seul à me manquer ce soir, l'ombre des absents est pesante, la fantasque Renée et le malheureux Olivier.

Contre toute attente, c'est Matt qui entame la discussion :

– Je suis désolé pour hier.

— Il est mort, remarqué-je lugubre. Ça n'a plus d'importance.

— J'ai perdu l'habitude d'accorder ma confiance, m'avoue-t-il.

— Pourquoi est-ce que vous êtes parti du Grand-Duché si ce n'est pas pour changer les choses ?

— C'est compliqué. Et arrête de me vouvoyer, s'il te plaît...

Je prépare ma réponse quand il m'intime le silence de son poing levé. Je m'apprête à me plaindre de son attitude de défiance envers autrui, une récrimination basée sur une quelconque image qui évoquerait la façon dont il a abandonné la fille de Renée et le bébé, mais quelque chose dans son regard dur me fait comprendre qu'il ne cherche pas à se défiler, pas cette fois. Il se relève et esquisse une grimace à ses reins qui craquent. Sa posture est furtive, accroupie, la poitrine penchée en avant, la main droite déjà posée sur le holster de son arme.

Restée seule, j'hésite. Je fixe la porte qu'il vient d'emprunter, obnubilée par une tache énorme sur le papier peint lépreux et une addition sur une facture déchirée que mon esprit en manque de mathématiques rêve de compléter. L'envie de le suivre me taraude, pour découvrir ce qui a alerté l'oreille aguerrie de mon compagnon de voyage. Moi, je n'ai encore rien perçu d'autre que le coassement des grenouilles et le clapotement de l'eau. Un sabot frappe le carrelage du sol dans la pièce d'à côté, sans aucun doute Darling, car Pépère doit, tout comme moi, être à des kilomètres de se douter que quelque chose cloche.

Trop curieuse pour résister, j'adopte la même position courbée que Matt et m'engage dans ses pas. Il est appuyé contre le mur de la façade, entre les deux hautes fenêtres. À intervalles réguliers, il regarde par celle de droite, ne restant jamais à découvert plus de deux ou trois secondes.

Quand je parcours le dernier mètre qui me sépare de lui, je réalise que ce n'est peut-être pas la meilleure idée d'arriver en silence dans le dos de quelqu'un sur le pied de guerre. Mais il m'a entendue, bien sûr. Il se contente de m'indiquer du pouce de me placer derrière lui. Je discerne désormais au loin le bruit d'hommes qui discutent à voix basse sans que je ne réussisse à capter autre chose que des mots épars, rien qui fasse sens, car ça parle en vrac de chevaux, d'eau, de fil, et de mèche.

Au moment où Matt se penche pour guetter, je fais de même. De l'autre côté de la route, quinze soldats surveillent le bâtiment dans lequel nous nous trouvons. Ils portent tous le même uniforme opérationnel bordeaux, presque noir : un tee-shirt à manches longues, un pantalon aux poches multiples, une paire de chaussures tactiques, des guêtres renforcées qui montent jusqu'en-dessous des genoux, une casquette à visière courte et un gilet pare-balles. Un écusson est accolé sur leurs épaules, le blason de Lorraine à fond jaune avec une barre rouge en diagonale et des oiseaux blancs.

Trois d'entre eux s'avancent, leurs armes levées, des mitraillettes que je n'aime pas voir pointées vers nous.

– Mon Général, nous sommes en mission officielle, sous mandat du Duc de Lorraine. Son Excellence vous prie de bien vouloir instamment rentrer à Nancy.

Le Pompeux laisse la place à l'Amical :

– Je sais que t'es là, Matt. Ne nous oblige pas à entrer de force, s'il te plaît. Le restaurant est cerné et nous sommes dix fois plus nombreux que toi.

Comme le trio n'aurait pas été complet sans un Énervé, le dernier ajoute :

– Nous avons pour ordre de vous ramener vivant « si possible » ! Perso, je pense qu'un homme mort cause moins d'emmerdes.

– Je tiens à préciser que Monsieur le Duc vous offre une immunité totale, reprend le Pompeux. Il est persuadé que vous aviez une excellente explication pour espionner dans le sud, il a hâte d'entendre vos conclusions à ce propos.

– Le Grand-Duché a besoin de toi, insiste l'Amical. J'ai besoin de toi. Ne fais pas le con !

– Je prépare les explosifs ? demande l'Énervé. Ou on espère bêtement que, cette fois, il se rendra sans opposer de résistance ?

Accroupi contre le mur, Matt réfléchit. Il m'étudie, serre les lèvres, puis hoche la tête avec dépit.

– Tu as raison, soupire-t-il, il est temps de tenter une approche différente.

De la poche intérieure de sa veste, il extrait l'appareil qui nous a servi à tromper les drones, qu'il dépose sur le plancher, entre nous.

– Quand nous serons partis, tu devrais retourner chez Renée. Rien de bon ne t'attend à Nancy.

– Mais…

– Ça va aller, gamine.

Il me gratifie d'une petite tape dans le dos et se remet debout, les mains en évidence.

– Je sors, crie-t-il avant de tousser.

Il marche sans se presser, avec des gestes lents, le pas assuré. À l'extérieur, je les entends se réorganiser, leurs chaussures frottent sur le sol en réponse à des ordres brefs.

– Général, clame le Pompeux. Au nom de l'autorité dont je suis investi, permettez-moi de vous transmettre les inquiétudes du Duc.

– Ça me fait une belle jambe, répond Matt.

Plusieurs soldats pouffent.

– John, interpelle Matt, viens par là. Faut qu'on cause.

– Et c'est tout ? s'étonne l'Énervé. Réveillez-vous, les gars. Il a déserté, c'est plus notre Général !

– Techniquement parlant, commence le Pompeux. Il…

– Exact, le coupe Matt. J'assume le commandement. Quelqu'un s'y oppose ?

Je ne perçois pas un raclement de gorge.

– Montez le camp ! reprend Matt après une dizaine de secondes.

Soudain, je réalise que je laisse échapper la seule personne de ce monde capable de retrouver mon petit-ami en cryo. Avant de trop penser à un risque éventuel, je récupère la télécommande à drones, que je fourre dans ma poche, je me lève et suis le même chemin que Matt.

Ce dernier se trouve à l'écart en train de discuter avec un gars de dos que je discerne mal dans la pénombre. Sur la quinzaine de soldats, moins de la moitié est restée à les observer. Les autres suivent les ordres et s'occupent de dresser des tentes au bout du parking, aux toiles rouge foncé similaires à leurs uniformes, qu'ils arrangent en demi-cercle autour des chevaux attachés à des rambardes de sécurité.

Je dois me forcer à tousser pour qu'on me remarque. Les soldats surveillant Matt ouvrent des yeux ronds et deux d'entre eux pointent leur mitraillette en ma direction, inquiets.

– C'est qui, elle ? s'étonne l'un d'eux.

Matt soupire en marchant à ma rencontre.

– Tu fous quoi, grommelle-t-il entre les dents une fois à ma hauteur.

– Je t'accompagne !

Il accepte l'appareil que je lui rends d'un air impassible, et reprend à l'attention du groupe :

– Elle est avec moi. Installez-la dans ma tente !

Certain de son autorité, il crache par terre et retourne discuter avec son ami. Des visages inconnus et, pour la majorité, hostiles me scrutent, des jeunes gens en excellente condition physique, à la carrure impressionnante, avec une parité quasi parfaite entre hommes et femmes.

– Viens, m'ordonne l'Énervé.

Je découvre un trentenaire bronzé de taille moyenne, avec les cheveux et les yeux noirs, qui porte sa casquette très enfoncée sur un crâne rond. Sa beauté est gâchée par une vilaine cicatrice qui lui remonte la lèvre supérieure, et coupe sa joue droite d'une boursouflure rosée. Je m'exécute, un peu intimidée. L'Énervé s'arrête devant une tente que deux membres de la troupe achèvent d'accrocher au sol avec des sardines en métal.

– Voilà la demeure du « Général », déclare-t-il avec un surcroît de condescendance.

– Il faudrait rapporter nos sacs. Ils sont restés dans le restaurant.

Un reproche fugace me transperce avant qu'il n'ordonne à deux pauvres volontaires désignés :

– Meg et Yuan ! aboie-t-il. Récupérez leurs affaires dans le bâtiment !

J'approuve d'un hochement de tête qui ne passe pas inaperçu. Bizarrement, le gradé n'apprécie pas qu'une gamine de seize ans lui explique son travail. Ne voyant pas l'intérêt d'en rajouter et d'aller à la confrontation, je baisse les yeux et me perds dans la contemplation de mes nouvelles chaussures et de l'empreinte incrustée dans la terre molle par mes semelles aux crans profonds. Cela fonctionne à merveille, car l'Énervé m'abandonne à mon sort et décharge sa mauvaise humeur sur un maladroit prénommé Medhi qui vient de salir un sac de couchage.

Je m'assois à l'entrée de la tente qui sent le renfermé, sur la toile en plastique froide. Mon k-way ne suffit pas à me réchauffer en ce début de soirée, alors que la température a chuté d'un coup et que quelques gouttes frileuses commencent à tomber. Des hennissements terribles déchirent la nuit et me font sursauter, suivis par les jurons d'un homme effrayé.

Peu après, des soldats reviennent avec Pépère et nos fontes passées sur leurs épaules. Derrière eux, Matt guide Darling, au même niveau que l'Amical. Celui que Matt a appelé John porte à merveille son surnom, tout dans son attitude respire une jovialité communicative, avec un visage avenant entouré de cheveux bruns coupés court, des yeux marron rieurs, une bouche souriante et de bonnes joues rondes. Le quarantenaire possède le physique d'un athlète et, pourtant, il n'a rien de la force martiale de ses collègues, il dégage une aura protectrice qui donne envie de courir se réfugier entre ses bras de la taille de mes cuisses.

Pépère se mêle aux autres chevaux, avec qui il échange quelques coups de museau fraternels. Telle une princesse, Darling regarde ses nouveaux compagnons les oreilles rabattues. Même si Matt l'a attachée à l'écart, elle marque son territoire par quelques morsures bien placées.

– Quelle teigne, lâche un inconscient.

Le reproche silencieux que Matt lui adresse lui fait regretter la réflexion et, d'ailleurs, personne n'osera exprimer à haute voix une remarque à propos du comportement de Darling, ni ce soir ni les suivants.

Les ayant récupérées auprès des deux jeunes, à peine plus âgés que moi, un rouquin et un brun avec des tatouages celtiques dans le cou, Matt lance nos affaires par-dessus mon épaule et, en grimaçant, il s'assoit à côté de moi. Il étend sa jambe gauche et s'emploie à masser son genou.

– Pourquoi tu ne m'as pas écouté ? demande-t-il, le souffle rauque.

– Je te l'ai dit, je dois aller retrouver mon petit-ami.

– Avec moi, tu ne quitteras peut-être jamais Nancy.

– Au moins, avec toi, j'y arriverai.

– Avec Renée, tu serais en vie.

– Je préfère mourir en essayant de le rejoindre.

– Comme tu veux.

Sur cette réponse laconique, il disparaît à l'intérieur de la tente dans un grognement. Je deviens experte dans le décryptage de ses onomatopées : il n'approuve pas ma façon de voir, mais il n'a aucune envie d'engager le débat. Je souhaitais le laisser tranquille, mais le froid me pousse à rentrer. Je ferme aussi doucement que possible la fermeture-éclair, car il dort déjà, d'une respiration sifflante, bien que régulière. Son odeur puissante d'homme sauvage recouvre tout. Il m'offre sa chaleur et je me sens sereine en sa présence. Dos à lui, je me blottis dans mon sac de couchage gelé. Je commence à renfiler les pennes des plumes qui dépassent de mon duvet et me piquent la joue. Une… Deux… Épuisée, je m'assoupis avant vingt, d'un sommeil si profond que je ne me souviens pas d'avoir rêvé.

Le jour de la décision
Nicolò

9 mars 2027

Cinq mois passent dans ce *statu quo* pourri. Parfois, tu manques notre rendez-vous hebdo dont t'ignores les termes. D'autres, t'es placée hors de ma zone et j'ai pas la chance de te servir. Même dans ce cas, je m'arrange pour te lâcher un petit « bonjour *signorina* » qui me contente pour la semaine.

Maintenant, le son m'est accessible ! J'espionne vos discussions qui pourraient paraître superficielles pour tout autre. La météo est une constante pour la plupart des clients en cette période. Entre la température et la pollution, j'apprends que tu vas fêter tes quatorze ans en juin, trois mois après moi. T'adores monter une ponette baptisée Lutine, écouter de la musique classique et bouquiner. Au contraire, tu détestes la viande, la guerre, et le bichon de ta grand-mère, Nougat, un chien qui te crache dessus dès qu'il te voit. Ta passion pour les chiffres amuse tes copines, qui ne manquent jamais de t'encourager quand tu calcules l'addition de tête. A priori, t'es une grosse tête et elles jalousent tes bonnes notes.

Le plus important : tu te nommes Léa ! Ton prénom m'obsède. J'en teste les consonances quand je me lève, quand je prépare mes plats, quand je me couche. Je l'écris en marge de mes cahiers, sur les gâteaux et les nappes de papier, la boucle du « L » entourant le « e » qui le suit.

Mais il faut que j'arrête de me cacher. C'est d'ailleurs en plein centre de l'attention que je prends LA décision. *La mia famiglia* m'entoure, mes parents, mon grand-frère et mes trois grandes sœurs, leurs maris, les cousins et les neveux. *Mamma* ne rate jamais une occasion d'organiser une fête, et les quatorze ans de son fils cadet sont une opportunité à saisir.

Alors qu'ils hurlent la sacro-chanson qui me vrille les oreilles, je me fais la promesse : *mio amore,* ce jeudi je t'inviterai à aller manger une glace ! Tu commandes toujours ça au dessert.

Et je souffle mes bougies.

Chapitre 5
Halte à Crépan
Léa

24 janvier 2054

Ce jour-là débute avec quelqu'un qui me remue par les pieds. Je râle et roule sur le dos, jusqu'au centre de la tente. La place est froide. Je soulève mes paupières, la luminosité est très faible, perçant à peine la toile qui paraît brune dans ce sens-là. Je me relève sur les coudes, Matt se tient à l'entrée, accroupi. Il m'ordonne d'une voix que je trouve encore plus rocailleuse que d'habitude en ce matin frisquet :

— Dépêche-toi.

Je soupire, dans une vaine tentative de faire refluer le mal de tête que je sens pointer. Où est le temps où je me prélassais dans mon lit au réveil, et profitais de ce moment pour émerger en douceur ? Heureusement, je me suis couchée habillée, une chose de moins à gérer. Je sors à quatre pattes, les yeux encollés de sommeil. Une mauvaise idée ! Mes mains et mes genoux s'engluent dans la boue.

Le soleil apparaît à peine au-dessus de l'étang, illuminant la nature recouverte de perles de rosée. J'inspire à pleins poumons l'air saturé de pollen et m'étire. L'instant zen s'arrête quand je remarque que le camp est démonté et que les soldats m'attendent sur leurs chevaux harnachés, avec l'écusson de Lorraine très visible sur les tapis sombres, quelques sourires goguenards sur leurs visages fatigués.

Le temps que j'aille me soulager derrière un buisson que j'aurais espéré moins clairsemé, ma tente est réduite à un boudin glissé au fond d'un sac de jute ficelé sur la croupe de Pépère que Matt m'amène. Il m'apporte aussi du pain avec quelque chose à l'intérieur. Je le laisse me hisser sur la selle et accorde ma pleine confiance à mon fidèle destrier pour coller aux basques des autres tandis que je mâchouille sans enthousiasme ce qui se révèle être un petit-déjeuner à la marmelade.

Matt ne rentre pas à Nancy comme prisonnier. Il a toujours son arc et je discerne le haut du holster de son arme lorsqu'il trotte. Ces hommes envoyés pour l'arrêter se sont soumis à son autorité et c'est d'ailleurs lui qui impose le rythme et dicte d'un geste les changements d'allure. Trois cavaliers marchent à ses côtés, leur mitraillette sur la poitrine, prête à l'emploi, le gros de la troupe suit, dans un ordre qui fluctue en fonction des discussions et des relèves régulières de l'avant-garde.

Nous sommes seize en tout, un sacré groupe qui soulève d'énormes nuages de poussière. J'ai essayé à un moment de motiver Pépère à remonter la colonne pour rejoindre Matt et clarifier la situation. Sans succès. Mon cheval ne voit pas l'intérêt de se presser et il ralentit dès que je stoppe de le talonner, ce qui me lasse vite.

Après une période de trot en file indienne le long d'une haie touffue qui limite notre champ de vision, nous débouchons au milieu de vastes prairies luxuriantes et Matt repasse au pas. L'Amical se place à côté de moi :

– Salut !

Ce n'est pas sans un certain embarras que je lui réponds :

– Euh… salut !

– Tu t'appelles Léa, c'est ça ?

— Oui… Et vous ?

— John. Je ne vais pas te manger, tu sais ?

Il déclare cette évidence avec une telle franchise que je ne peux m'empêcher de sourire. Je repousse de la main les mouches qui tentent d'en profiter pour entrer dans ma bouche.

— Voilà qui est mieux, constate-t-il. Ton choix d'hier soir était le bon, en venant avec nous. Matt m'avait prévenu que tu étais dans le restaurant, il voulait que je m'assure que les autres ne te trouvent pas. Cette région est trop dangereuse pour quelqu'un de seul et d'inexpérimenté sortant de cryo.

Je tais l'existence de Renée et me contente de hocher la tête.

— Est-ce que tu as adopté la manière de communiquer de Matt ? me demande-t-il, narquois.

— Non, non, croyez-moi. Je peux être une véritable pipelette si vous insistez.

— Sais-tu qu'on a certainement le même âge ? Tu es de quelle année ?

— 2013. Juin 2013.

— Tu vois, je suis de 14 ! Matt est vieux, lui, il est de 2007. Alors pas de vous entre nous ! J'ose espérer que je suis aussi bien conservé que toi !

Je souris à cette idée, pas très convaincue. Depuis l'invention de la cryo, la date de naissance ne signifie rien. Peu importe ce qu'il en pense, il a deux fois mon expérience.

Je n'ai pas l'occasion d'approfondir davantage, car il continue :

— Je ne demande qu'à t'écouter. Raconte-moi un de tes souvenirs du monde d'avant. Les miens se sont estompés, j'étais encore qu'un gosse.

— Logique, ça ne fait que deux semaines pour moi.

— Quelle chance ! C'était quoi, ta dernière activité amusante ?

Je prends le temps de réfléchir un peu. Entre l'isolement volontaire dans notre bulle du premier amour, et l'interdiction de quitter la zone protégée de Versailles, je manque de banalités intéressantes. Alors que je l'avais oubliée, une visite au zoo me revient, une sortie surveillée qui s'était transformée en promenade en couple quand nous avions réussi à fausser compagnie à ma gouvernante. Et voilà que je me lance dans une description détaillée de cette belle journée partagée avec mon petit-ami, sans omettre un seul enclos. Rien que de prouver combien les deux oursons bruns sont mignons m'occupe dix bonnes minutes.

– C'était une autre époque, conclut-il.

– Je me demande ce que sont devenus ces animaux.

– Je ne pense pas qu'il faille se bercer d'illusions. Les espèces qui sont capables de s'adapter à la canicule que nous subissons en été ne sont pas nombreuses. Ils ont certainement terminé dans l'assiette de quelqu'un.

Je préfère imaginer ces peluches vivantes en train de cavaler dans les bois autour de Paris, libérées du joug des hommes. Des bébés qui, depuis le temps, doivent s'être transformés en adultes vraiment costauds…

Matt ordonne une pause. Absorbée par mes souvenirs, je n'ai pas trop observé les alentours, et je découvre que notre chemin nous a emmenés sur une butte pelée qui offre une vue dégagée sur le plateau avec ses bosquets épars, ses maisons ruinées, ses prairies herbeuses et ses champs dorés. Des arbres noueux abritent une vieille chapelle aux pierres blanches parsemées de coulures noirâtres.

Je laisse Pépère avec les autres chevaux et je m'approche de l'édifice religieux, le nez en l'air, la main sur les yeux pour me protéger du soleil brûlant. Même si le toit s'est en partie écroulé, le porche a survécu et pointe fièrement ses décorations baroques vers le ciel bleu libéré de tout nuage. À l'arrière du bâtiment, d'anciennes stèles sont enfoncées dans la terre en totale anarchie.

– Tu devrais manger, me conseille Matt.

Je prends le sandwich qu'il me tend. Le pain est rassis et encore imbibé du jus de la viande que Matt a récupéré. Nous mâchons en silence, contemplant le paysage, appuyés contre le mur froid.

Sans préambule, je lui demande :

– Tout se passe plutôt bien, non ?

– Mieux que je ne le craignais, avoue-t-il. Mais le pire reste à venir, Vince est... imprévisible.

Un soldat s'approche, et claque des talons pour annoncer son arrivée.

– Général, vos estimations se révèlent fort justes, la nourriture va manquer pour rentrer à Nancy.

Je reconnais la voix du Pompeux. Son apparence est très décevante. La trentaine, bien charpenté, le visage est commun, la boule à zéro, des yeux marron foncé et un menton rasé de frais.

– Bougres d'idiots ! s'agace Matt.

– Je prends l'entière responsabilité de cette négligence, Général. Nous avions mal jaugé la distance à parcourir pour vous retrouver.

– Sortez-moi un plan de la région.

À la suite du Pompeux, nous revenons vers le groupe. Deux soldats se joignent à lui, les jeunes qui ont été désignés pour nous rapporter nos affaires hier, a priori des cadets hermétiques aux remontrances qui leur sont gueulées dessus par l'Énervé. Sa cicatrice a tendance à pulser quand il fulmine, ce qui lui donne un air inquiétant, un peu malsain. Pourtant, les pauvres s'efforcent de déployer la carte que le vent tente d'emporter, chacun la maintenant à un côté. Elle a beaucoup servi, avec ses plis renforcés au ruban adhésif et de grosses déchirures qu'aucune réparation ne peut masquer.

Matt récupère une baguette qu'il utilise pour estimer les distances. Je m'occupe l'esprit en détaillant les deux soldats qui sont à quatre pattes, à se battre contre les éléments, les genoux dans la boue. Le rouquin aux pics désordonnés a d'incroyables yeux d'un vert d'émeraude et un nombre infini de taches de rousseur qui lui octroient un air mutin adorable. L'autre, un brun, n'a pas grand-chose de remarquable, si ce n'est le tatouage complexe qui dépasse du col, s'enroule dans son cou, et vient mourir à la racine de ses cheveux presque rasés. Les motifs en sont celtiques, dans des nuances de gris et je me surprends à me demander ce qui se cache sous sa chemise.

Heureusement, Matt stoppe mes pensées qui dérivent. Je vérifie ses calculs par-dessus son épaule. Le résultat validé, qui est correct, il s'allume une cigarette et annonce :

– Nous allons nous rabattre sur la caserne de Neufchâteau. Et ce soir, nous passerons acheter ce qu'il nous faut aux greniers de Crépan, dit-il en montrant un bourg au croisement de deux routes juste après une rivière.

– Vraiment ? s'étonne l'Énervé. Pourquoi payer quand il nous suffit de réquisitionner ?

– Il est important de conserver une bonne entente avec les villages extérieurs.

– Oui mais…

– Mes décisions vous dérangent-elles ?

L'Énervé doit fournir un gros effort sur lui-même pour ne pas répondre. Ses maxillaires serrés sont visibles à travers ses joues gonflées. Matt n'attend que ça. Il crache et change ses appuis, prêt à toutes les éventualités, les jambes écartées, les épaules ouvertes, les poings fermés. Son adversaire, impressionné, marmonne un « non » et décampe sans demander son reste. Matt demeure tendu, le regard désapprobateur fixé sur celui qui bat en retraite. Il ne se détend que quand John vient vers lui. Ils échangent quelques mots à voix basse et s'éloignent à l'arrière de la chapelle en se rallumant une cigarette.

Notre arrêt ne dure pas et une nouvelle longue après-midi à cheval débute. Mes cuisses et mes fesses brûlent, mon dos douloureux m'empêche de trouver une position correcte, et je passe les trois heures de route à me dandiner en selle et à maudire le destin pour m'être réveillée dans un futur où les voitures volantes n'existent pas.

Mon calvaire se termine enfin au centre du village de Crépan, une bourgade en bon état général. Des ruines s'élèvent ici et là, notamment en périphérie, avec des maisons sacrifiées qui servent de carrière à matériaux pour le haut mur d'enceinte qui le protège, mais c'est le mieux conservé que je visite depuis ma sortie de cryo.

La milice locale, stressée par l'importance de notre groupe, prend nos armes, avant de nous parquer sous une grande halle en bois aux tuiles rouges, entretenue avec soin comme le prouvent les traces récentes de vernis, là où il est facile pour eux de nous surveiller. La charpente est impressionnante et il est encore plus bouleversant de se dire que ce bâtiment de l'époque médiévale a réussi à survivre jusqu'à aujourd'hui.

– John, avec moi ! ordonne Matt.

Sans vérifier si le volontaire désigné le suit, Matt part à grandes enjambées en direction d'un véritable manoir avec ses longues fenêtres en pierres de taille, sa porte cochère, son toit d'ardoises et ses deux conduits de cheminée. Matt n'a pas à frapper, l'entrée s'ouvre à leur arrivée et ils disparaissent à l'intérieur.

Nos soldats posent pied à terre et se dispatchent, certains discutent en petits comités, d'autres sortent un jeu de cartes ou des dés et quelques flasques se mettent à tourner. Deux d'entre eux s'éloignent pour se coucher, leurs bras sur les yeux. Je suis rassurée de constater que je ne suis pas la seule que ces interminables cavalcades fatiguent !

N'ayant été invitée par personne, et trop impressionnée pour m'imposer, je me contente de faire des allers et retours dans l'espoir de chasser les crampes de mes mollets. Je m'amuse à sauter de dalle en dalle, et à multiplier le résultat précédent de façon incrémentale, quand un mouvement attire mon attention : l'Énervé se glisse entre deux maisons sur la droite.

Intriguée par son manège qui n'a pas été remarqué de la milice ou de nos soldats, je décide de le suivre, profitant de la même faille de sécurité. Je remonte une ruelle sombre aux pavés verts de mousse. Le soleil ne doit pas souvent réchauffer cet endroit. Heureusement, mon suspect ne cherche pas à se cacher, car mes compétences en filature sont loin d'être affûtées. Il longe un muret qui lui arrive au niveau de l'épaule quand, soudain, il s'arrête. Il susurre quelque chose par-dessus les pierres, des mots qui effraient deux jeunes enfants au teint mat que je ne pouvais voir avant qu'ils ne se mettent à courir à travers la pelouse râpée de leur jardin en pente montante. La fillette et le garçonnet ont cinq ou six ans.

– Maman ! hurlent-ils.

L'Énervé jette un œil à droite, à gauche, puis il saute la clôture et atterrit avec souplesse dans l'herbe. Une femme, avec un tablier gris et les cheveux bruns remontés en chignon, est apparue sur la terrasse.

– Qu'est-ce que tu fous là ?

Une mère dans toute sa gloire, prête à protéger ses petits. Elle brandit un fusil au long canon de bois avec une gâchette en métal brossé, un modèle qui devait déjà être obsolète pré *Big Hot*.

– À ton avis…

L'Énervé sourit, il charme la propriétaire des lieux, très sûr de lui. Il faut lui concéder qu'il est beau dans le soleil rasant de cette fin de journée qui masque sa cicatrice. Il avance vers sa victime, qui n'ose pas tirer, et la désarme avec facilité. Sans la quitter des yeux, il appuie le fusil contre le mur, à droite de la porte-fenêtre. Elle recule et ils entrent dans la pièce, la vitre se referme derrière eux. Quelque chose se brise à l'intérieur, suivi du hurlement d'une femme.

Ne comprenant que trop bien ce qu'il se passe, je reviens jusqu'à la placette au pas de course. Je ne sais pas à qui m'adresser en l'absence de Matt et de John, alors, dans le doute, je me campe au centre et parle fort pour qu'ils puissent tous m'entendre :

– Y a un de vos gars qui fait une connerie.

Je ne connais même pas son nom... Ils lèvent la tête, les uns émergent de leur sieste, les autres de leurs jeux, et me fixent avec surprise, comme s'ils remarquaient ma présence pour la première fois. L'un des cadets, encore eux, est plus prompt à la détente.

– Où qu'est Terry ? demande le rouquin aux yeux verts avec une pointe d'inquiétude dans la voix.

– Putain ! s'agace son compagnon au tatouage.

Ils déposent leurs cartes, face contre le pavé, et me rejoignent, avec deux miliciens intrigués par notre manège.

– Veux-tu nous montrer ? questionne le Pompeux qui prend le commandement du groupe.

De retour au niveau du mur, je n'entends rien venir de la maison, ce qui n'est pas pour me rassurer. Je laisse les cinq soldats régler le problème, en sécurité dans la rue. Deux enfants trottinent à ma rencontre, ils ressemblent à ceux qui se sont enfuis devant l'Énervé même si, sur le moment, je n'en suis pas certaine.

– Coucou ! salue la fillette avec la natte noire.

– T'es arrivée avec notre papa ? demande le garçon aux yeux sombres.

– Ton... papa ? répété-je

Je lance un regard inquiet en direction de la maison, et me sens soudain bête. Les gamins continuent, très fiers :

– Quand je serai grand, je veux être comme lui ! Un soldat du Grand-Duché !

– C'est quelqu'un d'important ! Papa, il a dit que, l'année prochaine, on pourrait vivre à Nancy tous les quatre !

– Barrez-vous de chez moi ! vocifère ledit paternel.

Armé de sa ceinture, l'Énervé sort en caleçon et en chaussettes, insultant les hommes qui cavalent devant lui d'un vocabulaire tellement fleuri que je ne comprends pas la moitié des termes employés.

La femme que je pensais en détresse contemple la scène en riant. Elle n'est vêtue que d'un simple drap, dans une position déhanchée des plus aguicheuses. La mère protectrice a disparu, elle est désormais une amante langoureuse qui observe avec passion son chevalier qui se bat pour elle. L'Énervé course les intrus jusqu'au muret, qu'ils repassent d'un même mouvement. Cela m'a toujours impressionnée de voir avec quelle facilité les forces spéciales escaladent des obstacles, moi qui prends cinq minutes à réussir à me hisser.

– Maintenant, dégagez ! rouspète l'Énervé.

Sitôt revenus à la halle, les cadets s'empressent de raconter l'anecdote à leurs camarades, ils miment les péripéties sous les encouragements de tous, embellissant la situation à mesure qu'ils la répètent. Dans la dernière version, les deux amants sont nus et les poursuivent sous un déluge de balles.

La glace est rompue entre la milice et l'armée ducale, l'histoire remonte le moral des deux troupes et personne ne m'en veut, ma méprise ajoute même au caractère comique de l'ensemble, au grand bonheur de la majorité. Je me fais malgré tout discrète, gênée de m'être exposée et surtout trompée.

Matt réapparaît avec John qui guide une mule noire pangarée, harnachée d'un bât bien rempli, promesse de bons repas. Un officiel les accompagne, fin et sec, dans une redingote poussiéreuse. Les soldats s'empressent de se placer au garde-à-vous, alors que les deux groupes se sont reformés, distincts.

– Monsieur le Maire, mes hommes ! explique Matt.

Le Maire de Crépan incline la tête en direction des silhouettes en rouge de l'armée ducale qui répondent par le salut militaire.

– Au nom du Grand-Duché, nous vous remercions pour votre générosité, susurre le Pompeux.

– C'est un honneur de vous revoir parmi nous, assure l'élu d'une voix agréable. Vous êtes sûrs de ne pas vouloir rester dîner ce soir ?

Matt s'attarde sur les visages impassibles de sa troupe où transperce, malgré le protocole, une pointe d'envie.

— Si vous insistez, concède Matt en se raclant la gorge.

Cette perspective entraîne une joie non dissimulée et une légère détente dans les rangs. Pour ma part, je me retiens de ne pas sauter en l'air à l'idée d'un véritable repas pris à une table, avec des couverts et un minimum de confort.

— Alors suivez-moi ! annonce notre hôte.

Ce dernier nous mène jusqu'à un vaste hangar transformé en écurie et fermé d'une lourde porte en fer massif. L'espace ne manque pas pour nos montures, même si certaines partagent des boxes. Sans surprise, Darling a droit à sa stalle privée. Pépère aussi d'ailleurs pour des raisons de gabarit !

Après nous être assurés que le lieu est surveillé et, en effet, plusieurs miliciens restent en vigie, nous découvrons une auberge accueillante, cachée juste derrière le marché où nous avons attendu. De l'extérieur, elle ne donne pas l'impression d'être ouverte tant ses fenêtres percées dans la façade en pierre sont minuscules. Pourtant, l'intérieur est agréable, lambrissé du sol au plafond, une climatisation tourne à fond, une fraîcheur bienvenue après une journée à transpirer sur le dos de nos canassons en plein cagnard.

Notre compagnie rassemble trois tables, nous sommes les seuls clients. Je m'assois à la droite de Matt, qui a revendiqué la place centrale, tandis que John s'arroge la gauche. Le Rouquin s'empresse de prendre la chaise libre à côté de moi et le Pompeux opte pour celle face à Matt.

L'aubergiste, un gros bonhomme aux joues couperosées et au nez rond comme une patate, nous annonce sous les vivats que son fils a tué un chevreuil la veille et qu'il s'occupe de nous le cuire à la broche. Je soupire, fatiguée de constater que le régime de ce monde glorifie le gibier et que mes choix de vie me paraissent à chaque repas un peu plus en décalage avec cette nouvelle réalité.

J'observe le personnel en salle s'activer, revenue en esprit dans ce restaurant où je déjeunais le jeudi avec mes copines pour échapper à la cantine, et même durant les vacances par la force de l'habitude. Pendant longtemps, celui qui allait devenir mon petit-ami n'avait été qu'un serveur parmi tant d'autres, à l'exception qu'il m'appelait *signorina* avec un accent italien à tomber… Reprendrait-il sa carrière de cuistot dans un tel établissement ?

Malgré le délai imposé par la préparation de la viande, l'attente vaut le coup, d'autant plus que cela permet à l'Énervé de nous rejoindre, son amante au bras. Il est la cible de quolibets divers qu'il renvoie avec fougue. Matt doit calmer le jeu d'un raclement de gorge désapprobateur qui stoppe toute discussion quelques minutes. Les bavardages reviennent vite, favorisés par la bonne chère et le jus de pomme fermenté.

Durant le repas, où pour la première fois depuis mon réveil je mange à ma faim grâce à l'accompagnement généreux en légumes, j'en profite pour mieux apprendre à connaître mes compagnons de voyage, et surtout un : le Rouquin prénommé Meg. Il parle avec un fort accent lorrain et une voix de fausset qui part vers les aigus en bout de phrases. Nous avons le même âge, seize ans. À peine engagé dans l'armée ducale, c'est sa première mission comme il me l'avoue en fin de soirée, l'alcool aidant à passer outre sa réserve.

– J'suis le cadet de trois frères ! C'était pas facile, t'sais ?

– Non, je suis fille unique, contredis-je.

Il se marre, les doigts dans sa tignasse rousse emmêlée.

– Quéqu' ça devait être trist' les réunions d'famille.

Je baisse les yeux. Cela fait quelques jours que je n'ai pas repensé à mes parents et tous ces moments perdus au profit de la firme Beck, pour l'expansion d'une société qui aura disparu dans un grand boom. J'inspire à plein poumon et calque un sourire de façade en relevant la tête :

– C'était pas toujours gai.

– Ah ! La famille. Moi, mes vieux voulaient que j'm'occupe d'la ferme. Curer le cul des cochons et ramasser la merde des cocottes. Naaan. Pas pour moi !

Je décroche quand il m'explique comment il a convaincu son père de le laisser partir. Ce n'est pas très clair si, pour finir, il a obtenu son autorisation ou non. En tout cas, il est là, et il ne le regrette pas.

– Si j'imaginais rencontrer l'Général ! On l'disait mort…

Il louche en coin vers Matt, à ma gauche, qui, comme à son habitude, reste stoïque. Le Général se contente d'échanger quelques mots chuchotés avec John et de gratifier parfois l'assistance d'une réflexion, d'un sourire ou d'un hochement de tête.

Meg reprend à voix basse :

– C'est une légende, c'gars !

– Ah ?

Je feins un intérêt modéré, dans l'espoir qu'il me lâche quelques informations sur mon mystérieux guide.

– Il paraît qu'durant la guerre occitane, il a tenu un château ruiné avec seulement cent hommes pendant sept jours face à dix mille. La bataille du Cathare !

Son ami au tatouage, qui d'ailleurs se prénomme Yuan, ronchonne :

– Tu dis n'importe quoi !

Et nos voisins y vont de leurs commérages pour le détromper :

– Toutes ses balles toucheraient leurs cibles !

– Il aurait réussi à s'introduire dans un bunker avec juste un couteau !

Ils ont l'air si sûrs d'eux qu'il est parfois difficile de démêler le vrai du faux entre ces exploits aussi abracadabrants que sans doute exagérés. Force est de constater que Matt a su marquer les esprits et que son retour sera une source de célébrations et de réjouissance pour une nation entière.

L'arrivée du dessert met fin aux enchères des actes de bravoure du héros et chacun se reconcentre sur sa part de tarte aux pommes. Meg en profite pour me poser une question, du sucre plein la bouche :

– Et sinon, quéqu' tu fais avec lui ?

– Il m'emmène à Nancy, pour retrouver mon petit-ami.

– Oh... L'est dans l'armée ?

Je lui explique brièvement mon histoire, mes vingt-quatre années de sommeil, l'absence de *mio amore* à mon réveil, et mes espoirs de le rejoindre dans le centre Fuselière où nous nous sommes endormis.

– Euh... bah... je croise les doigts.

– Merci...

Son enthousiasme douché par ce rival inattendu, Meg accorde davantage d'attention à Yuan. Ce dernier ayant a priori promis de lui sculpter des dés en bois, ils discutent du style à utiliser pour les nombres. Je me retiens d'intervenir, même si le sujet m'intéresse beaucoup, pour ne pas m'imposer.

Cette gêne ne dure pas car, peu après, une fois les assiettes léchées et le vin terminé, Matt ordonne l'extinction des feux. Juste avant de prendre congé, le Maire l'invite chez lui. Le Général refuse d'une voix rocailleuse :

– Je reste avec mes hommes, mais merci.

Bien que les troupes ne le montrent pas de manière outrancière, elles approuvent cette décision loin de passer inaperçue. L'Énervé s'éclipse avec son amante, et nous montons au premier étage, un dortoir sous comble avec deux rangées d'une dizaine de lits surélevés aux sommiers qui grincent.

Je me retrouve perchée au-dessus de Matt et tente de m'endormir en essayant de ne pas trop bouger, car le cadre semble frémir à chacun de mes mouvements. Incapable de me retenir, mes pensées me tiennent éveillée de longues minutes, pendant lesquelles je me tourne et retourne sous la couverture rêche. La discussion avec Meg, et le confort relatif de ce repas quasi normal, ont réveillé certains souvenirs que j'espérais enfouis : une soirée au meilleur restaurant de la ville où mon père paradait devant des investisseurs potentiels, une visite dans les cuisines d'un grand chef, une nuit avec ma gouvernante dans une auberge d'un petit patelin renommée pour ses chambres thématiques...

Au-delà des absents, ces réminiscences appartiennent à une époque révolue qui me manque beaucoup.

Le jour de l'invitation
Nicolò

11 mars 2027

Je t'ai guettée pendant trop longtemps. *Basta !* Ça suffit. J'en ai marre de rester à distance. De me contenter d'espérer. De rêver. De fantasmer. Mon vœu d'anniversaire m'a décidé à forcer ma chance. Pourquoi pas ? Au pire, tu me rembarres. *Mamma* me sermonne souvent : « Si tu tentes pas, ce sera forcément un non ! ». Bon, elle dit ça en italien, mais le sens y est. Je pourrai toujours retourner me cacher dans ma cuisine si tu me repousses.

Après avoir récupéré la machine pour la carte bancaire, et vous avoir remercié pour le pourboire, je m'arrange pour que tes copines se lèvent en premier. Quelques secondes d'intimité volées. Un putain de trac. Les mains tremblantes. Qu'importe, je fonce :

– Léa… est-ce que tu voudrais aller manger une glace avec moi à la fête foraine demain ?

Cette phrase, je l'ai répétée en boucle des dizaines de fois. Tu prends un moment à me fixer, la tête penchée sur le côté. Ça me paraît une éternité avant que tu me répondes (en vrai, ça a dû durer max trois secondes) :

– D'accord. On se retrouve où ?

Je me sens trop con. Je n'ai pas réfléchi à la question. Tu dois le remarquer car tu ajoutes avec légèreté :

– 19 h devant le carrousel ?

J'approuve avec énergie.

– Et tu t'appelles comment ?

– Nicolò.

– Enchantée, Nicolò. Léa, mais tu le savais déjà a priori ! À demain !

Tu rejoins tes amies qui pouffent. Elles ont tout entendu, bien sûr. Leurs regards ne sont pas tendres. Je m'en fiche, car j'ai l'impression d'avoir décroché la lune.

Chapitre 6
Fête à Neufchâteau
Léa

27 janvier 2054

Du point de vue de l'action, la fin de ce *road trip* est inintéressante, car il ne s'est rien passé : ni attaques, ni rencontres, aucune péripétie glorieuse à raconter, et tant mieux. Étant donné mon état de fatigue avancé, et même si je m'améliore en selle et que mon corps se renforce, mes capacités de survie dans cette nouvelle réalité se révèlent limitées par rapport à mes compagnons. Les villages se suivent et se ressemblent, soit totalement détruits, soit enfermés derrière leurs murs comme à Crépan avec des hommes armés qui nous surveillent d'un air sombre, nous qui sommes bien les principaux voyageurs de ces routes boueuses.

Les soldats hochent la tête devant le ciel fantasque où alternent pluie et soleil :

– La canicule arrive, répètent-ils avec fatalisme.

– Elle sera là tôt cette année, ajoutent-ils dans un consensus général.

Meg se dévoile être un partenaire de monte agréable, apte à parler pendant des heures de son enfance dans la ferme et des tribulations de sa famille, des histoires qui vaudraient à elles seules les attentions d'une sitcom de l'ancien temps. Sa candeur est rafraîchissante au milieu de l'apocalypse, un véritable livre ouvert dont les joues ponctuées de taches de rousseur varient de couleur au gré de ses émotions. Son ami, Yuan, est souvent à proximité, quoique peu bavard et râleur.

John aussi aime papoter et raconter son passé, surtout la manière dont il avait rejoint le commando fondateur dès les premiers jours de l'insurrection, alors qu'il n'était âgé que de treize ans. Il avait commencé par aider à porter des messages à travers le territoire qui est devenu le Grand-Duché, avant de s'engager dans l'intendance.

— Maintenant je quitte rarement Nancy et sa banlieue, m'avoue John un après-midi où nous ne sommes que tous les deux.

— C'était pour Matt ?

— Qui d'autre ? Il fallait que je sois là pour éviter que ces idiots lui tirent dessus. Je lui dois ça. Et, entre nous, ça m'a fait du bien, je m'encroûtais.

Étant donné sa carrure d'athlète de haut niveau, je trouve qu'il exagère, et il se marre quand je lui explique l'impression de sécurité qu'il transmet.

— Autrefois, je préférais inspirer la peur. Enfin, ça doit venir de la quarantaine !

John a un long passé commun avec Matt, il me raconte une foultitude d'anecdotes débordantes de beuveries et de filles, très différente de l'image héroïque que Meg et ses amis m'ont décrite. Une pointe de nostalgie apparaît lorsqu'il se souvient du jeune voyou au sang chaud que Matt était, jamais le dernier à prendre des risques et à casser des gueules, si opposée de la figure austère du Général que je connais.

— Pas étonnant qu'il soit bougon, note John. Je serais devenu fou à sa place, avec la pression qu'il endure. Il porte la nation sur ses épaules depuis un quart de siècle. En plus, avec tout le respect que je lui dois, la mégalomanie galopante de Vince n'aide pas.

La chronologie du Grand-Duché qu'il me dresse est parsemée de batailles et de meurtres, la pire période étant en 32, quand la République occitane, menée par l'ancien maire de Toulouse, réussit à acculer l'armée ducale derrière les portes de Nancy. Un afflux massif de nouvelles troupes en octobre a permis au Grand-Duché de riposter et de renverser la situation, jusqu'à anéantir ses ennemis et à remporter la victoire au début de l'année suivante.

Lorsque je tente d'insister pour obtenir davantage de détails sur ces renforts inespérés, John se perd dans ses pensées et évite mon regard, alors je me tais et le laisse plutôt me raconter des anecdotes heureuses. De leur côté, Meg et Yuan sont trop jeunes pour avoir connu cette époque, et ils n'ont pas retenu grand-chose de leurs cours d'histoire.

Vers midi, le troisième jour, la frontière intérieure s'élève face à nous, un immense réseau de barbelés qui longe une route de chaque côté d'un village transformé en poste-frontière avec des soldats et des drones qui patrouillent. Les bâtiments officiels battent pavillon de Lorraine, jaune et rouge, avec les trois oiseaux blancs. John m'apprend qu'il s'agit d'aigles, nommés en héraldique alérions, un mot qui a la particularité d'être l'anagramme de Loreina, l'ancienne orthographe de Lorraine ! Je me sens moins bête tout de suite.

Traverser se révèle une simple formalité, les soldats en faction sont aux petits soins pour nous dès qu'ils reconnaissent Matt. D'un claquement de doigts, il m'obtient un laissez-passer temporaire qu'il signe de sa propre main. Le Général les remercie avec le charme et la délicatesse qui le caractérisent, trois monosyllabes et un grognement, et nous entrons dans le cœur du Grand-Duché.

Le changement d'ambiance est immédiat, avec des airs pré *Big Hot*, ses routes entretenues, ses villages coquets, et ses habitants qui ne vous brandissent pas une arme devant le nez pour un sourire mal compris. Pourtant, à force d'observer, je remarque quelques différences majeures.

Les lotissements excentrés ou encore ces grosses fermes isolées au milieu de nulle part sont abandonnés. Comme John me l'explique, les hommes sont devenus grégaires, ils vivent dans de petites communautés, chacune avec sa source de courant, que ce soit un barrage hydro-électrique, des panneaux photovoltaïques ou des éoliennes. Est-ce que l'écologie serait enfin une priorité ? Les voitures sont inexistantes et les vélos rois, souvent couplés à une remorque, pour tirer des marchandises ou transporter des enfants. Je joue avec les crins de Pépère, peu attirée par l'idée de l'échanger contre un deux-roues. Sa force tranquille et son inégalable sang-froid me manqueraient trop désormais.

Par contre, tout n'est pas fleurs bleues et Kumbaya. La surveillance est omniprésente, assurée par des patrouilles de deux ou trois soldats qui se rangent sur le côté avec des mines étonnées quand nous les croisons. Il est clair qu'ils scrutent le Général, et que leurs commérages nous suivront bien après notre passage. Je me sens mal à l'aise, les avertissements me reviennent, venant doucher mon impatience à me rapprocher de Nancy. Matt me l'a assez expliqué, sa position est délicate, et j'en prends toute la mesure rien qu'à constater les réactions de ses concitoyens : son retour va engendrer de nombreuses conséquences. Il ne me reste qu'à espérer que j'ai parié sur la bonne personne ce qui, pour une raison obscure, me paraît une certitude.

En fin d'après-midi, nous arrivons à la caserne de Neufchâteau comme l'indiquent les grosses lettres rouillées au-dessus de l'entrée magistrale, trois bâtiments en béton armé recouvert de chaux, construits à l'écart des habitations dans une combe humide. Matt et John disparaissent, sollicités par le Commandant, et mes nouveaux amis se retrouvent cantonnés dans une zone interdite aux civils.

Lassée de regarder les gouttes qui tombent par l'unique fenêtre de ma chambre de dix mètres carrés, je me mets à la fouiller. Cela va vite, le mobilier se résume au strict nécessaire, en métal peint en blanc. Ma trouvaille, dans un tiroir du bureau, suffit à mon bonheur ! Le stylo est pourtant très classique, avec une coque en plastique transparente et un bout bleu, ce genre d'objet increvable qui traverse les époques et continue de fonctionner. Mais il m'ouvre la chance de répondre au souhait de mon petit-ami et de remplir les pages vides du cahier en racontant mes aventures depuis mon réveil.

Lorsque le jour se termine, un spot au plafond s'allume de façon poussive, clignotant par trois fois avant de se stabiliser. Le confort moderne ! J'avais presque pris l'habitude de devoir arrêter mes activités à la nuit tombée pour économiser les moyens d'éclairage.

J'écrivaille toujours quand Matt frappe à la porte de ma chambre. Je laisse échapper un « oh » d'étonnement en découvrant son menton anguleux où se discerne une légère différence de pigmentation entre le bas, jadis perdu sous les poils, et le peu de peau qu'il restait en haut. Ses mèches brunes entourent désormais sagement son visage rasé de frais, n'ayant conservé de son ancienne barbe qu'une fine moustache au-dessus de la lèvre supérieure.

Même son allure a changé, puisqu'il a troqué ses vêtements de cow-boy contre des habits propres, dignes d'un officier, qui sentent la lessive et le parfum pour homme. Sur l'avant-bras, il tient un uniforme similaire au sien, qu'il dépose sur la barre de mon lit avec un sac de toile.

Il garde en main ce qui ressemble à une serviette molletonnée et m'invite à le suivre d'un geste. Je m'exécute, habituée à son économie de mots. Au bout du couloir, la meilleure chose de la journée se découvre, une merveille qui me secoue le cœur d'excitation : une magnifique salle de bain carrelée en blanc et noir, avec trois boxes de douches protégés de paravents en plastique opaque et d'un lavabo en faïence le long du mur de droite, devant de petits miroirs disparaissant sous la buée.

— Pourquoi personne ne me l'a dit plus tôt !

Il hausse les épaules à ma remarque et se contente de me tendre les affaires de toilette :

— Prends ton temps.

Les chaussures vernies de Matt claquent sur le sol quand il s'éloigne. Tout est si silencieux… Une vieille odeur rance flotte dans l'air, mélange étrange de métal, de sueur, de poussière et encore de deux ou trois autres trucs indéfinissables. Le dernier occupant a ouvert la fenêtre, du coup il gèle. Entre la puanteur ou l'hypothermie, j'opte pour le moindre mal et m'empresse de fermer.

Les premières minutes, l'eau est noire, sans jeu de mots. Je me décape avec une savonnette parfumée à la vanille, puis me rince, et frotte de nouveau. Mes cheveux courts me facilitent la tâche, car cela aurait été infernal s'ils avaient été longs. Je note déjà des changements sur ma silhouette, plus musclée, plus galbée, j'ai une coupure sur l'épaule que je ne me rappelle pas m'être faite, et des cals qui s'installent à la naissance des doigts, sur le haut de la paume, ainsi que sur le côté des mains à cause des rênes. Au troisième passage, l'eau reste claire.

Bien sûr, quand Matt revient, je finis à peine de m'essuyer. Il se retourne avec galanterie lorsqu'il me surprend dans ma serviette.

— On nous attend, me signale-t-il.

Avec un sourire en coin, je répète mot pour mot ce qu'il m'a dit :

— Je prends mon temps.

— Je vois ça.

Malgré sa patience affichée, Matt n'aimerait sûrement pas que j'en abuse, alors je cours m'habiller dans ma chambre. Les vêtements sont à ma taille, il a bien estimé mes mensurations, et je découvre dans le sac des chaussures vernies comme les siennes. La différence majeure entre nos tenues se situe au niveau des insignes, il a sept étoiles accrochées à sa chemise, là où la mienne n'arbore rien du tout.

Le repas se passe dans une salle assez banale, d'une même blancheur navrante, avec ce carrelage qui paraît être la norme dans le bâtiment. Debout et au garde-à-vous, le Commandant, un homme sévère d'une cinquantaine d'années, nous accueille avec une vingtaine d'officiers en uniformes. De notre groupe, je ne reconnais que le Pompeux, l'Énervé et l'Amical, au bout de la table, à dix chaises de celle que l'on propose à Matt, en plein centre.

On m'a placée entre lui et une inconnue au visage fermé, les cheveux bruns retenus dans une queue de cheval. Elle est un peu plus âgée que moi et encore plus gênée. Entre Matt qui se force à répondre par monosyllabes pour entretenir un semblant d'échange avec ses hôtes et ma voisine coincée, l'ambiance est morose. Je me croirais presque revenue un quart de siècle en arrière, lors de l'un de ces dîners imposés par mes parents avec des « amis » de la famille, investisseurs ou bons partis qu'ils voulaient me présenter.

On nous sert, dans des plats en porcelaine estampillée du blason de Lorraine, un quelconque gibier que je suis bien incapable d'identifier, flottant dans une sauce grise, avec des carottes, des poireaux et de petites boules noires. J'en goûte une, et je manque de m'étouffer. C'est beaucoup trop fort ! Du coup, je mange avec attention, concentrée à extraire les baies dissimulées parmi les légumes.

Les sujets deviennent intéressants une fois les assiettes vidées, au moment où le Commandant commence à évoquer la situation stratégique du Grand-Duché.

— Votre retour ne pouvait mieux tomber, note-t-il. Vous êtes sans nul doute informé des velléités du Saint-Empire Germanique ? Qui se fait appeler le HRR, soit les initiales de Heiliges Römisches Reich…

— Je n'ai été absent que deux ans, l'interrompt Matt.

— Les choses se sont précipitées ces douze derniers mois. Jusqu'à récemment, le HRR n'était dirigé que par des fantoches, des hommes tout juste bons à fanfaronner, se gargarisant d'une ascendance illustre avec les Empereurs de jadis. Mais dès qu'ils étaient confrontés aux premiers problèmes, ils disparaissaient de la circulation. Il y a eu un nombre élevé de suicides et d'accidents.

– Je suis au courant.

– Oui, oui. Vous en connaissez même beaucoup mieux que quiconque les causes et les circonstances...

D'un grattement de gorge aussi clair qu'aurait pu l'être une remontrance ouverte, Matt coupe la parole au Commandant qui reprend avec fébrilité :

– Euh, excusez-moi, j'admire tant votre façon d'opérer... Enfin, oui. Hum. Quoi qu'il en soit, depuis un an, un jeune prince, l'Empereur Keller, a revendiqué le trône. Il a déjà déjoué deux tentatives d'assassinat à son encontre et il mène une politique qui, ma foi, semble être appréciée. Plusieurs chefs locaux se sont joints à lui et il commence à contrôler un terrain non négligeable autour de sa capitale, Nouvelle-Vienne, une cité de béton sortie de terre en un rien de temps. Monsieur le Duc a initié des pourparlers avec l'Empereur afin de prévenir une éventuelle confrontation entre nos puissances, l'Allemagne, l'Autriche et la Lorraine se sont suffisamment affrontées par le passé. Des diplomates sont attendus dans les jours qui viennent. Votre présence au sommet réaffirmera la supériorité du Grand-Duché de Lorraine si les deux fondateurs se présentent de nouveau ensemble.

– Notre gouvernement est en place depuis plus longtemps que n'importe lequel des autres post *Big Hot*, ajoute un homme grisonnant. Cet « Empire », quand bien même il a repris un nom illustre, peut tout au mieux se targuer de cinq ans d'existence. Nous avons l'avantage, tant au niveau de l'ancienneté que des richesses et du nombre.

– Assurément, répond Matt, un brin laconique.

Les officiers se regardent, gênés. Ils espèrent que Matt propose quelque chose ou rebondisse par rapport à cette information. C'est fort mal connaître le personnage qui, sans s'incommoder de l'assistance et de ce que les gens attendent de lui, vide son verre de vin, le repose dans un tintement sec, et se lève, repoussant du pied sa chaise qui grince sur le carrelage. La salle entière l'imite et claque des talons, sauf moi, la seule idiote encore assise de l'assemblée par ignorance des protocoles militaires.

– Messieurs. Mesdames. Bonne soirée.

Il gratifie ses hôtes d'un discret salut, la main droite à la tempe. Je me glisse dans le sillage de Matt. Même s'il traîne un peu la jambe gauche, il marche vite et disparaît dans la chambre adjacente à la mienne avant que je ne le rejoigne.

Je réfléchis à ce que je vais écrire sur le dîner, dans mon journal, lorsque j'entre chez moi et ne remarque Meg qu'au moment où le Rouquin se relève de mon lit, les yeux papillonnants.

– Meg ? crié-je surprise.

– Désolé, j'voulais pas t'faire peur ! J'crois que j'me suis endormi !

– Qu'est-ce que tu fous là ? lui demandé-je à voix basse, cette fois.

– On organise une p'tite fête avec les gars, tu viens ?

– Une fête ? répété-je.

Mon cahier m'attend, encore ouvert sur la page que je m'employais à remplir quand Matt a débarqué pour me montrer le meilleur endroit de la caserne. Il ne me reste qu'à espérer que Meg n'a pas succombé à la curiosité de le lire. Les mots de mon petit-ami ne sont pas destinés à une personne tierce, et je décris mes aventures pour lui seul.

– Allez, ça promet d'être marrant ! insiste-t-il.

Je cède devant ses grands yeux verts candides :

– D'accord. C'est où ?

– Suis-moi. Et chut, j'suis pas super censé être là. Et toi, t'es pas censée être là où qu'on se rend. Ça va être drôle !

Nous descendons par l'escalier principal qui, sans surprise, est blanc et noir, jusqu'au rez-de-chaussée et une porte de secours qui ouvre sur une arrière-cour bétonnée, coincée entre le haut bâtiment et l'enceinte. Il caille en ce début de soirée, et je resserre mes bras autour de ma chemisette, regrettant de n'avoir pas emmené mon k-way.

Meg longe le mur, juste à la limite de la lumière offerte par les énormes projecteurs qui éclairent la place. Une fois hors de l'ombre, l'entrée magistrale apparaît à notre gauche et je retrouve mes repères. Après une courte montée, nous arrivons devant la grille en fer forgé où l'on m'a dit « Aucun civil ! ».

Cette fois, le soldat en faction ne nous arrête pas. Meg tourne sur la droite et poursuit jusqu'à un hangar rempli de vélos qui, pour l'occasion, a été transformé en salle des fêtes ! Ils sont une bonne centaine à s'amuser, des hommes et des femmes, de toutes les couleurs et de tous les âges.

Malgré leur nombre, ils sont discrets, le lieu de rassemblement se trouve au fond, près d'une sortie de secours et d'un tonneau en plastique qui trône sur une palette. Les invités viennent s'y servir avec leurs gobelets d'aluminium grâce au tuyau vert qui en pend. À côté, entre deux chaises, une planche est posée sur les assises pour créer une table improvisée et accueillir de la nourriture disposée dans des gamelles. Il y a de tout : des gâteaux, des fruits, de la viande séchée, les contributions personnelles des participants, à n'en pas douter, vu les portions parfois réduites.

Restés entre eux, les soldats avec qui j'ai voyagé ne se tiennent pas loin des victuailles, réunis autour de caisses de bois, les uns y sont accoudés, les autres sont dessus, jambes ballantes. Notre arrivée est célébrée avec enthousiasme, surtout celle de Meg je présume. Ils nous glissent dans les mains des tasses qui puent l'alcool à brûler. Je trempe les lèvres et bois une lichette. Cela suffit à me plier en deux, les larmes aux yeux. Mes boyaux viennent d'être désinfectés !

— Ils en sont où, les officiers ? me demande un blond du groupe d'à côté une fois la crise passée.

– Au dessert. Mais le Général est allé se coucher.

– On a encore une demi-heure, évalue une fille derrière lui.

– Maximum, ajoute un grand brun à côté d'elle, un peu déçu.

L'ambiance est étrange, feutrée. Ils trinquent sans se saouler. Ils discutent sans lever le ton. Ils rient sans s'esclaffer. J'écoute plus que je ne participe, pas à ma place parmi ces membres de l'armée ducale qui, pour la plupart, se connaissent tous pour avoir suivi ensemble leurs classes ou collaboré à des missions communes.

L'estimation de la fille se révèle exacte : une trentaine de minutes après, les lumières s'éteignent puis se rallument, coupant en plein milieu l'histoire que nous racontait une soldate baraquée, Nat je crois, et tout est terminé. Certains commencent à partir en petits groupes par l'arrière. Un costaud prend un diable et emmène le tonneau, assisté par deux gros bras qui s'assurent que le précieux chargement ne bascule pas.

Un filiforme et un râblé récupèrent les restes de nourriture dans une assiette, tandis qu'un duo composé de deux grandes brunes s'occupe de ranger les chaises et la planche dans un coin mal éclairé. Trois gars passent un coup de balai avec, pour mission, de transférer les preuves de festivité au fond d'une poubelle. En une minute, il ne subsiste aucune trace du rassemblement qui a eu lieu ici et les ultimes participants de cette fête interdite s'éclipsent par la porte de secours. Un beau blond, l'un de ceux qui appartiennent à la dernière patrouille de vérification du nettoyage, marche vers Meg et moi :

– Les officiers vont remonter. Quand ce sera sûr, les lumières clignoteront.

– Merci.

– Bonne route, Cadet !

Ils se saluent d'une accolade, épaules contre épaules, et il nous laisse seuls.

– Suis-moi, me propose Meg, on devrait s'planquer, au cas où.

Nous nous réfugions dans le débarras, là où un bric-à-brac de choses inutiles est entreposé. Il soulève quelques planches, je reconnais celle qui nous a servi de table, et les décale pour nous assurer un espace confortable entre une pile de pneus éventrés et une armoire bancale à laquelle il manque l'un des pieds. L'extérieur est silencieux, je ne peux entendre que le souffle régulier de mon ami qui dégage un discret relent d'alcool. Je remarque en chuchotant :

– Tu es fou de m'avoir amenée !

– C'aurait été fou d'pas t'inviter.

– Je ne suis pas autorisée à venir dans cette partie de la caserne.

– Je le sais et j'm'en fiche. Crois-moi, les autres étaient d'accord.

– Vraiment ?

– Bien sûr, j'serais pas allé t'chercher sans demander aux gars d'ici. Ils trouvaient ça con et risqué, mais y z'ont dit OK. Tout' façon, au pire, on te grondera. Le Général, il t'laissera jamais rien arriver d'mal !

– Je ne sais pas…

– T'es pas sa p'tite protégée ?

Je réfléchis à la relation étrange qui me lie à cet homme insondable. Techniquement, il m'a achetée. Cela fait-il de moi une esclave ? Non, cela ne colle pas avec la personnalité de Matt qui n'a jamais sous-entendu un tel rapport entre nous malgré sa difficulté à communiquer. Il pourrait être mon père. Il me traite bien et il a l'air concerné par ma sécurité. Me défendrait-il au péril de sa vie comme sa fille ? Impossible à dire.

Mon côté romanesque l'espère, mon pragmatisme me chuchote qu'il aurait sauvé sa peau en premier, et la mienne seulement si les deux objectifs ne rentraient pas en conflit. Cela fait-il de lui mon protecteur ? Peut-être que Meg a raison, il l'est devenu en un sens, même si je ne comprends pas pourquoi. Je résume mes élucubrations au strict minimum :

– Peut-être.

Répondre par monosyllabes à la manière de Matt a ses avantages, je ne peux pas le nier. Les minutes filent et la lumière reste constante. Je frissonne et maudis pour la seconde fois de la soirée mon manque de jugeote. Pourquoi a-t-il fallu que je sorte en chemisette ? Meg glisse son bras autour de mes épaules et j'appuie ma tête contre son torse chaud. En plus de l'alcool, il sent un peu comme Matt, le feu, la sueur, l'herbe coupée…

Nicolò, oui j'ai le courage de le nommer aujourd'hui, aimait me tenir ainsi, les nuits passées à contempler les étoiles du balcon de ma chambre. Ma nostalgie m'embarque, hors de notre époque. Je n'aperçois pas immédiatement que Meg commence à me caresser avec une certaine douceur, jusque à la naissance du cou... Quand la réalité se superpose aux souvenirs, je me redresse, choquée :

– Tu fous quoi ?

– J'pensais…

– Meg ! Tu le sais, j'ai un petit-ami.

– Scuse-moi…

Je m'éloigne, décidée à mettre un terme à cette proximité devenue gênante. Meg m'attrape le poignet qu'il lâche dès l'instant où je tire d'un mouvement brusque pour me dégager. De quel droit me contraint-il à rester ? Je jette un œil vers l'extérieur, par acquit de conscience plus qu'autre chose, car la porte entrouverte ne me permet de voir que d'un seul côté.

– Et l'signal ?

– Comme tu l'as si bien dit, je ne risque rien. Laisse-moi, je me débrouillerai.

Je m'enfuis. En descendant, je vérifie que Meg ne me suit pas. Aucune trace de lui. Impeccable ! Je ne veux plus de Meg et de ses mains baladeuses ! M'empêchant de penser à la nuit noire qui m'entoure et aux potentielles patrouilles que je pourrais croiser, j'emprunte le chemin inverse. À la grille, le soldat en faction ne sursaute pas.

– Gaffe, me dit-il d'un accent traînant, y a cinq officiers qui ne sont pas remontés.

J'approuve d'un hochement de tête, et le remercie d'un sourire. Je sprinte dans l'ombre, sans écouter les complaintes de mon dos douloureux, jusqu'à la zone sûre entre le bâtiment et le mur extérieur, comme j'ai vu Meg le faire. Je prends en revanche mon temps pour ouvrir la porte arrière. C'est le moment le plus dangereux : si quelqu'un me surprend en train de rentrer, je n'aurai aucune bonne explication à fournir.

La chance est de mon côté, le hall d'entrée est vide. Je grimpe les escaliers à pas de loup, persuadée que mon escapade est passée inaperçue. Arrivée à ma chambre, ma belle assurance s'évapore face aux deux yeux de Matt qui brillent par sa porte entrebâillée.

– Demain on sera à Nancy, lâche-t-il.

Matt referme sans rien ajouter. Je reste quelques secondes, bloquée au centre du couloir, avant de retrouver mes esprits et de me glisser à mon tour dans la sécurité de mon antre. Mon lit grince sous mon poids.

Je suis gelée !

Pressée de me pelotonner, je me débarrasse de mes chaussures avec les pieds sans même les délacer, les envoyant voler quelque part dans un coin, puis déboutonne mon pantalon. Je voulais remplacer ma chemisette par un tee-shirt, mais mes affaires ne sont plus là où je croyais les avoir posées. Trop fatiguée pour partir en quête dans le noir, je me roule en boule, la tête sous la couette. L'absence de la chaleur de Nicolò, de sa sollicitude, de ses gestes consolateurs me manquent cruellement. Le pire, c'est que je n'étais pas si mal, à l'abri, entre les bras de Meg… Je m'interdis cette pensée et préfère imaginer mes retrouvailles avec Nicolò pour la millionième fois, excitée par l'idée que, peut-être, mes rêves prendront réalité dans quelques heures !

Le jour de notre premier rendez-vous

Nicolò

12 mars 2027

Au fur et à mesure que le vendredi avance, la nervosité me rattrape. J'ai un mal fou à me concentrer durant mes cours, les yeux fixés sur l'horloge. Je rate mon dessert, un stupide moelleux, et me prends une gueulante du prof de pâtisserie devant la classe.

Dès la sortie du collège, à 16 h, je file à la fête pour faire du repérage. Connaître l'emplacement de chaque manège m'aide à relativiser. *Cazzo !* Ma prévoyance manque de me mettre à la bourre, je rentre en catastrophe. Juste le temps de me doucher et de piquer une chemise à *papà*, pour retourner sur la place du marché où se tiennent les forains. Au final, j'ai stressé pour rien, et j'arrive quinze minutes avant toi. La ponctualité, c'est pas ton truc.

Quand t'apparais dans le soleil couchant, mon cœur bat à tout rompre. T'es magnifique dans ta robe blanche, un gilet de laine arc-en-ciel, et tes cheveux décorés de pinces colorées comme une couronne.

— Hello *signorina* !

Dans mes souvenirs, ma voix n'arrête pas de monter dans les aigus. Aucune idée si c'est le cas de ton point de vue.

– Hello Nicolò. Une glace alors ?

Toi, au contraire, t'enchantes mes oreilles. Je manque d'objectivité, mais je m'accroche à cette version biaisée de la scène où tu occupes le meilleur rôle.

– Sauf si tu préfères autre chose ?

Brève panique, que tu désamorces vite :

– Non, non, j'adore ça.

– Je sais. T'en prends toujours une.

– Bien sûr que tu sais !

En dégustant notre friandise, on discute de nos vies, si différentes. À débuter par nos études. Ma formation d'apprenti-cuistot me paraît si éloignée de tes prétentions de prépa maths et d'université prestigieuse. T'es déjà en seconde, avec deux classes d'avance ! Ta maturité me scotche, obligée de grandir trop vite aux côtés de parents incapables de ressentir de l'amour pour leur unique enfant.

Je suis sûr d'une chose, alors que je t'épie lécher ton sorbet qui te colore la langue en bleu : notre premier rendez-vous dépasse mes rêves. Il est juste très court. Trop court. On se quitte une fois notre dessert consommé, à peine un petit bisou sur la joue, et tu cours rejoindre tes copines.

Heureusement, d'autres suivront…

Chapitre 7
Arrivée à Nancy
Léa

28 janvier 2054

Cette journée a été différente par tant d'aspects qu'elle a marqué un tournant dans ma nouvelle vie. Cela débute dès mon réveil car, pour la première fois depuis deux décennies, quelqu'un m'apporte le petit-déjeuner au lit. Quand on frappe, ma tête est cachée sous l'oreiller pour ne pas entendre la sonnerie stridente qui résonne dans les couloirs, jusque dans mon crâne.

— Oui… marmonné-je.

Un soldat qui appartient à notre unité entre. Je ne le connais que de vue, la vingtaine, les yeux bridés et des cheveux noirs de jais coupés au carré. Peu habitué à assurer le service en chambre, il tient son plateau avec maladresse, faisant présager le pire pour le jus d'orange et les croissants. Il me rapporte mes chaussures de marche et mes vêtements nettoyés. Je m'assois en tailleur sur le lit, éblouie par la lumière de la pièce.

La catastrophe est évitée, il réussit à poser la nourriture, puis à se débarrasser de mes affaires sans rien lâcher. Mes bonnes manières me reviennent quand il est trop tard pour l'aider. Gênée, je balbutie une espèce de « merci » empâté. Il me sourit à pleines dents et me répond d'une voix chaude :

– Belle journée, Léa.

J'ignore son prénom, alors je me contente de lui rendre d'un classique :

– Pareil !

De nouveau seule, je mange, non je déguste ! Et me change, tout en même temps, soulagée d'abandonner la chemisette d'officier trop ajustée. À ma grande honte, des boutons ont sauté durant la nuit et j'ai accueilli mon visiteur matinal dans une tenue fort inappropriée. Mes joues achèvent de rougir, tellement je me sens confuse.

Matt arrive sur ces entrefaites, en uniforme tactique d'un bordeaux très sombre, complété par-dessus le gilet pare-balles de sa veste qui arbore ses sept étoiles de Général sur les épaulettes. Il grogne, satisfait de voir mon petit-déjeuner expédié :

– Cinq minutes, ordonne-t-il.

Je m'attends à ce qu'il revienne sur mon escapade de la veille, mais il n'aborde pas le sujet. Mes maigres possessions aboutissent dans mon sac vert, les vêtements, le cahier de Nicolò et le stylo que je me refuse à laisser. Regagner la capacité à évoquer son prénom dans ma tête sans m'écrouler constitue une petite victoire dont je peux être fière, même si je ne préfère pas me leurrer. Cette amélioration vient avant tout du fait que notre voyage touche à sa fin, et que mon cœur s'est réparé à la perspective de retrouver Nicolò dès ce soir au centre Fuselière de Nancy !

Dans la cour, notre groupe a doublé. Parmi les nouveaux, je reconnais l'officier grisonnant qui a l'air si sûr de la supériorité du Grand-Duché, et me paraît ridicule, perché sur son vélo, au milieu de nos chevaux.

Les soldats ne peuvent qu'avoir été réveillés par une autre alarme, car je ne vois pas comment ils auraient pu être prêts dans le quart d'heure qui m'a été alloué. Ils semblent frais et pimpants malgré la fête, Meg et Yuan, ainsi que l'Asiatique que j'ai accueilli en petite tenue, à ma grande honte, Dan je crois me souvenir maintenant. Les cadets discutent avec deux filles, Nat, la blonde musclée, et une brunette avec un impressionnant fusil de précision accroché au flanc de sa jument pie.

Retrouver Meg après son attitude de la veille provoque des sentiments contrastés, un mélange de tristesse et de soulagement. Je suis pour le moment partagée entre l'envie de lui pardonner, car son amitié me manque, et de le punir pour ses gestes déplacés. Il ne se tourne pas dans ma direction, m'empêchant d'examiner son visage, et donc de décrypter les dispositions dans lesquelles il se trouve.

Matt se dépêche de rejoindre Darling qui tire sur la bride tenue par un adolescent paniqué qui essaie de la contrôler. Je mets un peu plus de temps à grimper sur Pépère. Je me débrouille seule maintenant même si je dois, pour ça, descendre l'étrier de plusieurs trous.

Au début, je m'étais dit que, dès que possible, je demanderais à Matt de me dénicher une monture adaptée à ma taille. C'est devenu hors de question après ces semaines passées en compagnie de la grosse boule de poil. Je m'y suis attachée et je me sens bien, perchée sur son mètre soixante-dix et ses quatre pieds sûrs. Pépère n'est jamais le premier, mais il n'est pas non plus le dernier. Dès que je suis installée sur ma selle, Matt ordonne le départ.

La seconde surprise majeure de la journée concerne notre moyen de locomotion. Les chevaux et les vélos ne nous servent qu'à rallier une gare qui se situe derrière la caserne. Des champs partout et, au milieu, un long bâtiment en briques et tuiles entouré de barbelés. Un train, rouge également, y stationne avec une motrice électrique au museau ovale.

Les cinq premiers wagons, aussi modernes que la locomotive, sont réservés aux passagers. Le suivant accueille les animaux, qui n'ont droit qu'à une espèce de grosse boîte rectangulaire en métal avec des portes coulissantes recouvertes d'une peinture verte écaillée. Puis, deux fourgons pour les vélos et, enfin, ceux dédiés au transport de marchandises.

Je laisse les habitués s'occuper de monter Pépère à bord, Matt gère lui-même Darling qui refuse d'avancer avec le pauvre bougre qui voulait se charger de la corvée. Le garçon aurait préféré disparaître sous terre quand le Général le congédie d'un geste agacé, lui arrachant la bride des mains sans un mot de consolation.

L'embarquement de nos chevaux m'offre le temps d'observer la population qui s'agite sur les quais. Les militaires sont en majorité, notre groupe n'y est pas pour rien, complété par ceux qui vérifient l'identité des arrivants dans l'enceinte ultra-protégée de la gare. Les affinités font se rassembler les mêmes que dans la cour de Neufchâteau, les cadets, les filles, ainsi que Dan, qui d'ailleurs m'adresse un petit signe quand il croise mon regard. Je l'évite, encore gênée par l'accident matinal, et glisse vers le dos de John, qui a l'air de se marrer avec un soldat que j'ai déjà remarqué, un grand noir qui m'oblige à me briser la nuque pour capter ses yeux.

Les marchands viennent en second. Ils transportent toutes sortes de bricoles, comestibles ou non, que ce soit sur une mule, dans une brouette ou avec leurs vélos, devant, derrière, ou même dessus ! Ils se distinguent par leurs tenues multicolores et hétéroclites, des pantalons bouffants, d'amples chemises, et des bottes en plastique parfois crottées. Réunis en grappes bruyantes, ils s'interpellent dans un patois local, à grand renfort de gestes appuyés et d'adjectifs fleuris que je ne comprends qu'à moitié.

La dernière catégorie est difficile à quantifier, car ses membres sont discrets, des fonctionnaires comme me l'explique John qui m'a rejoint et prend son habituel rôle de guide du voyageur cryo déphasé. Ces serviteurs du Grand-Duché ne portent pas de teintes ostentatoires, sanglés dans des costumes sombres qui pourraient appartenir à des cadres de l'ère pré *Big Hot*. Ils arrivent à vélo, parlent peu et en général à voix basse, et ne saluent que d'un bref hochement de tête avant de gagner leurs places.

L'armée ducale s'arroge un wagon entier. Malgré quelques moues agacées et mots marmonnés parmi les marchands délogés, personne ne manifeste son mécontentement de manière prononcée, rien qui oblige les soldats à faire une démonstration de force. Notre voiture s'élève sur deux niveaux, avec des duos de sièges séparés par une allée centrale. L'intérieur rappelle celui des trains régionaux de mon époque en moins lumineux à cause des housses foncées et du plastique noir recouvrant le sol.

Je me retrouve coincée entre une fenêtre et Matt. Plusieurs rangs devant, je devine les cheveux orange de Meg qui m'ignore toujours. Je suis déçue d'une telle attitude et décidée à le mettre face à ses responsabilités dès que la situation se présentera. S'il pense pouvoir continuer à me fuir, c'est qu'il me connaît bien mal !

Sans surprise, mon voisin reste muet durant le trajet, le regard perdu sur le paysage qui défile par la vitre. Si je m'étais réveillée ici, je n'aurais jamais imaginé que l'humanité avait subi un traumatisme. Des paysans travaillent dans les champs, les usines tournent à plein régime à en juger par les fumées qui sortent des cheminées et je vois même des bus filer sur les routes entre les cyclistes ! Ces transports en commun se ressemblent tous, d'une marque et d'un modèle qui ne me disent absolument rien, carrés et laids.

Le voyage prend une grosse heure, pour parcourir une distance qui aurait demandé une journée voire deux à cheval. À peine le train ralentit-il, alors que nous roulons entre d'immenses murs sombres, que Matt se lève. Il ouvre la porte de notre wagon et saute au moment où les freins hurlent dans un crissement désagréable. Je laisse passer quelques soldats le temps que nous nous immobilisions, n'ayant aucune envie de risquer des acrobaties, ou encore pire de me retrouver les quatre fers en l'air.

Le hasard me fait avancer pile quand Meg se tient à mon niveau.

Il se fige, étonné, persuadé que j'ai agi de manière intentionnelle, dans une proximité gênante forcée par l'exiguïté des lieux. Même si je ne suis pas prête à l'admettre, il se pourrait que ma volonté de le confronter ne soit pas étrangère à cette situation.

– Scuse moi, me marmonne-t-il à voix basse.

Il me tend une main pour m'aider à descendre. Je pose une condition avant de la prendre :

– Ne tente plus jamais un truc comme hier soir.

– Promis.

Il me sourit avec la franchise du gars simple et honnête que j'ai apprécié avoir à mes côtés durant les derniers jours. Je craque, incapable de rester en colère, ses excuses sont acceptées d'un hochement de tête. Soulagé, il m'escorte quand j'effectue mes premiers pas sur le quai nancéien sous la surveillance des soldats locaux à la mine sévère.

Après le wagon climatisé, le contraste est pénible. L'air est lourd et collant et les insectes sont de sortie. Le thermomètre affiche au moins vingt-cinq degrés, alors qu'il n'est pas dix heures et que nous sommes début février. S'essuyant le front de la main, Matt donne quelques ordres secs pour récupérer nos montures.

Les marchands laissent le champ libre aux manœuvres et s'agglutinent à prudente distance. Pour ce que je saisis de leurs discussions, ils en profitent pour conclure quelques dernières transactions. Quant aux fonctionnaires, pressés, ils se glissent entre les chevaux pour atteindre le wagon où se trouvent leurs vélos. Ils ne tardent pas à sauter en selle et à filer vers l'extérieur de la gare, le dos droit.

Dès que je retrouve Pépère, je suis l'exemple de Matt et ôte mon manteau que j'attache à l'arrière du tapis. Notre troupe se met en marche, dans une disposition impressionnante : un trio en ouverture, suivi par le Général, qui est désormais flanqué de l'officier grisonnant de Neufchâteau. Vient une seconde ligne, menée par le Pompeux, qui devance le reste du convoi. Les fusils sont sortis, un excès de prudence qui s'explique dans les rues animées de la capitale du Grand-Duché.

J'enchaîne les surprises, à tel point que j'arrête de les compter dans cette ville qui ressemble à s'y méprendre aux cités pré *Big Hot*, dans toute sa diversité, bien loin de l'image que je m'en suis faite quand Renée m'a parlé d'une dictature militaire. Alors certes, l'armée est partout, elle régule le trafic et effectue des contrôles aléatoires, mais les gens n'ont pas l'air oppressés, juste très occupés, comme si chaque Nancéien s'était engagé dans une course contre la montre.

Quelques chevaux, et surtout des vélos, filent sans respect d'un quelconque code, serpentant entre les bus et les piétons impatients. Parfois, cela entraîne des collisions. Un alezan met à bas sa cavalière à cause d'un fonctionnaire qui lui coupe brusquement la route. Plus loin, des hommes usent de matraques pour disperser l'attroupement qui s'est créé autour de remorques encastrées l'une dans l'autre. Aussi spectaculaires que ces accidents me paraissent, ils passent inaperçus dans le bordel ambiant.

Après les grandes étendues vierges, ça choque de voir autant de monde, et notre groupe est nerveux. Mes compagnons se dandinent sur leurs selles, la main posée sur la crosse de leurs armes qu'ils portent en évidence sur leur torse. Les choses se calment aux abords d'un poste de garde qui bloque une avenue en pente. La bâtisse d'un seul étage copie le style Renaissance des environs, avec ses pierres blanches, son toit d'ardoises et ses hautes fenêtres à meneaux, sauf que les barreaux et les barbelés au-dessus des murs de chaque côté ne jouent pas en faveur de l'immersion !

– L'centre est pour l'armée ! m'apprend Meg.

– Tout le centre ?

– Oué, confirme Yuan, jusqu'au Palais du Duc.

Une nouvelle fois, traverser ce blocus n'est qu'une formalité.

– Il lui faut un ID de résident permanent avec un accès militaire de niveau un, ordonne Matt sans offrir d'explication.

Les douaniers en faction hésitent sur la marche à suivre. Il ne doit pas exister de ligne dans leur règlement qui concerne mon cas. Certains répètent même à voix basse « niveau un », comme si je prévoyais de décrocher la Lune.

Bizarrement, dès que Matt se gratte la gorge d'un air agacé, une solution est trouvée et deux tampons rejoignent mon laissez-passer temporaire. Il m'est demandé de me présenter au commandement le lendemain pour régulariser ma situation. Matt valide en silence et tout le monde se détend à l'approbation du Général.

De l'autre côté du mur, nous arrivons sur la place Stanislas que j'avais visitée avec l'école il y a des siècles, me semble-t-il. L'ensemble du XVIIIe a belle allure, fidèle à mes souvenirs, avec ses grilles en fer forgé dorées, ses deux fontaines style rococo et ses hôtels magistraux aux façades blanches. La statue centrale a en revanche changé : un jeune homme aux cheveux bouclés, l'index levé, tenant de sa main gauche l'étendard du Grand-Duché, a remplacé l'imposant Stanislas.

Matt ne nous laisse pas le temps d'observer le monument, nous trottons sous un arc de triomphe et remontons une longue esplanade rectangulaire en terre battue. Loin du chaos extérieur, tout est ici ordonné malgré l'intense activité. Une centaine de soldats s'entraîne à vélo dans une carrière. Ils se croisent en rangs parfaits dans un étrange manège en mouvement perpétuel. Entre deux maisons, j'aperçois une patrouille à cheval s'engouffrer sous le portail d'un poste de garde. Là-bas, une section nettoie des armes à l'ombre des murs de son baraquement dans une silencieuse efficacité.

Notre groupe perd peu à peu ses membres qui s'arrêtent les uns après les autres au niveau de leurs casernements, parfois accueillis par des compagnons enthousiastes. Le tour de Meg vient, bien sûr, il m'envoie un discret sourire peiné, même si une remarque de son ami le fait vite se retourner en sa direction, et lui taper sur l'épaule si fort que Yuan tombe plus qu'il ne met pied à terre. J'aurais pu les accompagner, mais je me sens investie par un quelconque engagement envers Matt.

Finalement, lorsque nous arrivons devant l'immense Palais Ducal qui occupe toute la largeur de la place en formant un hémicycle, il ne reste que nous deux. Descendre de Darling lui coûte et c'est avec une douce mélancolie qu'il lui flatte l'encolure et lui chuchote quelques mots à l'oreille, comme s'il lui disait au revoir. Il perd une bonne minute supplémentaire à détailler le château d'une respiration sifflante avant qu'il ne se décide à attacher les chevaux à la barre prévue à cet effet. La vue est impressionnante au soleil couchant. À travers les hautes fenêtres aux lourds rideaux rouges, les lustres font flamboyer le bâtiment d'ors et de bois précieux.

– Tu devrais attendre dehors.

– Non, je sais que tu ne voulais pas revenir à Nancy et que tu ne te serais pas laissé prendre dans le restaurant si je n'avais pas été là.

– Renée aussi tenait à ce que j'arrange les choses avec son fils.

– Je t'accompagne.

– Tu n'as aucune idée.

– Ce n'est pas faute d'avoir demandé.

Il esquisse une petite moue d'excuse. Je pensais qu'une nouvelle fois, Matt se garderait de relever. Pourtant, il s'éclaircit la gorge et me répond :

– Je suis parti il y a deux ans. Vince a envoyé à mes trousses des soldats que j'ai formés. Il y a eu des blessés. Pas de morts. J'ai encore des ressources comme tu as pu le constater, et je refusais de rentrer. Vince accueillera mon retour à bras ouverts… ou il m'exécutera pour désertion.

– J'espère que ce sera la première solution ! dis-je, histoire de dédramatiser.

– Cela devait arriver. Je ne pouvais pas finir ma vie à le fuir.

Il crache et prend une grande inspiration qui lui arrache un spasme de douleur avant de grimper les quelques marches en boitant pour soulager son genou gauche. Six soldats se mettent au garde-à-vous et claquent leurs bottes à l'unisson.

L'intérieur est digne du château d'un roi, avec un sol marqueté, des panneaux sculptés et peints aux murs, des plafonds moulurés, le tout dans des tons blanc, rouge et or. Émerveillée par tant de richesses, je serais tombée sur le plancher ciré si Matt ne m'avait pas rattrapée par le coude. L'escalier magistral protégé d'un tapis en velours dessert le premier étage, sous la surveillance de tableaux de maître. D'autres soldats nous accueillent à notre entrée dans une vaste salle occupée en son centre par un imposant bureau sombre aux pieds galbés terminés par des sabots dorés.

Là se tient un homme, les deux mains appuyées sur la surface brillante du meuble, ce qui met en valeur la chevalière de son index gauche qui représente le symbole du Grand-Duché.

– Matt…

Le Duc paraît très mince en comparaison du Général, avec son visage fin éclairé par des yeux bleu clair et encadré de boucles blondes. Son habit est l'archétype de ce que l'on peut imaginer d'un prince en tenue de cavalier classique : une redingote rouge foncé sur une chemise blanche au col droit, une culotte d'équitation et de hautes bottes noires avec un léger talon.

– Vince…

Quand Matt s'arrête face à lui, l'interpellé se redresse. Dans le même mouvement, il referme un porte-document blasonné, pour cacher la lettre qu'il était en train de rédiger. De taille similaire, les deux hommes se fixent, tendus. Je recule de deux pas pour leur permettre de s'entretenir sans que je sois impliquée.

– Donc tu es revenu de ton plein gré, constate le Duc.

– A priori.

– Tu n'as tué ou blessé personne. J'appelle cela un consentement en ce qui te concerne.

En guise de réponse, Matt hausse les épaules. Le Duc, habitué au mutisme de son compagnon, ne s'interrompt pas :

– J'avoue que je suis surpris. J'ai beau connaître ton insensé sang-froid, cela frise l'inconscience de disparaître sept-cent-quatre jours, sans jamais avoir donné de nouvelles à ton meilleur ami, puis de réapparaître. Je suis encore plus étonné que le grand Général, le héros adulé de l'armée du Grand-Duché, se soit laissé avoir par une ruse si rudimentaire.

Je sens mon cœur s'accélérer dans ma poitrine et mes mains devenir moites quand Matt se retourne pour me sonder. Fier de son effet, l'étrange monarque continue avec suffisance :

– Le jour où tes Bugs se sont pris dans mes filets et qu'ils ont parlé de ta commande spéciale, j'ai tenté une nouvelle carte qui n'impliquait pas tes soldats. Tu nous as échappé trop de fois pour que cela repose sur ton simple talent, je n'ignore pas que quelqu'un t'informe de nos mouvements de troupes.

– Ce sont mes hommes.

– Je ne le sais que trop bien, ils n'ont jamais cessé de t'obéir. Pour changer, je me suis donc contenté de créer l'appât rêvé.

– Léa… constate Matt avec un froid détachement.

– Je n'ai rien fait, réponds-je avec des sanglots dans la voix.

– Oh si, tu as fait exactement ce que j'attendais de toi, rétorque le Duc. Tu connais le processus, Matt. Lorsque quelqu'un s'éveille de cryo, il lui faut soixante-douze heures pour que son cerveau regagne ses pleines fonctions cognitives. Le cryo-lag laisse le sujet dans un état végétatif qui le rend malléable aux suggestions. De si loyaux petits soldats, n'est-ce pas ?

Malgré mes efforts, je ne me souviens de rien. Le blanc total, entre cet instant où mes parents me fixent à travers la vitre de l'UCC et la grange des Bugs.

– Nous avons sorti Léa de cryo, poursuit-il avec assurance, lui avons implanté l'idée qu'elle ne devait pas te quitter pour retrouver son petit-ami et te l'avons livrée, pucée et droguée, par insectes interposés en service express.

Cet aveu ébranle toutes mes convictions. Ce à quoi je m'accroche depuis mon réveil ne serait qu'une mascarade, cette sécurité que Matt représentait, l'étrange affection qui nous liait, la certitude que Nicolò m'attendait, la nécessité de gagner le centre Fuselière de Nancy ? Est-ce que ce ne serait qu'un vaste cauchemar ?

— L'armée ducale restait sagement en Lorraine, développe-t-il. Tu penserais que les Bugs avaient réussi à extraire le cercueil sans déclencher d'alarmes. J'avais bon espoir que tu accepterais de prendre en charge la demoiselle en détresse et que nous n'aurions qu'à te tendre un piège. Voilà pourtant que deux semaines passent et que Léa n'apparaît pas sur mes écrans. T'étais-tu débarrassé de mon espionne dans un fossé ou squattiez-vous hors réseau ? J'ai tenté le tout pour le tout, et envoyé un détachement. Au pire, tu l'apprenais et, ô surprise, tu as été averti, mais Léa te tenait, et nous tenions Léa.

Mon ultime soutien s'écroule. Il ne me reste rien. Mes parents sont morts. Nicolò est porté disparu. Matt n'est qu'un protecteur factice. Et Meg ? Il ne peut être amoureux d'une fille aussi brisée. Au mieux, je ne peux compter que sur Pépère.

— Je suis désolée, bredouillé-je.

Je relève la tête, et découvre que Matt affiche un discret sourire approbateur. Ne devrait-il pas être en colère et m'en vouloir pour cette trahison involontaire ?

— Bien joué, rétorque-t-il en bon perdant.

Toujours derrière son bureau, le Duc pince les lèvres, agacé.

— J'ai remporté cette manche et pourtant j'ai l'impression que tu t'es arrogé tous les lauriers de la victoire. Je ne pensais pas que tu te rendrais même si John a insisté pour venir dans l'espoir d'une fin heureuse. Évidemment, il a fallu que tu fasses les choses en grand, que tu reprennes le commandement et que tu reviennes à Nancy en pleine gloire, avec tes galons de Général sur les épaules.

Peu concernée par la discussion, je laisse les deux dirigeants du Grand-Duché décider s'ils vont s'écharper ou se pardonner et m'assois sur une causeuse de velours, dans une difficile tentative d'analyser les récentes révélations.

– Cela donne du crédit à tes mensonges.

– Je me doutais que tu apprécierais, s'enthousiasme le Duc. Quand j'ai compris que tu ne prévoyais pas de rentrer, j'ai inventé cette idée folle d'espionnage des territoires du sud entre deux portes. Un prétexte, je pensais qu'aucun soldat un brin éclairé ne le goberait et pourtant... Cela est devenu la version officielle. Pourquoi es-tu revenu, Matt ?

Oui, j'avais récupéré vite, j'avais mis ça sur le compte de ma santé et de ma jeunesse. Pré *Big Hot,* la cryo était utilisée par des malades qui espéraient qu'un traitement existerait pour leurs pathologies dans le futur, il était donc logique qu'ils prennent davantage de temps à émerger.

– J'ai quelqu'un à voir.

– Et ensuite ? Comme ma mère, tu programmes de disparaître et de me laisser gérer seul le pays que nous avons bâti ensemble ?

– On avisera.

– Comment va-t-elle ?

– Renée nous enterrera tous.

Il est aussi vrai que je n'avais pas envie de quitter Matt. À plusieurs reprises, l'idée d'être séparée de lui m'avait amenée à paniquer. Cela n'aurait pas pu m'alerter. Matt était l'unique personne capable de me garder en vie dans ce monde que je ne connaissais pas, mon protecteur ainsi que Meg me l'avait fait remarquer avec maladresse.

– Tu ne peux pas aller et venir, Matt. Tu as une responsabilité envers moi et, si cela représente encore quelque chose à tes yeux, envers le Grand-Duché. Ce petit parvenu de Keller nous menace à l'est, et le Royaume de Suède lorgne sur notre Lorraine par le nord. Nous sommes au bord de la double annexion !

– Tu seras vite débarrassé de moi.

– Réellement ? Je ne le croyais pas quand les Bugs ont avoué que tu cherchais un médecin.

Sur cette dernière phrase, je perçois un ton différent, presque fraternel, qui perce sous l'indifférence feinte du monarque. Je m'oblige à sortir de mes pensées pour voir que, bien que toujours séparés par le bureau, les deux hommes ont cessé de s'affronter. Matt se tient appuyé au coin et fouille dans une boîte à cigares, tandis que le Duc s'est assis dans un fauteuil doré, les jambes croisées.

– Rien qu'une cochonnerie de toux, élude Matt avec désinvolture.

– J'imaginais que tu crèverais le pistolet à la main à défendre notre pays dans un baroud d'honneur. Le destin est une vraie garce, n'est-ce pas ? Tu fuis le Grand-Duché, persuadé que jamais tu n'y remettras les pieds, soudain offensé par mes méthodes. Et voilà que tu te retrouves forcé de rentrer la queue basse à Nancy, car il n'y a pas une autre ville qui t'est accessible où tu pourrais consulter des médecins compétents.

– Un juste retour des choses pour un salaud.

– Toujours aussi machiavélique.

Matt hausse les épaules, intéressé par le gros cylindre marron qu'il vient de sélectionner et qu'il s'emploie à préparer.

– Ce n'est pas croyable, reprend le Duc. Je devrais te jeter en prison pour haute trahison et te pendre sans procès. Nous en avons exécuté pour bien moins que ça… Et non, je suis là, à te proposer de revenir pendant que tu pilles mes réserves de havanes.

– Tiens déjà ta promesse, rappelle Matt en me désignant du cigare.

– Ne désires-tu pas t'en charger ? demande le Duc qui se lève. Car je pense que tu te doutes depuis le début de ce qui est arrivé à Nicolò. Comme tous les jeunes en bonne santé de seize ans ou plus qui pourrissaient en cryo.

Que veut-il dire ? Mon cœur commence à battre la chamade dans ma poitrine, et mes ongles à s'enfoncer dans l'assise de velours.

— Vas-y.

Les deux hommes aux visages fermés me font face quand le Duc m'annonce :

— Nicolò Cavatini a été réveillé le 7 octobre 2032, notre armée avait besoin de troupes pour défendre la patrie contre la République occitane. Il a disparu sur le front le 2 décembre sous les ordres de ton protecteur.

— Tu le savais ?

La rage me pousse à me lever et à frapper des poings les pectoraux de Matt qui demeure passif devant ma colère, au grand amusement de son acolyte qui nous observe en se caressant le menton.

— Sa jeunesse aurait pu le sauver, répond-il tristement.

Le Duc récupère une fiche cartonnée derrière lui et me la tend. Je détourne mon mouvement de rancœur contre Matt pour attraper le document.

— Il avait seize ans, explique-t-il. Alors que la demoiselle n'en avait encore que quinze, à quelques jours près. Elle a été exemptée.

Je tiens entre mes mains l'unique représentation qu'il me reste de mon premier, et seul, amour. Nicolò fait grise mine sur la photo pâlotte que je découvre, les cheveux courts, les prunelles exorbitées, les épaules fuyantes. Le numéro du cercueil est inscrit au feutre noir à côté de son nom, 20290611-32-B. Ma mémoire ne me trahit jamais en ce qui concerne les chiffres, il est correct.

— Voilà ce que nous avons sur le soldat Cavatini. Son corps n'a jamais été retrouvé. Si Matt ne disparaît pas, je suis certain que le Général t'offrira les ressources nécessaires pour remonter sa trace. Qui sait, peut-être a-t-il survécu et vit-il quelque part dans un coin paumé ? Nous débusquons souvent des déserteurs.

— Ne lui donne pas de faux espoirs. On a tué le gamin.

Les informations à l'arrière sont inintéressantes : une lettre de dortoir, des listes d'entraînement, l'identité de son Lieutenant.

Nicolò est déclaré mort depuis vingt-deux ans et notre séparation ne s'explique que par deux jours ridicules. Parce que je suis née le 13 juin, et que mes parents ont arrêté la date du 11 pour notre cryo, seul lui a été éveillé et notre futur commun balayé aux vents du temps.

– Comme des milliers de gosses de riches endoctrinés et enrôlés de force, un sacrifice qui, je te le rappelle, a permis à nos compatriotes de vivre en paix. Dans cette histoire, il n'y a pas de gentils et de méchants.

– Je suis désolé, Léa, marmonne Matt dans un souffle.

Ses pitoyables excuses me raniment. Au lieu de continuer à frapper cet homme apathique rongé par la maladie, je m'échappe, les yeux embués de larmes.

Je cours à travers le Palais Ducal au grand étonnement des soldats qui ne m'interceptent pas, malgré les ordres que le Général hurle avec un ton impérieux que je ne lui connaissais pas.

Je cours jusqu'à ce que je m'écroule de fatigue.

Quelque part.

Peu importe.

Je suis seule désormais.

Le jour de la reconnaissance
Nicolò

23 mai 2027

Ce dimanche matin, je t'attends devant la bibliothèque de ton quartier, à l'ombre du bâtiment. La météo est folle, ça fait aucun doute. La température dépasse les quarante degrés depuis des semaines. Plus ou moins depuis notre premier rendez-vous. Coïncidence ? Est-ce que notre amour aurait été la goutte de trop qui aurait entraîné l'accélération du dérèglement climatique ? J'avoue que ça m'amuse de l'imaginer. Enfin, je manque de tact en utilisant ces mots-là pour parler de l'apocalypse !

T'es à la bourre, *mio amore*, j'ai l'habitude. Je m'occupe en jouant sur mon téléphone portable quand une fille m'apostrophe :

– Oh, mais tiens, le petit serveur !

Je reconnais une de tes copines, la blonde à l'accent anglais. *Vaffanculo !* J'ignore si c'est le résultat de leur adolescence de bourge, ou une conséquence de la planète qui crame, mais elles sont de plus en plus snobs ces filles avec qui tu traînes. Jeudi dernier, j'ai cru que cette peste allait m'arracher les yeux au moment où je lui ai annoncé qu'en raison de livraisons retardées, on n'avait pas le filet de bar.

— T'es loin de chez toi, non ?

— J'attends ma… une amie.

La vérité a failli éclater. Je sais que t'es pas encore prête à assumer notre relation. Ça me blesse. Mais bon, je peux y changer quoi ? *Mio amore*, je veux pas te brusquer.

— Oh, tu as rendez-vous avec une fille. Toi ? Ici ? Je me demande qui peut s'intéresser à un serveur.

Le mépris qu'elle me porte me hérisse. Je ravale la bile qui monte. À quoi bon l'engueuler ou rétorquer ? Elle pourrait se plaindre à mon chef et me faire perdre mon taf. Je peux pas me le permettre. Le prix de tout augmente aussi vite que s'affole le thermomètre. Si ça continue, il faudra que je laisse tomber mes études l'année prochaine, et que je bosse à plein temps au resto. J'oublie mes problèmes quand t'apparais, et que tu marches droit vers moi.

— Léa, mais ? s'indigne la peste.

Tu la rembarres avec assurance :

— Oh Merry, lâche-moi ! Je suis avec mon petit-ami.

Tu m'embrasses, un bisou chaste, tout mignon, comme toi, mais qui signifie tant pour moi.

— Et je rencontre quand tes parents ? demandé-je d'un air goguenard.

— Un pas à la fois, me réponds-tu amusée.

Ignorant totalement la blonde qui devrait penser à ramasser sa mâchoire sur le trottoir, tu me prends par la main et montes les escaliers. Je ne peux m'empêcher de me retourner dans la direction de la jalouse qui me fusille du regard, et de lui adresser un clin d'œil victorieux.

— *Ciao*, blondie !

Un point pour le serveur/cuisinier !

Chapitre 8
Déprime bleue
Léa

28 janvier 2054

Meg se tient à mon chevet tandis que je reviens à moi, blottie sous une couette pervenche, une compresse d'eau froide sur le front.

– Tu m'as flanqué une d'ces trouilles, s'exclame le Rouquin.

– Je vais bien.

Ma phrase rassurante manque de conviction, je m'en rends compte. Il n'insiste pourtant pas, et me redresse à l'aide de gros oreillers à pompons pour que je puisse boire. J'ai la gorge si sèche que j'ai l'impression de ne rien avoir ingurgité depuis des heures. Ce qui est sans doute le cas, car, derrière les rideaux tirés, je devine la nuit tombée. Nous n'étions qu'en fin de matinée quand j'ai appris que Nicolò…

Ma poitrine se serre et l'air commence à se raréfier.

– T'as mal quéqu' part ? s'alarme Meg.

L'inquiétude se lit sur ses traits. Je hoche la tête, je voudrais le réconforter et faire fuir cette détresse que je décrypte dans ses yeux verts. Je tente de communiquer, les mots m'abandonnent, et je gargouille des sons incompréhensibles qui produisent l'effet inverse. Maintenant proche de la panique, il craque et se précipite dehors.

Il revient me prévenir :

– La doc arrive ! Tiens bon.

Il cherche à m'attraper la main, je la lui refuse, et je me recroqueville au fond du lit pour céder à mes larmes.

Peu après, même si j'avoue avoir perdu la notion du temps, entre une petite dame ventripotente, avec des joues potelées et d'épais sourcils. Meg est chassé de la chambre en une formule sévère. Un rapide examen confirme que je n'ai rien de grave, juste une grosse fatigue, morale et physique. La doctoresse me donne des cachets à prendre aux repas et me recommande du repos, avant de me laisser avec mon chagrin.

Quand Meg revient, je le renvoie, et la pitié que je constate sur son visage ne m'aide pas à moins culpabiliser d'être une si mauvaise amie. La soirée se déroule, chaotique, entre des moments de réveil et de sommeil. John m'a rendu visite, je crois. Pas Matt, autant que je m'en souvienne. Le Général doit avoir trop honte de son passé pour affronter l'une de ses victimes collatérales.

29 janvier 2054

Le jour se lève, à peine perceptible derrière les épais rideaux.

Quelqu'un allume les lumières, je m'emporte, on les éteint très vite. C'est donc à la seule flamme d'une bougie que l'on m'apporte mon petit-déjeuner que je mange sans conviction.

Comme une gentille fille, j'avale mes pilules. Je ne me sens pas mieux.

Un second repas arrive, ce qui indique que les heures s'écoulent.

Je m'extirpe des draps pour aller aux toilettes.

Je me complais dans l'obscurité, la photo de Nicolò contre mon cœur.

2 février 2054

Aujourd'hui, les larmes ne viennent plus. Après une éternité à fixer un point indéfini dans le noir, je quitte mon lit. Ma suite est composée de trois pièces en enfilade, avec un salon, une chambre et une salle de bain, dans ce style XVIIIe siècle propre au Palais, tout en moulures dorées et en plafonds peints. Une nette influence bleutée se dessine dans les décors aux sujets pastoraux. Les meubles aussi sont azur, depuis la causeuse devant la cheminée, en passant par la couette et le ciel du baldaquin, jusqu'au saladier de fruits sur la desserte du coin boudoir. Heureusement, j'ai toujours aimé cette couleur…

Un soldat m'apporte mon dîner sur un plateau, étonné de me voir debout. Le regard que je lui lance le dissuade d'engager la conversation. Il dépose mon repas sur une table basse, un sandwich froid bien décevant par rapport au dressage dans cette vaisselle de luxe, et il disparaît.

Je mâchouille seule, perdue dans la contemplation d'une peinture qui représente un voilier naviguant sous le pont à arcades d'un large fleuve, à tenter de distraire mon cerveau qui veut trouver refuge auprès de mes souvenirs de Nicolò. Je me rappelle soudain que le cahier est resté sur Pépère et que je n'ai aucune idée de là où sont mes effets. Je me jette dans mon lit, en larmes, et m'endors d'épuisement.

3 février 2054

Quand je rouvre les yeux, le jour est levé. Je me sens moins déprimée, car une terrible vérité commence à se concrétiser. J'ai l'impression de n'avoir quitté Nicolò que depuis un mois, mais sa mort date de vingt ans. Cela me paraît irréel et, pourtant, les faits sont indiscutables.

Sous mon oreiller, je récupère sa fiche aux coins cornés tachée de ma tristesse, cette photo horrible où il a les traits tirés et une coupe militaire. J'essaie de me souvenir de lui comme je l'ai toujours connu, avec les cheveux remontés en chignon et une veste de cuisinier, mais tout est flou. À force de l'observer figé sur le papier, ma mémoire l'a remplacé par ce soldat pâlot en uniforme de l'armée ducale ! Je jette l'image au fond d'un tiroir, paniquée à l'idée d'oublier mon Nicolò.

Je pleure quelqu'un de décédé depuis plus longtemps que les années que j'ai déjà vécues. Disparu, ce mot me hante. Le Duc l'a avoué, le corps de mon petit-ami n'a jamais été retrouvé… ce qui signifie qu'il m'attend peut-être quelque part. Cette perspective me donne la force de m'extraire de mes draps.

Dans la salle de bain, je découvre un uniforme rouge sombre très similaire à celui qui m'a été confié à Neufchâteau, et surtout le doux anachronisme d'une baignoire balnéo. Après un moment de détente passé dans l'eau bouillonnante à réfléchir au non-sens de mon amour perdu, je trouve le courage d'enfin sortir de la chambre. Je ne suis pas encore certaine de ce que je prévois pour remonter les traces de Nicolò, à part que je n'abandonnerai jamais les recherches tant qu'il reste une infime chance, alors je me laisse guider par mon instinct primaire jusqu'aux cuisines, qui se situent tout au bout du rez-de-chaussée.

Là également la modernité prime sur le style, avec un grand piano de cuisson noir, des plans de travail en inox, et une foultitude de placards. Seule l'énorme cheminée qui occupe l'unique pan de mur conservé en pierre de taille prouve que cet endroit sert à mitonner des plats depuis plusieurs siècles. La cuisinière, une dame aux cheveux poivre et sel relevés en chignon, sursaute quand j'apparais à la porte. Elle reprend le malaxage de sa pâte tout en me grondant gentiment :

– Oh ! Tu aurais dû sonner, nous t'aurions apporté à manger.

Assieds-toi, je vais te préparer un petit quelque chose dès que j'ai terminé ça. Tu bois quoi de chaud ?

– Du chocolat si vous en avez ?

– Du chocolat ? Hum, je n'en ai pas en poudre. Je peux essayer d'en râper, on verra ce que ça donne ! Tu sais que c'est devenu un produit de luxe ? On ne trouve pas de fèves de cacao en Lorraine. Mais le Duc adore cette gourmandise, alors il en importe pour une véritable fortune chaque semestre. D'ailleurs, il faut que je remonte nos stocks de café maintenant que le Général est revenu... On m'a dit que tu venais de sortir de cryo ? Ma pauvre petiote, je n'ai jamais compris cette lubie. Par chance, ces illuminés n'ont pas été écoutés longtemps. Quelle idée de s'endormir en espérant que tout aille mieux !

– Mes parents s'efforçaient de me protéger.

– Je n'aurais pas aimé être congelée. De toute façon, je ne pouvais pas me le permettre à cette époque, je n'étais qu'une jeunette désargentée. Et puis, les choses se sont tassées dans la région. Les gens ont arrêté d'y trouver un intérêt, et le Duc a rendu la cryo illégale, même si ceux qui roupillent ne sont pas inquiétés. Tant que les blés poussent, comme on dit ! Bon voilà, je laisse ça reposer jusqu'à ce soir, à toi maintenant. Voyons si ce chocolat fondrait...

La pâte abandonnée dans un saladier sous un torchon, elle sort une râpe à fromage de l'un de ses placards et réussit à obtenir des copeaux de la tablette, qu'elle mélange avec du lait réchauffé au micro-ondes. Une nouvelle merveille du monde moderne dont j'avais oublié l'incommensurable praticité ! Le résultat est satisfaisant, même si cela n'a pas le goût du cacao en poudre pré *Big Hot*. La cuisinière, qui se nomme Véronique, continue à parler de tout et de rien, surtout de rien. Alors je l'aiguille vers des sujets qui m'intéressent.

– Le Général habite ici ?

– Nos deux fondateurs, confirme-t-elle, avec des ambassadeurs, des hauts fonctionnaires et des gradés. En fait, le gratin du pays, accompagné par leurs familles.

– Le Général est marié ?

– Lui ? Oh non, il est veuf, au contraire du Duc, un éternel célibataire, une fille différente au bras chaque trimestre. Une sale histoire, ce qu'il s'est passé avec l'ex-compagne du Général et sa petite fille, si tu veux mon avis. Tuées d'une balle en pleine journée, dans la rue, il y a une vingtaine d'années. Les gens comme moi n'ont jamais su qui a pressé la détente mais, la semaine suivante, le Grand-Duché décidait de réveiller les cryos et ils repoussaient les Occitans hors de Lorraine en quelques mois. Ça m'étonnerait que ça soit une coïncidence. Heureusement, tu étais trop jeune, ce n'était pas une époque pour sortir de son cercueil !

– Mon petit-ami n'a pas eu cette chance…

Je me voûte sur ma chaise, les mains serrées autour de la boisson telle une ancre pour m'éviter de chavirer. Ma soudaine détresse ne stoppe en rien le bavardage de Véronique qui continue avec un entrain égal :

– Oh, je suis désolée, une sale période. Entre le *Big Hot*, les morts à pleurer, ce qui se passait sur le front, les poches de résistance et les famines, conséquences de la politique de la terre brûlée de la République occitane… Mais oui, le Général n'a jamais été le même après tout ça. Même le Duc a changé.

Cette « sale période », pour reprendre l'expression de Véronique, doit être à l'origine du manque de confiance de Matt en autrui. Peut-être que je lui rappelle cette enfant perdue, et que son rôle de protecteur ne vient pas que de mon conditionnement à ma sortie de cryo, il se serait senti investi de la mission de me préserver, un moyen de se racheter pour sa fille qu'il n'a pu sauver.

Aussi héroïque soit son attitude, elle n'excuse en rien sa responsabilité dans la disparition de Nicolò, ce qui d'ailleurs m'amène à ma question principale :

– Il faut que je leur parle.

– Ah, pas de chance ! Ces messieurs sont partis ce matin à l'aube, dans leurs beaux vêtements, avec une délégation.

Elle me montre du doigt une fenêtre qui offre une excellente vue sur l'entrée. C'est parfait, je suis tombée sur la concierge du Palais.

– J'ai entendu dire qu'ils accueillaient des hôtes de marque, explique-t-elle. Et prévoyaient le grand tour ! Ils seront absents pendant au moins deux jours.

La discussion entre les officiers à la table de Neufchâteau m'éclaire sur la raison de ce voyage. Les ambassadeurs du HHR… ou du HRR ? Enfin, les porte-paroles de cette puissance qui menace l'intégrité du Grand-Duché sont arrivés. Cela n'arrange pas mon plan, car je commençais à me dire que la meilleure façon de débuter mon enquête serait de demander au Duc comment remonter la piste des déserteurs dont il a lui-même évoqué l'existence. En attendant, je n'ai qu'une seule autre possibilité.

– Je dois me rendre au centre de cryo Fuselière, arrêté-je. Vous savez à qui je devrais m'adresser ?

– Alors là… Aucune idée, ma petiote.

– Je me débrouillerai, la rassuré-je.

Un morceau de brioche me permet de saucer les ultimes gouttes de ma tasse de chocolat, afin de ne pas gâcher une once de ce précieux nectar. Mon nouveau but en tête, j'écoute quelques anecdotes dont je ne me souviens pas, un baume de frivolité pour mon cœur malade, avant de laisser Véronique à ses fourneaux.

Sans savoir si j'ai le droit de quitter le Palais, je décide de tenter ma chance. Le dos tendu, je marche entre les soldats en faction dans l'entrée, persuadée qu'ils vont me stopper. Ils se contentent de frapper du talon, au garde-à-vous.

Le souffle coupé par leur salut, j'avale ma salive de travers, en même temps que m'agresse la chaleur désagréable de l'extérieur, contraste étouffant avec les couloirs climatisés. Je me dépêche de m'éloigner, au cas où quelqu'un changerait d'avis, la main sur la bouche pour cacher ma toux.

Le soleil tape fort sur la place, qui rutile. Me protégeant les yeux du revers de la main, je traverse la rue pour profiter de l'ombre et je commence à remonter vers l'Arc de Triomphe. Les distances sont faussées, je suis arrivée en fin de journée, à cheval. Nous sommes désormais le matin et je suis à pied. Il me semble que je ne retrouverai jamais le bâtiment où Meg est descendu, quand je tombe sur plusieurs soldats que je reconnais, assis en cercle sur des tabourets bas, à entretenir leur matériel en silence.

– Léa ? m'interpelle le Pompeux en levant la tête de sa botte.

– Euh, oui ?

Là, j'en suis sûre, je vais être raccompagnée à ma chambre.

– Je m'étonne de ne point voir Meg à tes côtés, explique-t-il.

– Il devrait l'être ?

– Affirmatif. Le Général l'a assigné à ton service.

– Euh...

– En parlant du loup, se moque Yuan qui s'emploie à ôter des copeaux d'un morceau de bois qu'il travaille.

– Je l'avais bien dit qu'il fallait envoyer quelqu'un de plus expérimenté ! renchérit Dan.

Le jeune Rouquin arrive au trot, rouge et essoufflé. Il devient encore plus écarlate en réalisant avec qui je discute. C'est le Pompeux qui se charge des remontrances :

– Cadet Meg, essayez de ne pas perdre votre cible dès l'instant où elle se décide à sortir ou vous risqueriez d'écourter drastiquement votre carrière parmi les forces ducales, si ce n'est votre vie.

– S'cusez-moi, mon capitaine.

– Vous avez de la chance que je ne vous colle pas un rapport ! Rompez !

Je m'éloigne vite, afin de mettre une distance raisonnable entre

Meg et son supérieur. Nous trouvons un recoin tranquille, à l'abri des oreilles indiscrètes.

— T'étais où ? me demande-t-il. J'ai passé les derniers jours devant ta porte, j'm'absente quéqu' heures et tu disparais.

— Aux cuisines.

— Pfff... Par chance, j'ai entendu les gardes claquer des talons. Comme personne montait, j'me suis dit que ça pouvait être qu'toi quand j'ai vu ta chambre vide.

— Désolée si je t'ai causé des ennuis.

— Ma faute. T'allais où ?

— Je te cherchais, en fait. Je voudrais me rendre au centre de cryo Fuselière. C'est sur les hauteurs de la ville si je me rappelle bien.

Une petite moue rapide déforme sa bouche lorsqu'il répond :

— Oué, sur l'plateau de Brabois, dans l'secteur sud. J'connais. Va falloir finir les démarches pour ton ID d'résidente permanente, sinon jamais ils t'laisseront rentrer.

— S'il te plaît... Je dois constater l'absence de Nicolò de mes propres yeux. Qui sait... les chiffres ne mentent pas, mais les humains sont faillibles. Je me dis que... peut-être quelqu'un s'est trompé ?

Meg hausse les épaules, boudeur. Il se force à afficher un sourire et m'apporter le soutien que je demande, et ça fonctionne car mon cœur s'allège d'un poids quand il m'annonce :

— Alors c'est parti. J'espère qu't'es patiente !

D'une courbette amusée, il m'indique la direction à prendre, j'attrape son bras et nous nous mettons en chemin vers les bâtiments administratifs.

Le jour de la présentation
Nicolò

13 juin 2027

L'invitation sur papier doré entre les mains, mon cadeau sous le bras, je sonne au grand portail de métal. Des ballons identifient la maison, sans compter le haut du château gonflable que j'aperçois entre les arbres. Pas de doute, c'est ici qu'on fête ton anniversaire ! J'essuie mes paumes moites sur mon pantalon de toile blanche (acheté pour l'occasion), pour serrer celle de la femme qui m'ouvre.

— Entrez, jeune homme.

Ses cheveux bruns (ta mère est blonde) et le tablier me font réaliser qu'elle appartient au personnel. Est-ce que c'était déplacé de la saluer comme ça ? Aucune idée !

Je rejoins les invités dans le salon, où la climatisation tourne à fond. Personne ne profite de la piscine extérieure et des attractions installées dans le jardin. Trois filles sont scotchées devant un immense écran plat, lancées dans un quelconque jeu vidéo. Une dizaine de tes amies papillonnent autour de toi et de la pile de cadeaux qui te cache en partie. *Cazzo*, je suis le seul garçon ! Je croise le regard hargneux de celle qui nous a surpris à la bibliothèque, quand je dépose mon paquet sur le tas. Je me demande ce qu'elle fout ici, tu m'avais dit que tu lui parlais plus. Elle me rate pas :

— Oh tiens, le petit serveur !

Tu te lèves et m'attrapes par la main.

– Les filles, je vous présente mon petit-ami !

– *Buongiorno !*

Je me sens étudié. Disséqué. Jugé. Ça empire à l'apparition d'une grande dame blonde dans l'encadrement de la porte.

– Mère, voilà Nicolò.

– Madame, c'est un honneur de vous rencontrer.

Elle accepte avec un dégoût évident ma poigne tendue, qu'elle agrippe à peine. Je déteste ce genre de salut mollasson. Elle achève de renforcer cette première impression négative avec des menaces même pas voilées.

– Jeune homme, je compte sur toi pour bien te comporter avec ma fille. S'il te prenait l'envie de la trahir, ou de la blesser, n'oublie pas que j'ai accès à une armée d'avocats.

– Mère ! t'offusques-tu.

– Si tes revenus ne te permettent pas de subvenir aux loisirs de ma fille, nous y pourvoirons.

– Euh… j'ai un travail…

– Ça ne suffira pas, juge-t-elle sans même me connaître. Enfin, nous en reparlerons. Léa, pourriez-vous limiter le bruit ? Ton père a une importante conférence à l'étage, il ne faudrait pas le déranger.

Sur ces mots tranchants, elle quitte la pièce. Toi, tu demeures digne, droite, les poings crispés, à fusiller l'endroit où se trouvait cette déesse de glace qui te sert de parent. Le raclement de gorge d'une de tes invitées t'amène à réaliser qu'on est plusieurs à te fixer, pas vraiment sûrs de l'attitude à adopter. Tu plaques un masque de bonheur factice sur ton visage triste et annonce avec une voix chevrotante :

– Je vais voir où en est le gâteau…

Tu t'enfuis. Je te suis dans ce qui se révèle être la cuisine, où la dame brune t'accueille dans ses bras. Je me contente de toucher ton épaule, ne m'immisçant pas dans ce câlin.

— Je suis là, *mio amore.*

Tu viens accrocher tes doigts aux miens, sans pour autant briser l'étreinte. Je croise un assentiment silencieux dans le regard de celle qui te réconforte. Tu te demandes pourquoi ce jour est dans mes douze préférés ? Car j'ai réalisé que je pouvais t'aimer encore plus. Non pas par pitié ou je ne sais quelle connerie. Tu m'as bluffé par ton courage.

Chapitre 9
Visite au centre de cryo
Léa

3 février 2054

Ce terme de « secteur sud » ne m'évoque pas grand-chose à ce moment. Grâce à cette escapade, je sais désormais que cela engendre deux heures d'attente et beaucoup de personnes à impliquer.

La première étape consiste à récupérer mes affaires, car le laissez-passer approuvé par Matt est la clé qui ouvrira les portes. Comme pour tout objet contenu dans les fontes à l'arrivée aux écuries du Palais, les effets personnels sont rangés dans des casiers verrouillés, mais le chargé de l'inventaire n'a pas noté avec un grand soin le numéro dudit casier, obligeant d'en vérifier une bonne douzaine avant de retrouver mon sac de voyage, avec le sésame et mon précieux cahier.

Nous nous rendons ensuite au commandement central où le gars à l'accueil ne nous prend pas au sérieux. Quand il daigne prévenir son supérieur, et que ce dernier constate l'authenticité des signatures et des tampons, il contacte à son tour son responsable, qui confirme la validité de mon document après une foultitude de contrôles. Grâce à leurs échanges, je comprends qu'une autorisation militaire de niveau « un » me permet d'exiger ce que je veux dans les administrations du Grand-Duché.

Les procédures pour m'entrer dans le système sont aussi laborieuses, l'ordinateur pré *Big Hot* a connu des jours meilleurs et rame comme pas possible, sans oublier que le tatoueur doit être mobilisé en urgence, et qu'il lui faut une trentaine de minutes pour se pointer.

Pendant que je serre les dents sous la torture de l'aiguille qui inscrit sur ma peau ce fameux code-barre que tous affichent au poignet, un haut gradé s'invite et m'annonce qu'il est hors de question que je sorte sans escorte. Une bonne chose en soi, mais cela ajoute un délai supplémentaire.

Le temps que les dix hommes réquisitionnés se préparent et nous rejoignent, Meg me parle de ses craintes, il trouve ma tenue trop voyante. Pour régler cet ultime problème, nous passons à l'intendance, où mon niveau d'accréditation triple ma garde-robe : trois paires de sous-vêtements et de chaussettes, un deuxième uniforme à chemisette version jupe, deux classiques, bordeaux foncé, pour le quotidien et un ensemble de sport.

Le régisseur du stock me confie même deux armes, que je refuse de toucher. Meg m'assure qu'avec un chargeur vidé et le cran de sécurité enclenché, ce ne sont que des morceaux de métal inoffensifs. Il insiste pour maintenir les apparences, malgré mon dégoût de la violence qu'elles représentent, afin de me fondre dans la masse. Après une longue démonstration de l'impossibilité d'infliger une quelconque douleur par maladresse, j'accepte à contrecœur. Je me change dans un vestiaire, et ne garde que l'essentiel, le reste des affaires sera livré à mes appartements du Palais.

Enfin, nous sommes en mesure de rejoindre les soldats de notre escorte qui patientent à l'ombre du bâtiment des réquisitions. Quand leur chef se retourne, je m'exclame :

– John !

– Léa ! s'enthousiasme-t-il. Contente de te revoir sur tes deux jambes !

Je reconnais plusieurs des membres de l'unité venue nous intercepter. Gênée, je réalise que je ne connais pas les prénoms de chacun, et c'est d'ailleurs celle au fusil d'élite qui m'interpelle d'un joyeux :

— Ça fait plaisir, Miss !

Je lui rends son sourire. Les échanges sont presque cordiaux, à croire que ma compagnie leur manquait, même si une petite voix pernicieuse me murmure qu'il s'agit surtout de loyauté envers mon protecteur. Une seconde retrouvaille achève de me combler : Pépère est là, lui aussi. Le cheval love son gros museau sous mon bras pendant que je lui flatte l'encolure. Je m'excuse pour mon absence, et lui promets des balades régulières à partir de maintenant.

Quand nous sortons, rien ne me différencie des soldats ducaux de mon escorte. J'essaie de me tenir comme eux, avec la même contenance, la main droite sur la crosse de la mitraillette accrochée en bandoulière sur la poitrine, et les rênes dans la gauche. Je déteste la sensation que le fusil me procure, mais je tente de l'oublier.

L'extérieur m'impressionne moins qu'à mon arrivée, car je sais à quoi m'attendre. En plus, personne n'a envie de perdre son temps et John ne tarde pas à nous lancer au trot. Les gens n'ont pas tendance à se mettre en travers du chemin de douze chevaux menés par des cavaliers armés, et les rues bondées se libèrent comme par magie.

En bas d'une colline, un haut mur de béton surmonté de barbelés enserre la ville et s'étend à droite et à gauche, aussi loin que mon regard se porte. Un poste-contrôle assure le passage, une guérite blindée entre des grillages. Pendant que John règle les détails administratifs et que débutent les vérifications d'identité, je me rapproche de Meg :

— Pourquoi une telle sécurité ?

Je ne peux pas rater la mine embarrassée d'un de nos hommes qui se trouve à portée d'oreille. Lui, c'est Medhi, le cow-boy taciturne qui ressemble à Matt avec vingt ans de moins. Mon ami n'a pas l'air gêné en répondant :

– Ça empêche qu'les Nancéiens partent, comme les extérieurs d'entrer. En été, Nancy n'peut pas accueillir trop d'personnes, les réserves n'tiendront pas.

– Papiers, gueule le garde.

Il ne tarde pas à perdre l'usage de la parole au niveau un qui s'affiche sur la machine à infrarouge dont il se sert pour scanner mon tatouage encore frais. John, fort heureusement, en profite pour intervenir.

– C'est la VIP dont je vous parlais, explique-t-il.

Le ton a changé quand le garde reprend :

– Veuillez accepter nos excuses pour les désagréments, Mademoiselle Beck. Si vous avez besoin de quoi que ce soit, nous sommes à votre disposition.

– Euh, non, merci.

– Laissez-les passer, hurle l'homme à ses collègues.

Alors que seuls quelques-uns de nos soldats ont été contrôlés, le porche est ouvert, et nous sortons.

– Voilà l'avantage de partager la même accréditation que le Général ou le Duc. Moi, je ne suis que deux.

Je hausse les épaules, pas bien sûre de l'attitude à adopter face à une telle information. Qu'ai-je fait pour mériter cette confiance ? Matt est un drôle de type, il se révèle capable de tuer par tranquillité d'esprit mais, après avoir été piégé par ma faute, certes à mes dépens, il m'accorde des autorisations de duchesse.

– C'est pratique.

Ma réponse laconique est un bel exemple de platitude inutile, une preuve s'il en faut que mon protecteur déteint sur moi, et un agacement supplémentaire de réaliser que je n'arrive pas à le haïr malgré la responsabilité qu'il porte dans la disparition de Nicolò.

– En effet. Mais si j'étais toi, j'éviterais de m'en vanter, me conseille John.

Le sas de sécurité dévoile un *no man's land* de tentes agglutinées sous les murs. Jusqu'aux abords de la colline qui se dresse face à nous, ce ne sont que des habitations de fortune et de pauvres expatriés qui nous scrutent avec défiance. Les maisons de ces quartiers sont inexistantes, elles ont été démantelées et les fondations ne laissent qu'à peine deviner le plan de l'ancien intérieur que des hommes ont autrefois décoré.

Nous grimpons ce qui a dû être une rue, et n'est désormais qu'un chemin défoncé qu'une voiture aurait toutes les peines du monde à emprunter. À mi-hauteur, des pavillons réapparaissent, perdus au milieu de jardins qui envahissent même les trottoirs, leurs toits fracassés sur les terrasses effondrées.

Une fois arrivés sur le plateau, nous ralentissons pour soulager les bêtes fatiguées par la montée. J'en profite pour m'arrêter un instant et contempler le paysage, Nancy avec ses demeures ordonnées, coincées par le mur qui l'entoure, aussi loin que mon regard se porte, et des amas de tentes au niveau des portes d'accès.

– Une belle ville, constate John.

– Ça s'est sûr, ajoute Meg très fier.

– Le monde de 2054 ressemble à ça, remarqué-je. Une bulle sauvegardée, où vivent des privilégiés ?

– Des communautés réduites réussissent à survivre, assure John. Tu vois Crépan, où nous avons dormi ?

– Et mangé, précise Meg.

– Leurs habitants s'en sortent bien.

Je hoche la tête, je me rappelle le restaurant accueillant et la halle médiévale, mais également un autre point :

– Un de tes hommes avait proposé de réquisitionner les provisions au lieu de les acheter.

– Terry a toujours des idées à la con, réplique John. Le Grand-Duché tient à ces villages éparpillés. Nous n'avons aucun intérêt à les maltraiter, pour que des puissances ennemies s'en fassent des alliés en notre territoire. Sa femme et ses gosses y crèchent, raison de plus. Il ne faisait que chercher la bagarre avec le Général, comme il en a l'habitude.

Je garde mes commentaires pour moi, peu convaincue par ses arguments.

– Le centre de cryo se trouve là-bas, reprend John. Remettons-nous en route.

J'approuve et presse les flancs de Pépère qui rejoint les autres chevaux. Les infrastructures du plateau ont mal résisté, les anciens bâtiments universitaires et les immeubles de bureau gisent éventrés à tous les vents. Au milieu de ces ruines, le but de notre excursion est bien le seul à n'avoir pas changé. C'est toujours le même impressionnant bloc de béton que dans mon souvenir, à un détail près : des soldats de l'armée ducale nous observent approcher, fusil au poing, avec un air antipathique.

John essaie une nouvelle procédure : il m'invite à avancer la première. Cela fonctionne à merveille et, quelques minutes plus tard, Meg, John et moi pénétrons à pied dans cet antre du passé après avoir laissé les montures et notre escorte à l'extérieur.

Le portrait de Léonard de Fuselière occupe le mur face à l'entrée, ridicule dans son gigantisme, un beau jeune homme brun aux cheveux attachés en catogan. Le milliardaire excentrique, à l'origine de la mise au point de la cryo, est représenté en messie qui, de ses mains ouvertes, veille sur des centaines d'UCC dessinées, les unités de confinement cryo, ou cercueils comme les gens post *Big Hot* ont décidé de les appeler. Une désignation fort peu commerciale que Fuselière aurait détestée, lui qui a eu bien du mal à faire accepter ses inventions. D'ailleurs, sans le réchauffement climatique, il serait sans doute resté un marginal ignoré du grand public et qui n'apportait là une solution qu'aux malades ou aux désespérés.

– Crédieu, remarque Meg, le nez en l'air.

L'entrée est magistrale avec son sol de béton luisant, ses murs blancs, et son immense lustre de métal qui cliquette au moindre souffle. Un petit homme chauve en costume avance à notre rencontre. Sur le badge, où je reconnais le logo de la Fuselière, est inscrit un nom, « Théobald ». Il n'est pas jeune, la soixantaine au minimum. Peut-être était-il présent quand je me suis endormie, même si je ne me souviens pas de lui.

– Bienvenue au centre Fuselière de Nancy, dit-il d'une voix monocorde, en quoi puis-je vous aider ?

– Je recherche l'emplacement des UCC 20290611-32-A et 20290611-32-B, annoncé-je.

– Si vous voulez me suivre.

Impassible, Théobald se dirige vers l'ascenseur. J'échange un regard surpris avec Meg devant l'attitude étrange du gardien. Mon ami, toujours impressionné par la prestance des lieux, me répond d'une moue dubitative, les yeux ouverts comme des soucoupes.

Sur la plaque de commande d'étages, les numéros vont du moins trois au vingt-quatre. De ce que je sais, pour m'être renseignée avant de m'endormir, ce complexe a été conçu afin de fonctionner en totale indépendance, en plus des piles nucléaires des UCC qui assurent aux cercueils une autonomie individuelle. Des panneaux photovoltaïques recouvrent le toit et les murs, des collecteurs de pluie récupèrent l'eau, et tout opère en circuit fermé. Il existe même des fermes hydroponiques pour nourrir les techniciens s'ils devaient s'enfermer à l'intérieur.

Nous montons sur fond de musique agaçante, un comble pour le bâtiment ultra-moderne qui a pourtant succombé à cette tradition navrante. La cabine vitrée nous offre une vue panoramique sur la région. Je suis tellement absorbée par le paysage, à tenter de me repérer parmi les maisons minuscules de Nancy, que je ne remarque pas que nous sommes arrivés, et que tout le monde m'attend. Je les rejoins en trois pas rapides.

– Désolée, j'étais ailleurs.

– Prends l'temps qu'il t'faut, me réconforte Meg.

– Je n'aurais pas dit mieux, approuve John.

L'étage est décevant, aussi banal que l'entrée est grandiose. Théobald s'arrête au niveau de la quatrième porte, qui s'ouvre sans intervention extérieure, et il nous guide dans une pièce aseptisée plongée dans l'obscurité qui exhale un souffle glacé. La lumière et la chaleur sont néfastes pour la conservation des organismes, m'avait-on confié, ce qui explique cette ambiance sinistre.

Le bruit m'est familier. Je ne me souviens pas avoir emprunté l'ascenseur, ou encore moins avoir parcouru la grisaille du triste couloir, mais le bip régulier des UCC est l'ultime son que mes oreilles m'ont transmis avant que je ne sombre dans les limbes de la cryo. Les unités sont là, alignées contre le mur, tous les deux mètres d'intervalle, avec leurs voyants de contrôles qui pulsent et nous montrent la voie. Nombreuses sont celles qui manquent, ou qui sont éteintes.

Je me force à contempler le bout de mes chaussures, et à ne pas vérifier si ce sobriquet de « cercueil » ne tient pas sa source de quelques dysfonctionnements chroniques que la notice commerciale ne mentionnait pas.

L'employé du centre Fuselière s'arrête devant un emplacement vide qu'il pointe de sa lampe-torche. L'écusson métallique où est gravé le numéro de mon UCC brille dans le faisceau, accroché au support à quatre pieds entre lesquels elle était encastrée. L'un d'eux est tordu, une trace laissée par le passage des Bugs à n'en pas douter.

Je m'accroupis et remarque immédiatement quelque chose d'étrange à l'avant-gauche.

– Je peux vous emprunter votre lampe ? demandé-je à notre guide.

– Avec plaisir, accepte Théobald.

J'illumine ce qui m'intrigue, et découvre la majuscule L, suivie d'un e avec accent aigu, les deux premières lettres de mon prénom.

— Lé… Léa ? bredouille John.

Il vient de dire à haute voix ce que je n'ose à peine espérer. Mon esprit s'y refuse, et je m'exclame :

— Ce n'est pas possible !

— C'est de… ton copain ? s'inquiète Meg.

Dans son ton, il y a un mécontentement que je ne peux ignorer. Surtout que je sais qu'il ne va pas apprécier ma réponse. Nicolò a toujours eu une façon particulière d'effectuer la boucle inférieure du « L », comme si elle s'enroulait sur elle-même, pour mieux préparer le « e » qui se blottit sous ses circonvolutions. Je retrouve cette exacte graphie ici, même si le temps en a rendu flou le contour.

— Oui…

Tremblante, je passe à nouveau en revue la surface. Il y a vaguement ce qui pourrait être le début d'un signe en bas, ou une poussière incrustée par les décennies. Le second examen ne me déçoit pas, et je discerne le chiffre « 2 ».

— Une date ? interroge John.

— Il a été déclaré mort le 2 décembre 2032 d'après sa fiche.

Mais cette inscription pourrait remonter à une époque antérieure. Je me laisse glisser au sol, étourdie. Je réalise que Nicolò est venu et qu'il m'a vue endormie. Il a eu l'occasion de me réveiller, mais il ne l'a pas saisie. Il s'est contenté d'un message, qui a disparu, emporté par les Bugs loin d'ici.

Je prends une décision irrévocable :

— Nous devons retourner auprès des Bugs. Ils ont peut-être encore mon UCC !

— Oué, mais non, remarque Meg. J'pense pas que l'Général apprécie qu'on aille en promenade.

— La question principale serait plutôt de savoir si tu te souviens où ils se trouvent, intervient John.

— Je…

Ma mémoire me joue des tours, et je dois me rendre à l'évidence que je n'ai pas retenu notre itinéraire avant d'arriver chez Renée. La route qui sépare la maison de la vieille dame de la grange des Bugs n'est qu'un vague enchaînement d'arbres et de chemins qui forment une bouillie verte indéchiffrable.

– Voilà donc qui règle le sujet jusqu'au retour de Matt et de Vince.

– Je porte une puce ! S'il y a un historique…

– L'accès au satellite est un secret bien gardé. Je présume que tu pourrais le découvrir avec ton niveau d'autorisation, mais je ne te conseille vraiment pas de déterrer ce genre de choses. Le Duc te tolère, car le Général t'a prise sous son aile, et qu'il a besoin de lui. Si tu deviens un danger pour la sécurité du Grand-Duché…

– Je comprends.

Les sous-entendus de John ne vont pas me retenir. Quelque chose dans mon attitude doit me trahir, car il pince les lèvres et, avant que je ne réagisse, il me saisit le poignet, qu'il scanne à la vitesse de la lumière avec un de ces bippers qu'utilisent les soldats.

– Te voilà de niveau trois. Quand tu seras capable de te défendre à l'extérieur, je te réinstaurerai en un. Pour le moment, si tu veux te rendre quelque part, tu me demandes.

– Mais ! Tu n'as pas le droit ! Et comment as-tu fait si mon accréditation était supérieure ?

– Je m'arroge la permission dans l'intérêt national. Je t'en prie, plains-toi à Matt à son retour. Je me ferai une joie de lui expliquer.

J'enrage et décide de l'ignorer, une faible tentative de regagner ma fierté après le revers subi. L'UCC éteinte où Nicolò a reposé se trouve juste à côté de la mienne, le numéro à son pied le confirme. Aucun message n'est écrit sur la cuve silencieuse et vide. Je prends plus de temps qu'il n'est nécessaire à l'inspecter sous tous les angles, dans l'espoir qu'un infime indice me rattache au jeune homme qui occupe mes pensées. Mais je dois me rendre à l'évidence que ce n'est qu'une coquille creuse qui n'a rien de spécial. Les lumières qui pulsent dans l'obscurité me donnent le courage d'oser une question insensée.

– Est-ce que certains se sont rendormis ?

– Non, répond John. La mise en cryo a été interdite en 2030. Cela a été l'une des premières lois du Grand-Duché, qui refuse de gaspiller des ressources pour maintenir en vie des improductifs. Ceux qui restent ne sont tolérés que parce qu'aucun proche ne les a réclamés, que les cercueils sont auto-suffisants, et qu'on a moins besoin de piles que de nourriture.

Les mots de John m'achèvent, je n'étais qu'un poids mort, abandonnée en cryo par ma famille, avant que Nicolò ne disparaisse à son tour, et que mon existence n'en soit oubliée.

Inutile de persévérer, le centre Fuselière est un cul-de-sac. Mon ordre de départ est sans appel :

– Rentrons.

– Ça ira ? s'inquiète Meg.

– Oui.

Je demeure silencieuse dans l'ascenseur qui nous ramène au sol. Le paysage me paraît maintenant banal, tout comme cette entrée juste digne de quelqu'un qui a un grave complexe à compenser. Alors que Théobald s'apprête à prendre congé, une idée lumineuse me picote le bas du dos :

– Et des caméras de surveillance ? Vous en avez, non ?

– Je suis désolé, Mademoiselle, me répond-il. Cela fait longtemps qu'elles sont hors d'état, le centre Fuselière n'est pas un bâtiment prioritaire pour le Grand-Duché. Nous fonctionnons avec le minimum de ressources, à peine de quoi garantir la sécurité des UCC toujours en service, ou plutôt de leurs piles.

Cette ultime bouffée d'espoir brisée dans l'œuf menace de me replonger dans les larmes, que je sens affluer aux coins de mes yeux. Rageuse, j'essuie du plat de la main les traîtresses, décidée à ne pas me laisser submerger par le découragement maintenant que j'ai un nouveau but.

Je marche à grands pas vers l'extérieur sans vérifier si les autres me suivent. L'air est moite, la différence avec l'intérieur climatisé est étouffante. Le soleil semble croire que nous sommes en plein mois d'août vu comme il nous frappe de ses rayons brûlants. Je grimpe sur Pépère, sous le regard gêné de Meg qui tortille le nœud de ses rênes. Bien que je sois la première à partir, très vite, John et plusieurs hommes de notre escorte me dépassent. Pépère n'a aucune envie de mener la troupe et je n'y peux rien. Ce n'est que de retour devant le Palais Ducal que je demande :

– Meg, est-ce que tu peux m'apprendre à me défendre ?

Mes peurs ne peuvent continuer à limiter ma capacité à me protéger dans ce nouveau présent. Je refuse de dépendre des autres et, si je dois récupérer moi-même l'UCC de Nicolò chez les Bugs, je le ferai. Le garçon cherche de l'aide auprès de John, qui hausse les épaules et répond à sa place :

– Ce n'est pas une mauvaise idée.

– D'ac, confirme alors Meg avec le sourire. Suis-moi !

– Attendez, ordonne John. Hors de question de vous laisser sans superviseur.

Ce jour-là, pour la première fois de ma vie, j'ai tiré à balles réelles sur des cibles de carton, même si ça n'allait pas toujours être le cas.

Le jour d'une nouvelle étape
Nicolò

3 janvier 2028

Après deux semaines de vacances, revenir à Versailles craint. On a passé les fêtes dans un club de rupin, piscines, salles de jeux, ordinateurs et dancing, avec des pauvres larbins dispos jour et nuit pour combler nos désirs de gosses gâtés.

Ce dépaysement est un électrochoc. Notre retour me fait réaliser ce qui tourne pas rond dans le « vrai » monde à travers les vitres de la berline qui nous ramène de l'aéroport. Les commerces fermés. Les arrêts de bus défoncés. Les voitures cramées. Les maisons squattées. Les murs tagués. Surtout, cette énorme barricade pour séparer les torchons des serviettes est achevée. Sans surprise, t'habites du bon côté, dans ce qui est désormais une zone protégée ultra sécurisée, et moi du mauvais.

Quand je dépose un bisou sur ta joue, avec l'intention de sauter à l'appartement de mes parents, histoire de me débarrasser de ma valise avant le service du soir et de vérifier que tout va bien pour eux, tu me prends au dépourvu avec une question inattendue :

— Tu veux déménager chez moi ?

Ta proposition me met mal à l'aise.

— Et *la mia famiglia ?*

— Elle comprendra, *mio amore.*

T'as récupéré à ton compte ce surnom que je te dédiais, et j'adore ça. Je serre tes mains et me perds dans l'azur de tes yeux. Je tiens à m'assurer que tu n'interprètes pas mal mes raisons de refuser :

— Je t'aime. Dans quelques années, à notre majorité, je te demanderai de m'épouser et nous habiterons ensemble si tu veux toujours de moi. Précipitons pas les choses.

Là, tu commences à t'énerver. Tu me calcules de tête le nombre exact de jours qu'il reste (soit en gros trois ans et demi). Ton principal argument vient du fait qu'on vivra peut-être pas si longtemps. Tu me brandis ton téléphone avec un récap des dernières *news.* La canicule est dans tous les titres et les intitulés ne sont pas encourageants.

— Je ne peux pas les abandonner. Pas en ce moment. Pas maintenant.

On se prend le chou dix bonnes minutes. Tu me sors une pile de raisons qui me pousseraient à accepter : la sécurité, le confort de ton château doré, le personnel, la distance avec le resto... J'en meurs d'envie, t'imagines même pas. Mais je tente de t'expliquer qu'on est mineurs, et qu'une famille italienne, ça se brise pas comme ça ! *Mamma* et moi, on a une sorte de pacte. Je devais rester à la maison jusqu'au moins mes dix-huit ans. Sans compter le bordel du *Big Hot,* l'argent qui devient rare, et mon père à la santé défaillante, usé par ses deux boulots et le changement climatique...

Voyant que je refuse de flancher, tu poses ton front contre mon torse, vaincue.

— Tu me manques déjà...

Toi aussi. Je t'abandonne. C'est vraiment ce sentiment qui me taraude et qui me ronge quand je quitte ta baraque pour partir au taf. Sache-le, t'étais pas loin de me convaincre !

Si je m'attendais à qui se pointerait au milieu de mon service ! Avant que je ne remarque sa présence, voilà que je me retrouve envoyé en salle par mon chef, pour découvrir ta mère à une table à l'écart. Elle me sort son laïus. J'ai beau la connaître, par ton intermédiaire et le peu que j'en ai observé, son ton froid et autoritaire me tétanise :

— Nicolò, je vais aller droit au but. Votre couple m'arrange. Léa a arrêté de faire n'importe quoi depuis qu'elle te fréquente. Elle t'écoute et tu te révèles sensé malgré tes origines. La crise que notre monde traverse ne me permet pas d'être une mère, encore moins maintenant. Je sais que ta loyauté envers ta famille te pousse à enchaîner les trajets entre notre maison, ce restaurant et l'appartement de tes parents, désormais hors des murs. Ce matin, tu as refusé sa requête de s'installer chez nous. Je veux que tu reconsidères ta réponse. Si tu acceptes, je rajouterai un zéro à ton salaire actuel et m'alignerai sur l'inflation aussi longtemps que les euros auront une valeur.

Ses mots sont gravés en ma mémoire, comme au fer blanc. Sa proposition indécente me choque, autant qu'elle me touche car, sous la carapace, très loin, transparaît une étincelle de regret au fond de ces yeux bleus qui ressemblent tant aux tiens.

Je ne m'en défends pas moins :

— Mon amour pour ma douce Léa n'est pas à vendre !

— Je ne règle que ton cas de conscience. Permets-moi cependant d'en douter. Par expérience, tout homme a son prix. Avec cet argent, ta famille pourrait déménager en zone protégée. Je prendrai le suprême de volaille fermière rôti, accompagné d'un verre de votre meilleur vin. Mon offre expire à la fin du repas.

Elle me congédie d'un signe de la main, comme si elle balayait ma présence agaçante de son champ de vision. Je la quitte, sonné, pour enregistrer sa commande. Désœuvré, mon poste de travail a été supprimé en mon absence, je m'appuie contre un mur, dans un coin de la cuisine.

Comment trancher, *mio amore* ? J'espère qu'on aura l'occasion d'en discuter quand tu liras cette page et que tu me diras que j'ai eu raison.

Trente minutes passent, j'intercepte mon collègue qui se charge de l'addition. Je tends à ta mère la pochette de cuir où est cachée la note et murmure un mot qui me coûte tant :

– OK.

– Parfait.

Elle glisse un billet de cent euros sur la table et se lève, me délivrant les conditions de l'offre :

– Tu as une semaine pour prendre tes dispositions ou notre accord sera caduc. Mon assistante te contactera pour les détails financiers.

J'ai la désagréable impression de vendre mon âme au *diavolo*. Je ressens aussi un putain de soulagement à l'idée que ma famille sera à l'abri du besoin. Sans oublier une joie immense : on va habiter ensemble !

OK, chez tes parents... Quand même, ça sera génial, car on aura la baraque à nous vu qu'ils sont toujours absents.

Chapitre 10
Désillusions de la vie mondaine
Léa

6 février 2054

Assise sur les marches de l'escalier du Palais Ducal, à grignoter une part de brioche encore chaude, j'observe les cavaliers remonter la longue place, leurs ombres agrandies par le soleil rouge de fin de journée.

Attendre leur retour n'a pas été aussi pénible que je le craignais. J'ai participé à des classes en compagnie de jeunes soldats, et John nous a fait profiter, à Meg, Yuan et moi-même, de quelques cours particuliers avec courses à pied, exercices de tir, histoire du Grand-Duché et théorie militaire.

Je soupçonne le vétéran d'avoir voulu garder un œil sur nous, juste au cas où je tenterais de corrompre les cadets, enfin surtout un, pour l'embarquer dans un plan fou et récupérer mon UCC. J'avoue que ça m'a traversé l'esprit, Meg me couve du regard avec une passion qu'il ne réussit pas à dissimuler. Mais il est gentil et je n'ai pas envie de lui attirer des ennuis. Pour résister, je me répétais les mots sages de Renée : « Quelques jours n'y changeront rien. »

Plusieurs personnes devaient me prévenir du retour des dirigeants du Grand-Duché. Sans surprise, Meg a obtenu l'information en premier, dès mon réveil ce matin, car son bataillon est sur le pied de guerre pour assurer la sécurité de l'ambassadeur et de son escorte.

La cuisinière est arrivée en second, accompagnée du petit-déjeuner pour m'apprendre qu'une réception serait organisée le soir même pour ces messieurs. Comme les entraînements sont annulés, j'ai proposé de l'aider, et de vérifier que l'intendance lui fournisse les ressources nécessaires pour le festin, ingrédients et commis aux fourneaux. Je me révèle incapable de préparer un quelconque repas comestible mais, pour la répartition des tâches, je suis douée. Cela revient à résoudre une simple équation à équilibrer au mieux, avec certes pas mal d'inconnues, ce qui n'en rend le défi que plus intéressant.

Darling trottine à l'avant de la troupe, Matt la laisse libre, la main dans ses crins noirs. À sa droite, le Duc monte un étalon blanc pas moins fougueux. À l'opposé se trouve un trentenaire brun au beau visage fin, même si c'est sa moustache qui monopolise l'attention, taillée en guidon de vélo avec deux boucles en parfaite symétrie. Les trois portent leurs uniformes de parade, tout en médailles et en épaulettes, rouges pour l'armée ducale, vertes pour l'autre.

À quelques mètres de moi, le Duc saute de sa monture d'un bond maîtrisé. Le Général prend son temps, avec un soin particulier à délester son genou gauche, sans perdre la force tranquille de ses gestes. Le Moustachu n'a rien à leur envier, il conserve sa prestance quand il descend, puis nettoie de quelques coups précis la poussière sur les pans de son manteau.

— Léa ? interroge Matt, le sourcil levé.

— Je dois te parler de quelque chose. Tout de suite.

Je me sens mise à nu devant l'agacement du Duc qui, les mains dans le dos, me détaille de la tête aux pieds avec cette allure de prince charmant offensé. Derrière lui, leur invité vérifie l'arrondi de ses moustaches d'un air de ne pas vouloir s'en mêler.

— Vous excuserez l'impolitesse de la jeune protégée du Général, intervient le monarque du Grand-Duché avec un sourire forcé. Elle sort à peine de cryo.

— Quel choc, compatit l'ambassadeur avec un fort accent allemand. Le HRR a toujours apporté un soutien aux déracinés temporels. Vous joindriez-vous à nous ce soir ? J'aimerais entendre vos souvenirs pré *Big Hot*.

— Je...

Aussi différents que soient les deux dirigeants du Grand-Duché, leurs paires d'yeux bleus et marron m'exhortent à accepter. Je ne peux que bégayer, mes belles résolutions envolées devant le sens inattendu que prend la discussion.

— Je... Oui.

— J'ai hâte ! Je suis trop jeune pour me rappeler quoi que ce soit, à mon grand regret.

— Venez, cher ambassadeur, intervient le Duc, laissons-leur quelques instants. J'ai du chocolat, vous m'en direz des nouvelles !

Les deux hommes s'éloignent, continuant à échanger autour de leurs préférences personnelles, qu'il soit au lait, noir, ou aux noisettes. Matt, lui, s'est allumé une cigarette. Il observe Darling qui embarque deux soldats vers l'écurie. La nervosité de cet animal m'impressionnera toujours.

— Quelle jument !

Il acquiesce et se tourne en ma direction.

— Donc ? demande-t-il.

Le calme de Matt m'étonne, je m'attendais à autre chose. Sans espérer un discours, j'ignore même si mon protecteur en est capable, je mérite au moins des excuses honnêtes. Il a peut-être agi pour le bien du Grand-Duché, et Nicolò n'est qu'un soldat parmi tant d'autres sacrifiés pour renverser le cours d'une bataille passée, mais le Général est responsable de son réveil anticipé, puis de sa disparition. J'inspire fort, pour ne pas lâcher ma rage sur lui, et me contente d'expliquer, d'un ton très factuel :

– Je me suis rendue au centre Fuselière. Une inscription a dû être gravée par Nicolò sur mon cercueil. Il n'en subsiste qu'une bribe sur l'un des supports. Je dois récupérer l'UCC.

Je me fais froid dans le dos, avec la désagréable impression d'entendre ma mère et sa façon détachée de présenter les événements.

– Qu'est-il marqué ?

Décrire le « L » et le « e » ne me pose aucun souci, car j'ai préparé à cet effet un dessin. Matt prend mon cahier et lève un sourcil, surpris.

– Lé… Léa ?

– Je pense. Et il y a un chiffre, en bas à droite. Sans doute un « 2 ». Ce pourrait être une date, 32, l'année de sa mort. Ou toute autre chose, je sais. L'écriture est celle de Nicolò, ça j'en suis certaine. Je dois retourner dans la ferme des Bugs, lire la suite sur mon UCC.

– Non, dit-il en me rendant le cahier.

– Comment ça, non ?

Cette fin de non-recevoir libère ma rancœur et les mots sortent avec violence :

– Tout ça est de ta faute ! Notre réveil ! Sa disparition ! On n'avait rien demandé à personne, sauf d'avoir une seconde chance. Ensemble. Que tu nous as volée ! Tu nous dois bien un peu d'aide, pour m'assurer que son ultime message me parvienne ! Ah oui, d'ailleurs, est-ce que tu pourrais ordonner à John de rétablir mon niveau un ? Il m'a rétrogradée après cette découverte.

– Non. D'autres s'en chargeront.

Sans m'accorder l'occasion d'argumenter, il écrase le mégot sous sa botte et monte les escaliers. Je vois ses poings se fermer alors qu'il force le pas pour accélérer le rythme. Les talons des soldats claquent dans l'entrée à son passage, et il s'engage dans l'immense bâtisse. Meg, qui devait m'espionner à prudente distance, me rejoint.

– Alors ?

Je hausse les épaules, pas très convaincue par cette demi-victoire, gênée aussi d'avoir laissé ma colère exploser, j'ai hurlé si fort que Meg n'a pu que m'entendre. Je lui explique la décision du Général avant de conclure :

— Je présume que ça s'est bien déroulé.

— Tu vas récupérer l'cercueil. C'est c'qui compte !

— Mais je dois encore attendre. Il leur faudra quoi ? Une semaine ?

— Une dizaine de jours.

— Pfff… J'ai besoin de me vider l'esprit, on va frapper des trucs ?

— Quand tu veux !

Les sacs de sable subissent ma mauvaise humeur et je réussis presque à remporter une manche contre Meg. Presque, car je suis loin de posséder sa technique, et je ne parle pas de celle de John. Sous ce surnom d'Amical et sa pantouflardise affichée se cache un soldat entraîné et aguerri que je ne soupçonnais pas.

À mon retour dans la chambre et après une douche bien méritée, j'ai la surprise de trouver au sol une paire d'escarpins noirs et une robe étendue sur le lit. Elle est sublime, d'un tissu soyeux, dans les mêmes tons rouge sombre que ceux utilisés pour les livrées officielles du Grand-Duché.

J'abandonne la serviette à mes pieds, et m'empresse de l'essayer. L'avant de la toilette remonte jusqu'au cou, et expose mon dos à nu. Je cours jusqu'à la salle de bain, où je manque de glisser sur une flaque d'eau à cause de mon enthousiasme. Osé, et pourtant, pour la première fois depuis belle lurette, je me sens belle. Le miroir me renvoie l'image d'une jolie jeune femme, svelte et musclée, aux longues jambes révélées par la fente audacieuse qui s'arrête à mi-cuisses. En quelques semaines, entre les chevauchées et les entraînements militaires, mon corps a beaucoup changé.

Un soldat vient me chercher peu après, ce qui ne me laisse pas assez de temps pour réapprendre à marcher avec des talons, je suis gauche, trop habituée maintenant aux chaussures de randonnée. Il m'emmène dans une partie du Palais Ducal que je n'avais jamais visitée, car la porte était fermée quand j'avais traîné dans ce secteur. Ce soir, elle est grande ouverte sur une salle de bal qui rassemble les officiels du gouvernement pour une réception mondaine. Tendus entre les moulures dorées, les drapeaux du Grand-Duché aux alérions blancs alternent avec ceux portant un aigle noir sur arrière-plan vert que je présume être les couleurs du HRR.

Nous longeons des tables rondes où les invités finissent de s'installer, jusqu'à celle en U, au fond de la pièce, où je retrouve le Duc, le Général, et l'ambassadeur, accompagnés de nombreux officiers des deux camps. Tous ont travaillé leurs tenues, même si je trouve que Matt paraît déplacé dans ce milieu huppé.

Malgré le tissu repassé, et les médailles, l'image du Rocailleux s'impose à moi, mangeant un lapin de la pointe du couteau, ses doigts aux ongles sales maintenant ferme le manche de bois. Au contraire, son ami a fière allure, princier dans son uniforme de cavalier, et leur visiteur de marque est irréprochable dans un tuxedo taillé sur mesure. Il tend vers moi une main pleine de bagues, à mon arrivée :

– Très chère. Venez ! Rejoignez-nous !

– Monsieur…

J'esquisse une révérence improvisée et essaie de ne pas me tordre la cheville alors que tous les regards se posent sur moi. La seule chaise restée libre se situe à la gauche de l'ambassadeur, je m'y assois donc. J'aurais préféré me mettre à côté de Matt, mais lui-même se retrouve coincé entre son ducal compagnon et une femme d'âge mûr surmaquillée qui monologue.

– Johann Wenig, appelez-moi Johann, je vous en prie.

– Léa Beck.

– Le Duc m'expliquait que vous recherchiez votre petit-ami, une terrible histoire !

Surprise, je décale mon attention vers l'indiscret, qui me scrute d'un air insondable. Quel intérêt a-t-il de révéler mon aventure à cet homme d'une puissance ennemie ?

– En effet.

– Une véritable tragédie, ces familles brisées par la cryo.

– Nous avons réveillé de nombreux proches de soldats à leurs demandes, intervient le Duc. Ils ont obtenu des ID de résidents permanents. Par contre, cela n'a pas été possible pour les déserteurs.

Un éclair fugace passe dans les yeux marrons de Matt qui s'est tourné pour écouter, au grand désarroi de sa voisine qui contemple le dos du Général avec frustration.

– Je sais où vous voulez en venir, Monseigneur, reprend l'ambassadeur. Nous ne confirmerons jamais officiellement ces allégations, mais il se pourrait que de jeunes personnes aient trouvé refuge dans notre contrée pour fuir votre… idéal.

Le Duc sourit, satisfait de cette révélation, et s'engage dans une joute verbale à déformer les expressions de son adversaire.

– Dans l'hypothèse où ce fait serait « confirmé » de manière officieuse, le Grand-Duché demanderait une liste de ses ressortissants, dans un simple but de transparence pour leurs proches.

– Nous ne pourrions tolérer le fichage de ceux qui sont désormais des citoyens du HRR.

– Si votre nation tolère des traîtres qui ont violé la confiance de notre pays et abandonné derrière eux leurs compatriotes, nous ne nous y opposerons pas. Mais pensez à ceux restés dans l'incertitude de la mort de leurs maris, de leurs pères. Comme Léa.

– En guise de bonne foi, nous pourrions accepter de vous renseigner sur la présence, ou non, d'individus spécifiques. Il leur appartiendra de se présenter à vous et vous vous engagerez à ne pas appliquer de sanctions à leur égard.

– Le passé est le passé, confirme Matt.

– Bien sûr, répond le Duc avec un geste élégant pour enrober la mielleuse promesse.

– J'avoue que je suis étonné, Monseigneur, reprend l'ambassadeur. Je m'attendais à ce que nous parlions de frontières, de forces en présence, ou d'armes. Et non d'une affaire malheureuse qui date de vingt ans.

– Moi également. Jusqu'à ce que votre propagande soit mise en lumière par les questions de Léa. Nous n'avons pas honte de notre passé, ambassadeur. Toute grande nation commet des erreurs, pour celles qui peuvent se vanter d'avoir une histoire. Il serait dommage que nous devions encore réexpliquer ce fait à celui qui dirige votre territoire.

Le ton calme qu'emploie le Duc n'est pas dénué de menaces sous-jacentes, que son interlocuteur a détectées. Loin de s'en offusquer, l'ambassadeur reste imperturbable, et c'est d'une voix mesurée qu'il répond :

– Demain, nous reparlerons de cela. Pour le moment, permettez-moi de profiter de notre jeune amie.

Et, brisant chaque règle de la courtoisie et de la diplomatie, il tourne le dos à son hôte pour me faire face, et s'écrie :

– Racontez-moi !

Vince n'en prend pas ombrage, il masque de la main un petit sourire, et échange quelques mots à voix basse avec Matt, qui lui aussi paraît amusé, du peu qu'il l'extériorise, ce qui se limite au frémissement de ses lèvres.

Je ressors à l'ambassadeur l'histoire du zoo, que j'avais dépoussiérée pour John dans des circonstances moins stressantes. Il se révèle un auditeur passionné qui m'oblige à puiser dans mes souvenirs. Je parle de Nicolò et de mes parents, de ma vie d'avant dans le confort de l'argent, et des premiers mois quand tout avait commencé à déraper.

Comme je l'explique à mon public qui s'est étendu à nos voisins, je sais avoir été chanceuse, la crise du *Big Hot* ne m'a pas impactée autant que d'autres, je n'avais jamais eu faim, la climatisation compensait la folle température de la canicule, et les maladies ne circulaient pas dans les cercles privilégiés de vaccinés où j'évoluais. À part lors d'une monumentale erreur dont je tais les détails, ma sécurité n'a jamais été compromise.

— Avez-vous davantage d'informations sur votre petit-ami ? m'interroge l'ambassadeur en fin de soirée. J'effectue des points quotidiens avec Nouvelle-Vienne, je pourrais leur demander de se renseigner.

— Oui ! Il se nommait Nicolò Cavatini. Il avait seize ans quand il a été réveillé en 2032. J'ai une photo dans ma chambre.

— Pourquoi ne pas aller la chercher ensemble ?

J'accepte avec l'innocence de la jeunesse, enthousiaste à l'idée de déterrer une nouvelle piste. Je ne pensais de toute façon pas m'attarder, plusieurs officiers se sont déjà excusés, Matt parmi les premiers. L'ambiance a changé, le dîner officiel se transforme en bal et des couples de danseurs virevoltent sur le plancher ciré dans un espace aménagé entre les tables avec, au centre, le Duc et une conquête à peine plus âgée que moi, une bouffée de romantisme qui ne me rappelle que trop l'amour que j'ai perdu. Je dois fuir avant que la nostalgie ne ruine mon maquillage.

Le silence des couloirs est pesant après le brouhaha dans lequel nous avons passé la soirée, seuls nos pas résonnent sur le marbre. J'actionne l'interrupteur de l'éclairage de ma suite et, débarrassée des escarpins, je sprinte vers le secrétaire dans lequel j'ai rangé la carte militaire de Nicolò, après avoir réalisé que ce portrait tristounet me déprimait plus qu'il ne me motivait. Le soldat photographié a les traits tirés et une coupe au bol qui n'a vraiment rien à voir avec le petit-ami pétillant et fantasque de mes souvenirs.

— Voilà, dis-je en revenant dans le salon. On ne la distingue pas bien, mais Nicolò a une cicatrice au-dessus de l'œil droit, juste sous le sourcil. Il a aussi un gros grain de beauté au creux du coude, et un tatouage qui représente une sirène…

La concupiscence avec laquelle l'ambassadeur me détaille me laisse sans voix lorsque je relève le visage. Il a ôté sa veste et les deux premiers boutons de sa chemise, et me déshabille du regard, les fesses calées contre une commode.

— J'aimerais beaucoup vous aider, Léa. Mais je voudrais que vous fassiez quelque chose pour moi avant…

Une envie de vomir me saisit quand les insinuations glissées dans cette proposition me frappent dans toute leur horreur. Je recule, jusqu'à me réfugier dans un coin de la pièce, le plus loin possible de l'ambassadeur.

— Non ! Ne me touchez pas !

Je hurle, terrifiée, dépitée aussi, car mon inexpérience m'a amenée à battre en retraite à l'opposé du placard où sont rangées mes armes.

— Je ne vous forcerai certes pas. Mais vous comprendrez que je ne peux pas demander à mon pays de rechercher tous les jeunes gens que le Grand-Duché a perdus durant ses guerres. Je suis peiné par votre histoire, vraiment. Si vous me donnez une motivation supplémentaire, vous pouvez être sûre que j'envoie dès maintenant la photo à Nouvelle-Vienne…

Liant le geste à la parole, il sort un téléphone de la poche arrière de son pantalon. Cette technologie pré *Big Hot* est devenue obsolète quand la société s'est effritée, elle ne fonctionne pas sans des relais, des satellites, et une foultitude de techniciens pour entretenir le matériel. Le fait que le HRR en possède, alors que je n'en ai pas vu au Grand-Duché, et que l'ambassadeur soit en mesure de communiquer depuis ici, n'a pas le temps de m'étonner, car il s'est tellement rapproché de moi que je sens son souffle chargé d'alcool.

— Est-ce que je dois partager cette photo ? demande-t-il, sa bouche à quelques centimètres de la mienne.

Je ferme les yeux, indécise. Il me dégoûte, mais j'essaie de croire que, si je continue à faire abstraction, je pourrais me persuader qu'il s'agit de Nicolò. Devant ce qui pourrait passer pour un consentement, il se colle contre moi, avec le désir frustré d'un homme pitoyable. Sa main descend dans mon dos, ses lèvres sèches se posent sur les miennes et...

Le raclement d'une gorge stoppe net ses avances. Matt se tient dans l'entrée de ma suite, et fusille mon agresseur du regard. Malgré son air débraillé, ce dernier affiche une assurance éhontée, pas le moins du monde impressionné par Matt qui est pourtant prêt à en découdre. Je l'avais déjà vu une fois comme ça, campé sur ses appuis, les mâchoires contractées, face à l'Énervé, qui n'avait alors pas tenté sa chance contre le Général.

— Léa et moi avions juste une petite discussion avant que je ne l'aide à retrouver son ami, explique l'ambassadeur avec flegme.

L'intervention de Matt réveille les enseignements de John. Je me dégage d'un coup de pied ciblé dans les parties du gros porc, et cours me réfugier derrière mon protecteur.

— Cette discussion est terminée ! hurlé-je.

Plié en deux, mon agresseur se défend :

— Je suis Johann Wenig, envoyé par Son Altesse l'Empereur Keller en mission officielle !

— Ordure, gronde Matt. Pour nos pays, je vais éviter la crise diplomatique en ne vous cassant pas la gueule. Mais tenez-vous à carreau, ou un regrettable incident pourrait survenir.

— Vous n'oseriez pas ! clame-t-il avec un trémolo dans la voix

— Renseignez-vous sur mes exploits. Sortez ! Et j'espère que vous ferez de la recherche de Nicolò Cavatini une priorité, un malheur arrive si vite !

Blanc comme un linge, l'ambassadeur du HRR voit ses ardeurs douchées. Très droit, enfin autant que le coup qu'il a reçu le lui permet, il se retire, effectuant un large crochet afin de conserver le maximum possible de distance entre Matt et lui. Je me laisse tomber sur une causeuse, tremblante.

— Ce monde est fou, note Matt.

Il ouvre une commode, dont il extrait une bouteille d'alcool fort que je n'avais jamais remarquée, avec deux verres à culot. Il s'en sert une bonne moitié, et n'en met qu'une lichette au fond du second qu'il me tend. J'accepte, il faut bien ça pour désinfecter ma bouche.

– Je vais stationner un soldat devant ta porte tant qu'il sera là.

Il se gratte la gorge et s'apprête à sortir. Toujours sous le choc, je me jette dans ses bras, et le serre de toutes mes forces. Il hésite, avant de me rendre le câlin, avec cette pudeur extrême qui caractérise mon protecteur. Il ne montre aucun signe d'impatience, et j'attends d'être rassérénée pour me séparer de lui. Il m'adresse un sourire un peu triste, et me tapote l'épaule.

– Ça va aller, gamine. Je te promets qu'on retrouvera ton Nicolò s'il est encore en vie.

En définitive, j'ai droit à une sorte d'excuses, pas impeccables, à l'image de l'homme qui les fait, mais suffisantes pour comprendre qu'il tentera l'impossible pour se racheter auprès de moi.

– Merci.

Il hoche la tête et referme doucement la porte derrière lui. Je mets le verrou et glisse le long du vantail. J'entends se déchirer ma robe, le craquement du tissu me laisse indifférente. D'ailleurs, je n'ai plus envie de la porter, elle est à jamais salie ! Je l'ôte à la façon d'un tee-shirt, et la jette en boule dans un coin.

– *Mio amore*, jusqu'où je suis prête à aller pour toi ?

Comme je m'apprêtais à le constater sous peu, très loin…

Le jour de la fugue
Nicolò

29 août 2028

L'idée de fuir ta famille te trotte dans la tête. Pour te rendre où ? Le monde a beaucoup changé hors de ta bulle. Couvre-feu. Rationnement. Patrouilles. Hier, au supermarché, un gamin s'est fait dézinguer par un vigile agité de la gâchette juste devant mes yeux après avoir tenté de voler des conserves de cassoulet… *Vaffanculo !* Chienne de vie ! J'espère que la planète guérira et que la paix reviendra. Moi, je peux gérer cette merde. La violence ne m'effraie pas. Mais toi, *mio amore* ? Tu ne le réalisais pas, malgré mes mises en garde. Tu insistais :

– Je veux choisir mon futur !

Alors, ce 29 août, j'ai abdiqué.

– OK. Tu vis au-delà des murs avec moi pendant une semaine. Si tu craques pas, on réfléchira sérieusement à se barrer !

T'as sauté sur place, comme si je venais de t'annoncer qu'on partait en vacances au bord de la mer. J'ai appelé le resto, pour prendre des jours, avant de t'aider à remplir un sac de fringues. Ton personnel a tenté de te dissuader. Sans succès. Ton chauffeur se résigne, tes parents sont injoignables et aucune restriction ne t'interdit de visiter ma famille.

Dehors, malgré la climatisation de la voiture, l'odeur du macadam est capiteuse, avec cette impression que l'air vibre autour de nous. On passe la frontière par l'un des guichets VIP. Il ne faudrait pas que les riches attendent au milieu des larbins. Enfin, mon agacement face au système est hypocrite, dans la mesure où j'en profite. Je suis surtout frustré. Si seulement mes parents pouvaient ravaler leur fierté, accepter mon argent, et arrêter de s'entêter dans leurs habitudes !

De l'autre côté, le contraste est saisissant. La situation ne fait qu'empirer. Chaque fois que je me tape ce trajet, ce sont de nouvelles façades éventrées, des dégradations et des piles grandissantes de déchets qui donnent au coin des allures de chaos post-apo bien flippant.

Notre berline louvoie entre les obstacles, jusqu'à ce qu'on atteigne la limite au-delà de laquelle il serait suicidaire de se pavaner avec un véhicule de luxe. Notre chauffeur se range le long du trottoir, au niveau d'une barricade de bennes entassées. En réponse à son ultime tentative de te décourager, tu l'ignores avec superbe et commences à t'éloigner. Je m'accoude à la fenêtre de la voiture, par la vitre ouverte côté passager, et lui glisse :

– Ne vous bilez pas, je veille sur elle. Je vous appelle quand elle voudra rentrer.

Il hoche la tête en ma direction, avec ce sérieux de gentleman qui le caractérise. Je me redresse, donne un léger coup sur la portière, et il démarre.

Je galope pour te rattraper, ton sac qui brinquebale sur mon épaule. Ta main vient se loger dans la mienne dès que je suis à ton niveau.

Après une vingtaine de minutes de marche à travers des rues désertes, on arrive en contrebas d'un immeuble de deux étages, dans ce qui reste un quartier populaire, mais propre. Les habitants ont pris le relais des services publics inexistants et ça a l'air de fonctionner.

Un homme et une femme armés nous surveillent du balcon du premier. Je reconnais celle qui se lève et m'apostrophe :

– Nicolò, ça faisait longtemps !

Je la salue avec enthousiasme, son prénom m'échappe là...

Notre passage garanti, on s'embarque dans le hall et on grimpe par l'escalier au troisième. Les ascenseurs sont condamnés, devenus trop aléatoires entre le manque d'entretien et les dégradations.

Mamma nous accueille de son câlin légendaire, si heureuse de cette visite impromptue en ta compagnie. Même mes venues se sont espacées depuis que ta mère a réussi à me corrompre. Elle nous entraîne vers le salon calfeutré où une dizaine de personnes sont rassemblées dans la seule pièce climatisée de l'appartement. T'ouvres de gros yeux étonnés et tu détailles mes sœurs, mes cousins et mes nièces qui se préparent pour la nuit. Car oui, tu te rappelles soudain que l'été, les gens ont appris à dormir la journée, il y a moins de pannes d'électricité et il est dangereux d'affronter le soleil d'août.

On papote avec tout le monde, avant de les laisser tranquilles et de s'isoler dans mon ancienne chambre où rien n'a changé. T'en profites pour fouiner dans mes placards, en pestant contre la température qui devient étouffante malgré les volets fermés. Quelques vieilles photos de mes potes de primaire m'amènent à te raconter mes souvenirs.

Quand plusieurs détonations déchirent le silence. On se relève en panique, les mains moites, nos tee-shirts collés sur la peau.

Je fouille dans le sac et en tire mon Beretta.

– Depuis quand t'es armé, tu hoquètes.

– Dès que je sors de Versailles.

Tu t'étrangles. Je baisse la tête pour fuir le jugement que je lis dans ton regard, et vérifie le nombre de balles de mon chargeur. J'en suis pas fier, mais mon cousin m'a proposé, et ça m'a paru plus sûr vu la situation actuelle.

Je désactive la sécurité avant de courir vers la cuisine qui donne sur la rue et m'offre un aperçu du balcon où se tiennent les deux vigiles. Ces derniers sont planqués derrière les plaques de métal qui ont été installées sur les rambardes et ripostent entre les coups adverses. Une dizaine de jeunes mènent l'attaque, de ce que je peux compter.

Je te passe les détails… On a fait ce qu'il fallait. Profitant d'une bonne couverture, et d'une position dominante, les assaillants ont vite décampé, surtout que ma famille est arrivée en renfort.

T'as pas attendu que la fumée retombe pour te blottir contre moi, et me murmurer :

– Je veux rentrer…

Je t'ai caressé les cheveux, et j'ai appelé ton chauffeur. Moins d'une heure après, deux camions blindés de la police débarquaient pour nous exfiltrer, et t'as plus jamais évoqué une fugue ni toléré une arme à feu.

J'en reparle parce que, même si t'étais là, c'est important de pas oublier le jour où j'ai compris que je serais prêt à tout pour te protéger car tu étais incapable de survivre à ce monde. Y compris tuer.

Et puis, je me suis toujours demandé un truc, c'est si cette attaque était vraiment une coïncidence, car personne n'a retenté le coup, ni cherché à se venger des victimes. Sans compter que cet immeuble n'a rien d'enviable. Est-ce que ta mère aurait pu orchestrer l'assaut pour te forcer à rentrer au bercail ?

Fabulations !

Quoique…

Chapitre 11
Départ mouvementé
Léa

12 février 2054

Quand Meg apprend l'agression de l'ambassadeur, il décide, avec l'aval de Matt, d'emménager dans la chambre de bonne attenante à ma suite pour ne jamais me laisser seule. J'avoue que j'y pensais, le pauvre garçon n'arrêtait pas de courir entre la caserne et le Palais, matin et soir et de se plaindre des ronflements de ses camarades, à dix par dortoir dans des lits superposés. Mais si la proposition était venue de moi, il aurait pu la prendre pour le signe d'une affection que je ne partage pas. Enfin, je l'aime bien, mais tant qu'il reste un espoir que Nicolò soit en vie… Par contre, là, je n'ai aucun scrupule à accepter.

Cette semaine aura été marquée par l'attente : que les hommes envoyés chez les Bugs reviennent avec mon UCC et que Nouvelle-Vienne réponde à l'ambassadeur. Dans les deux cas, je ne peux rien faire pour accélérer les choses. Rien d'autre que… attendre !

Je ne me tourne pas pour autant les pouces. Les entraînements avec John et Meg s'intensifient, et je participe à des cours quotidiens avec Pépère, dans la carrière, pour retrouver mes habitudes de cavalière. Quand je ne m'écroule pas de fatigue, j'aide Véronique à optimiser sa gestion des stocks en cuisine, en contrepartie des potins du Palais et d'une tasse de cacao.

D'ailleurs, ça m'a amenée à avoir une longue discussion très stimulante avec le Colonel en charge de l'intendance. Il m'a donné accès à certains chiffres des importations du Grand-Duché, et nous avons convenu de nous revoir pour tester si ma méthode d'amélioration des flux ne pourrait pas s'appliquer au-delà des choux et des carottes. Il paraissait intéressé par mes premières propositions.

Matt interrompt notre dîner en frappant à ma porte le sixième jour. Meg se charge d'ouvrir, il recule et adopte le salut militaire de rigueur, surpris de la visite du Général.

– Repos, ordonne Matt. Léa, viens s'il te plaît.

– Oui, j'arrive.

Mon assiette est presque vide. Dans ce nouveau monde où des gens meurent de faim, aucune urgence ne justifie du gâchis, j'enfourne la dernière fourchetée de ma terrine de légumes. Ma tenue m'arrête net dans l'entrée : je suis en pantalon de jogging et en tee-shirt, tandis que Matt est, comme à son habitude, en uniforme.

– Je me change ?

– Non, peu importe.

Je sautille pour mettre les chaussures de marche qu'il m'a achetées dans cette boutique sordide, elles restent les plus confortables de ma garde-robe, et je le suis. Meg s'apprête à nous emboîter le pas, Matt le stoppe sans se retourner :

– Je te la ramène.

J'envoie un au revoir de la main au jeune soldat, qui me regarde partir avec tristesse. En fait, nous ne nous rendons pas loin, nous montons dans le bureau du Duc, qui nous attend, douillettement installé dans une causeuse de cuir. Deux verres entamés sur la table basse et une odeur latente de cigarette froide prouvent que la discussion a déjà commencé avant mon arrivée.

– Léa, merci de te joindre à nous, lance le Duc en se redressant.

Comment vas-tu ?

— Très bien, Monseigneur, et vous ?

John m'avait expliqué la façon de m'adresser aux officiels. Je pensais que ça ferait son effet. C'est peine perdue, car il me reprend, avec un sourire amusé :

— Pas de ça entre nous, appelle-moi Vince et tutoie-moi.

Cette idée me paraît improbable tant il respire la noblesse jusqu'au bout de ses ongles manucurés, mais je n'ose pas le contredire. Je hoche la tête, les joues rosies par l'embarras.

— Tu seras heureuse d'apprendre que l'ambassadeur du HRR est reparti avec toute sa clique.

— Je suis désolée... j'espère que ce n'est pas à cause de moi.

Le Duc jette un œil contrarié vers le Général debout près de la fenêtre, avant de me répondre :

— Cela n'a pas aidé les négociations. Elles sont au point mort, nos différends sont importants et ils n'ont fait qu'empirer. Le HRR tente de nous amadouer, mais leurs intentions sont claires. Ils ont beau jeu, car leur Empire est naissant, ils attirent les rejetés par leurs promesses d'améliorer les choses. Ils se retrouveront vite face aux mêmes dilemmes que nous. Comment choisiront-ils ceux qui mangeront lorsque les réserves de nourriture ne suffiront pas à passer l'été ? Qui sacrifieront-ils quand l'électricité manquera pour survivre à la canicule ?

Il arrête ce flot verbal dans un effet dramatique certain. Je me sens obligée de rebondir pour ne pas le décevoir :

— Pourquoi m'expliquer ça ?

Il me tend une pochette cartonnée que je saisis en tremblant. Deux clichés en tombent, ainsi qu'un papier officiel tamponné aux armoiries du HRR. Sur le plancher, un homme d'une quarantaine d'années pose devant une porte blindée jaune, encastrée dans un mur de béton brut. Un quadragénaire que je reconnais, un étranger qui a pourtant ce sourire inimitable. Je m'effondre à genoux et caresse du dos de la main l'image figée de celui qui a volé mon cœur.

– *Mio amore*… murmuré-je.

– Nous voulons nous servir de toi comme prétexte pour entrer sur leur territoire, précise Vince. Ta venue a été autorisée en guise d'excuses, Nicolò résiderait à Nouvelle-Vienne, cette cité neuve maintenant la capitale du HRR.

– Tu es en vie… chuchoté-je.

– Je vais… m'entretenir avec l'Empereur Keller, lâche Matt.

– Il doit lui faire comprendre que nous ne tolérerons pas cet expansionnisme galopant sous nos frontières, une discussion indispensable afin de laisser à l'Empire l'opportunité de se retirer avant que la guerre ne devienne inévitable, il y a bien assez d'espace en Europe pour nous deux. Le Grand-Duché refusera l'annexion, notre nation ne pliera pas de la même manière que certains de nos voisins trop faibles pour assurer leur indépendance et défendre leurs valeurs. Cette situation délicate ne peut être réglée qu'en face-à-face, et non par l'intermédiaire d'un ambassadeur, et encore moins avec celui qui nous a été envoyé.

Matt se voûte, ils ne me disent pas tout. Vince, lui, continue à décrire le plan que les deux hommes ont mis au point dans le secret de ce bureau qui a été le témoin de nombreuses opérations aux buts douteux :

– Matt en profitera pour trouver une issue à ce problème, une occasion qui risque de ne pas se présenter de sitôt, car la canicule débutera tôt cette année et notre délégation ne sera jamais autorisée dans les délais par des voies classiques, contrairement à ta venue qui est déjà approuvée. L'attentisme signera notre perte, je n'ai que trop différé cette rencontre. Les mois passent, Keller gagne en puissance. Un matin, ses fusils seront à nos portes et le Grand-Duché rayé de la carte, et cela pourrait être dès l'hiver prochain.

– Quand partons-nous ?

– Ton enthousiasme est touchant. Mais…

— Quoi ? Je sais me défendre !

— Ce n'est pas…

— J'ai appris !

Le Duc se cale le dos, les mains autour de son genou, jambes croisées.

— Tu as fini, demande-t-il ?

Énervée, je me mure dans un profond silence et arbore une moue rageuse, les poings fermés. Rien ni personne ne m'empêchera de courir vers Nicolò !

— Mais c'est dangereux, reprend-il un sourcil levé, prêt à ce que je l'interrompe de nouveau. Nous pouvons employer une doublure, une soldate qui te ressemble assez pour donner le change à distance. Le souci est que l'ambassadeur t'a vue de… hum très près. Même s'il évitera Matt après ce qu'il s'est passé, nous ne pouvons pas être sûrs qu'il sera dupe ou qu'il n'a pas partagé des photos. En revanche, si tu y vas, tu dois être consciente des risques encourus à t'introduire en terrain ennemi malgré l'invitation. Sans compter les conséquences de cette… discussion.

— Inutile de tergiverser, je vous accompagne ! Si nos pays entrent en guerre, mes chances de rejoindre Nicolò seront réduites à néant, et nous pourrions presque arriver pour son anniversaire, le 9 mars ! Ce serait génial !

— J'en étais certain, se félicite Vince.

— Je le craignais, ajoute Matt.

— Nous attendons le retour de mon UCC ?

Cette question me paraît idiote au moment où je la pose. Je pourrais très bien demander à mon petit-ami ce qu'il a gravé sur le cercueil ! D'ailleurs, c'est en substance ce qu'on me répond :

— Quel intérêt possède ce message du passé si tu peux retrouver Nicolò en chair et en os ? remarque le Duc. L'UCC sera là quand vous reviendrez.

J'approuve avec entrain, trop impatiente de me mettre en route.

– Nous partons demain, décide Matt.

– Vous aurez quelques contacts à rencontrer en chemin, l'aller se fera à cheval, pour environ un mois de voyage, suivant les conditions climatiques. Ne traînez pas, vous devez arriver avant que la canicule ne vous empêche de vous déplacer le jour.

– Nous devrions rentrer en avion, promet Matt.

Cette perspective est loin de me rassurer, les aéronefs ne sont pas mes amis, surtout depuis le *Big Hot*, les maintenances ne doivent pas être la priorité de grand monde, si tant est qu'un tel métier existe encore à notre époque.

– Tout est dit, conclut le Duc.

– Je te raccompagne, Léa.

Ce départ soudain me dérange et m'enchante. Mon égoïsme me fait sauter de joie, car les chances de rejoindre Nicolò n'ont jamais été aussi bonnes, je pourrais bientôt le serrer dans mes bras qui ont tant souffert de son absence. Mais les buts moins louables de notre expédition me terrifient et étouffent mon excitation.

Dans le couloir qui nous ramène à la chambre, mon inquiétude me pousse à demander à Matt :

– Je croyais que tu avais quitté tout ça ? Que cette vie était derrière toi, et te voilà, en plein dans les complots.

De la main, je montre le Palais, avec ses dorures et ses soldats en faction. Il grogne, je pense que ce sera la seule réponse que j'obtiendrai. Pourtant, en arrivant devant ma porte, il se décide à lâcher quelques mots, en prenant soin de ne pas croiser mon regard :

– Renée m'a fait jurer d'affronter mes responsabilités tant que j'en avais encore la force pour ne rien regretter à la fin. « Tout ça », comme tu dis, c'est nécessaire, pour offrir un avenir au Grand-Duché.

– Tu vas assassiner Keller ?

Il baisse les yeux, preuve que j'ai bien décrypté la manière polie de me présenter une expédition punitive. L'ambiance change, mon protecteur disparaît en faveur du Général, un homme prêt à sacrifier une minorité pour le plus grand nombre.

— C'est lui ou nous, se justifie-t-il. Son intelligence politique est un risque pour notre souveraineté et ses idées pour notre liberté.

Je ne peux m'empêcher d'ajouter :

— Promets-moi quelque chose. S'il existe une solution non violente, tente-la. Cela a fonctionné dans ta cabane.

— Nous verrons, mais ton utopie est dangereuse, Léa.

— Tu as beaucoup de choses à te faire pardonner de ma part, ce serait un premier pas sur la rédemption que tu cherches…

Il ronchonne et s'éloigne déjà, la respiration sifflante, toujours à traîner la jambe gauche. Meg ouvre la porte, surpris. Il contemple la silhouette solitaire du Général qui disparaît dans l'escalier, avant de revenir à moi.

— J'savais que j'avais entendu du bruit ! Bah pourquoi tu restes là ?

— On part demain, et je veux que tu viennes avec moi !

Je le pousse, entre chez moi, et cours m'asseoir sur le lit pour lui annoncer que mon petit-ami a été retrouvé. Je garde cependant sous silence le second but de cette opération et me contente d'adopter le rôle qui m'est dévolu : l'innocente à la recherche de son amour perdu. Je dois avouer que je n'ai aucun mal à entrer dans la peau du personnage, et je sens mon cœur s'accélérer dans ma poitrine quand je lui montre les photos.

— Il a l'air vieux, note-t-il.

La pique m'agace, mais je ne peux lui donner tort. Nicolò est un homme accompli et moi une gamine à peine sortie de l'adolescence, même si j'ai plus mûri durant ces deux derniers mois que lors des seize années de ma brève existence. Je réalise aussi, qu'au final, je m'en fiche, je chéris Nicolò, jeune ou non, en bonne santé ou malade. Le destin nous a volé des années et de ridicules aprioris n'aggraveront pas la situation.

13 février 2054

Je n'ai pas l'occasion de tergiverser davantage sur la différence d'âge, car un soldat nous apporte une liste de fournitures indispensables à notre départ, que Meg et moi passons la soirée à rassembler. Mon expérience acquise auprès de Véronique nous permet de nous accorder quelques heures de sommeil. La nuit est quand même bien courte et ce n'est qu'à la troisième tentative de réveil que je décide de m'extraire des draps soyeux que je sais bientôt regretter. Une douche brûlante, des tartines vite englouties, et je me retrouve sur Pépère.

John arrive avec six soldats, quatre hommes et deux femmes, des têtes connues pour avoir été de nos diverses expéditions : Yuan, que Meg accueille d'une tape dans le dos, Dan, que je ne peux m'empêcher d'associer à ce petit-déjeuner au lit un peu trop dénudé à Neufchâteau, Nat, qui semble avoir pris du muscle je me demande comment, et Medhi, toujours aussi taciturne. Il me manque encore deux prénoms, le grand noir avec qui John discute, et la brune au fusil de précision. La bonne humeur de celui que j'appelais l'Amical est communicative avec une certaine fébrilité de départ en vacances.

En plus des chevaux, deux mules nous accompagnent, trimbalant nourriture et matériel, le résultat de notre travail de la veille, en espérant ne rien avoir oublié dans la précipitation. Dès que nous sortons des ruines des faubourgs de la ville, Meg et moi nous retrouvons chargés du soin d'en tirer une chacun. Il serait tentant de croire que les équidés s'entendent comme si leurs gènes leur assuraient une relation innée. Dans l'absolu, c'est vrai, les cousins se tolèrent. Mais les bâtards de la famille aiment surtout goûter de l'herbe à l'odeur alléchante, ils captent des bruits étranges qui les passionnent, ou décident de passer sur la gauche, quand leur guide tourne à droite.

Si Pépère ne portait pas si bien son nom, mon inexpérience

m'aurait envoyée à terre, le bras arraché, à moins que je ne me sois pendue avec la longe. Heureusement, mon fier destrier a plus en commun avec une mule qu'avec un cheval, et il comprend vite comment gérer sa cousine !

J'accroche donc la corde à mon pommeau, et les deux animaux se débrouillent. Meg, en revanche, monte une bête fragile qui prend peur au moindre courant d'air et il ne s'en sort pas, ce qui lui attire les foudres du Général, car il nous retarde. Du coup, je tente le doublé grâce à Pépère. Contre toute attente, mon brave canasson s'en dépatouille à merveille.

Un train nous rapproche de la frontière intérieure, que nous passons après une nuit dans une caserne assez similaire à Neufchâteau. La routine s'installe, la chaleur devient moins abrutissante au fur et à mesure que nous retrouvons l'habitude de la subir, et les journées s'étirent au rythme des sabots et des hordes d'insectes qui nous accompagnent.

15 février 2054

Le troisième jour, John se positionne à côté de moi, avec un ton renfermé qui ne lui ressemble pas.

— Nous sommes suivis, me chuchote-t-il.

J'ai le réflexe idiot de me retourner, mais un « non » susurré entre ses dents serrées m'arrête à mi-chemin.

— Pourquoi ?

— Matt veut les prendre par surprise en fin d'après-midi. Dès que les combats débutent, tu te planques.

J'improvise pour expliquer mon geste stupide, et je me lance dans une série d'exercices, debout sur les étriers, pour détendre mes muscles.

— Je sais tirer, lui fais-je remarquer fièrement.

— Est-ce que détruire des silhouettes en carton te rend prête à voir la vie d'un homme s'échapper alors que tu en es la responsable ?

— Je…

Je baisse les yeux, gênée. Je n'en ai aucune idée.

— C'est bien ce que je pensais. Matt nous a indiqué que ça se passerait près d'une bicoque de bûcherons. Quand on te le dit, tu sautes au sol, et tu te trouves une cachette. Ne t'occupe pas de Pépère, ton canasson se planquera comme un grand.

L'attente désagréable s'éternise. Je guette le sous-bois dans l'espoir d'apercevoir la cabane promise avant que la luminosité ne devienne problématique, à moins que ce ne soit le plan de Matt, car le rythme auquel il nous mène est loin d'être aussi soutenu que celui qu'il nous impose d'habitude.

Rien n'annonce cette maisonnette en rondins. La forêt s'étend autour de nous et, soudain, elle est là, encastrée entre des troncs qui l'encadrent aux quatre angles. Sur un côté, une fontaine au bassin de béton envahi par les feuilles nous donne l'occasion parfaite d'effectuer une halte sans attirer l'attention de nos poursuivants, qui sont d'une telle discrétion que je ne les ai toujours ni vus ni entendus. Les montures ne se font pas prier. Seule Darling reste à l'écart, les oreilles dressées. La tension est palpable sous les sourires de convenance.

— Protège-toi dedans, me glisse Matt.

Je n'argumente pas devant son ton sans équivoque. Derrière la porte qui grince, je découvre un intérieur aussi rustique que le bois brut extérieur me laissait l'imaginer. Je n'ai pas trente-six solutions pour me mettre à l'abri. Les meubles sont inexistants, réduits à deux rondins placés autour d'un ancien feu, marqué d'un cercle de pierres posées à même la dalle de béton. Des paillasses sont accrochées au mur, l'une d'elle est tombée et pend au bout de sa chaîne, rien qui puisse m'aider. Je tente de pousser du pied l'un des troncs qui, à mon grand soulagement, bouge sans difficulté. Je le roule au-delà des cendres noires et le dispose en parallèle au premier. Une fois l'un à côté de l'autre, je m'allonge sur le sol dur au milieu, mon pistolet entre les bras. Je ne me sens pas en sécurité, j'ai pourtant trouvé la meilleure cachette que je pouvais en si peu de temps.

Des hurlements marquent le début des hostilités. Je me blottis, incapable de savoir ce qu'il se passe. Je reconnais une voix, Matt qui glapit des ordres. Il parle fort, des mots brefs, des directions pour la plupart, et des codes que les leçons n'ont pas suffi à m'inculquer en quelques semaines. Des bruits me terrifient, des tirs, une chute, le râle de quelqu'un qui agonise à quelques mètres de moi. Et l'odeur. Après celle de la poudre et du feu froid, le sang et la merde prennent le dessus.

Une accalmie.

Des combattants accourent à l'intérieur de la maison et se jettent à l'abri. Je panique à l'idée de devoir me défendre, ne me rappelant plus si j'ai laissé ou non le cran de sécurité du pistolet. Leur accent me rassure : ils sont dans mon camp. J'assouvis ma curiosité entre deux salves, j'en compte cinq, dont Matt qui donne l'impression d'avoir perdu dix ans.

Son regard s'est allumé d'une flamme que je ne lui connaissais pas, et c'est sans difficulté aucune qu'il profite de chaque écart entre les planches du mur pour continuer à canarder. Mon inquiétude pour Meg et John persiste, car l'Amical et le Rouquin ne nous ont pas rejoints. Je repense à celui que j'ai entendu agoniser. Serait-il possible que… ? Je me refuse à l'imaginer et me reconcentre sur ce qu'il se passe.

Un mouvement attire mon attention. Par réflexe, je me retourne. Un adolescent aux yeux noirs agrandis par la haine et d'une maigreur maladive me fait face. Ses intentions sont claires. De son pistolet, il vise le dos de Matt qui, inconscient du danger, est orienté vers l'extérieur. Cette arme devient mon unique focus, un six-coups fatigué à la crosse de bois fendue dont le canon sombre menace la vie de l'homme qui me protège depuis mon réveil.

L'instinct endort mes scrupules et enclenche mon entraînement. Je tire, sans réfléchir, avec cette impression étrange d'être spectatrice de mes propres actions. Cet instant de lucidité se poursuit quand la balle frappe la poitrine de l'ennemi et que du rouge perce le vieux pull-over sale. Puis le cours normal des choses reprend, le corps bascule en arrière, le visage révulsé. L'une des nôtres vient me rejoindre d'un bond et lâche deux salves vers l'endroit où gît notre agresseur. Erin, tel que me l'a appris mon indiscrétion de ces derniers jours, m'annonce d'un ton très sérieux :

– Je l'ai tué, fillette. Pas toi.

Matt me gratifie d'un hochement de tête. Je ne comprends pas. Elle a pourtant dû voir le sang ? Je la laisse s'emparer de mon arme, et j'entends le cliquetis du cran de sécurité avant qu'Erin ne me la remette entre mes mains tremblantes.

– Vérifiez qu'il n'en arrive pas d'autres, ordonne Matt derrière elle.

Elle m'oublie, reprend son fusil de précision appuyé contre le mur, et tire quelques coups dehors à travers la fenêtre brisée.

La bataille se termine vite. Quelques ultimes échanges de plombs, puis c'est de nouveau le silence de la forêt. Cela non plus ne dure pas, le bourdonnement des insectes ne tarde pas à revenir, et un hibou aux yeux jaunes me guette quand je me risque à sortir de la cabane, bien après les autres.

Notre commando a allumé un feu devant le perron qui éclaire les alentours et leurs macabres activités. Certains sont en train de fouiller les morts, que d'autres rassemblent au même endroit. John et Matt sont à proximité d'un arbre, à creuser une tombe pour une forme sombre emmaillotée à leurs pieds qui me fait craindre le pire alors que la tignasse orange de mon ami est toujours introuvable.

– Tu aurais dû rester à l'intérieur, remarque John en me voyant.

– Qui est-ce ? demandé-je avec une petite voix.

— Medhi… pauvre gosse.

Lorsqu'il la lâche, la pelle de Matt tombe sur une pierre dans un bang retentissant qui surprend tout le monde, encore à cran. Il marche à grands pas vers moi, ignorant les coups d'œil de ceux qu'il vient d'effrayer. La douleur dans son genou semble partie et son souffle revenu quand il s'adresse à moi :

— Merci. Tu m'as sauvé la vie.

— C'est pour toutes les fois où les rôles ont été inversés.

Il me frappe sur l'épaule, avec sa main aux ongles redevenus sales, et aux phalanges maculées de sang séché. Le Rocailleux est réapparu, et je me rends compte que j'aime ça.

— Meg va bien.

Du pouce, il m'indique une dizaine de montures, attachées en grappes à des branches basses. Meg est là ! Je me précipite dans sa direction et, sans réfléchir à la distance que je tente de maintenir entre nous depuis le début, je le serre dans mes bras. Surpris, le jeune homme hésite avant que je ne sente sa prise se raffermir autour de moi. Je suis vraiment à l'aise, là, dans la chaleur confiante de mon Rouquin préféré.

— J'ai eu peur pour toi.

— J'étais en sécurité, répond-il. Je m'suis chargé des bourrins !

Je le lâche, et recule d'un pas. Meg m'avoue le rôle qu'il vient de jouer lors de la confrontation avec une moue contrariée, ce qui est pourtant la meilleure nouvelle de la soirée.

— Et ne va pas t'imaginer des choses, hein !

— J'suis content qu'tu sois en vie aussi ! rétorque-t-il. Tu m'aides ?

Je lui tire la langue, et je rejoins Pépère, qui est toujours attaché à nos mulets, au milieu des montures. Le gros cheval est calme, ce qui n'est pas le cas de ses comparses, et surtout des nouveaux arrivés, qui se distinguent de ceux du Grand-Duché par leurs selleries anonymes et usagées. Détacher les boucles et les sangles prend du temps. Grâce à nous, les animaux sont rassurés, libérés de leur harnachement, pansés, et prêts pour la nuit avec du foin et de l'eau à portée de museau.

Le repas a été préparé quand nous revenons vers le camp. Meg et moi nous asseyons sur l'un des bancs de fortune à proximité du feu, une chaleur agréable en ce début de soirée frisquet.

– Medhi était un bon soldat, amorce John, son verre levé.

Les autres approuvent et trinquent à sa mémoire.

– Il méritait pas ça, continue Dan en vidant son gobelet.

Lancés dans des anecdotes, mes compagnons le décrivent comme un homme discret et poli, parfois maladroit, dont l'engagement pour la cause du Grand-Duché n'a jamais faibli. Réalisant qu'ils pourraient tous disparaître aussi vite que le pauvre Medhi, avec qui je ne crois pas avoir échangé davantage que deux phrases, je les étudie, pour ne jamais les oublier.

John et Matt, évidemment. L'Amical, quadragénaire à la bonhomie communicative. Et le Rocailleux, indéfinissable cow-boy usé par le temps. Mes deux cadets préférés, le rouquin Meg et son éternel optimisme et Yuan, le râleur aux tatouages celtiques.

La vingtaine, Nat est la plus difficile à cerner, une belle blonde qui paraît superficielle, jusqu'à ce qu'elle vous scotche avec son physique d'athlète ou sa répartie bien tranchée.

D'origine asiatique, Dan se décrit comme un musicien raté. Il fredonne à chaque occasion et gribouille au crayon de papier des accords sur un mini-carnet. Il a du talent, pourtant, et un véritable sens du rythme, ce qui se retranscrit dans sa façon de se mouvoir.

La trentaine, Michael est un grand noir qui partage ma passion pour les animaux, qu'il aime trop manger pour s'en priver. Il parle souvent de sa fille avec Erin, de la même génération, notre meilleure tireuse, maman elle aussi, une petite brune qui ne quitte jamais son fusil de précision. C'est elle qui a achevé l'homme que j'ai blessé pour libérer ma conscience.

Sous mes doigts, je reconnais soudain les nœuds de ce tronc que j'ai détaillé avec appréhension quand l'enfer se déchaînait autour de moi... Quelque chose a dû changer dans mon attitude, car John me demande avec gentillesse :

– Tu veux en causer ?

– Laisse-la, intervient Matt.

– La gamine n'est pas comme toi, Matt. Les choses doivent être dites, ou elles vous rongent jusqu'à la moelle, et vous devenez ronchon. Moi je n'hésite pas à partager ce que j'ai sur le cœur !

– Pourquoi toujours parler…

Le Rocailleux est vraiment revenu, et c'est le dos voûté, la jambe gauche étendue, qu'il replonge le nez dans son assiette. Michael me gratifie d'un hochement de tête que je lui rends.

– Qui étaient-ils ? demandé-je. Les assaillants.

Matt se racle la gorge avant de répondre.

– Impossible à savoir, élude-t-il.

– Ils possédaient des armes du HRR, précise John. Mais cela ne veut rien dire.

– Ce sont les pistolets les plus simples à récupérer sur le marché noir en ce moment, m'explique Erin. Ils sont produits en telle quantité qu'on en trouve partout…

– Donc ils n'ont peut-être rien à voir avec la raison de notre voyage ?

– Impossible à savoir, répète Matt.

Je soupire, agacée par les interventions laconiques du Général au regard perdu dans les flammes.

– Allez vous coucher, ordonne-t-il peu après. Je prends le premier tour de garde.

Je suis les autres. Une longue route nous attend et, même si un tête-à-tête avec Matt pourrait être l'occasion d'obtenir quelques éclaircissements, je ne compte pas sacrifier du temps de sommeil indispensable pour survivre à ce *road trip* et arriver fraîche et pimpante jusqu'à Nicolò !

Le jour de l'adoption
Nicolò

18 décembre 2028

Après l'emménagement précipité par la proposition indécente de ta mère, il n'existait aucune suite logique à notre couple. À quinze ans, on vivait déjà ensemble. On pouvait aussi bien décider d'avoir un enfant ou de se marier pour la prochaine étape.

Le destin nous a amené un hérisson. Il est apparu un matin dans ton jardin, blessé à la patte. Dès que tu le vois se traîner sur la terrasse, tu n'écoutes que ton cœur et tu t'en occupes avec une patience admirable, pendant que je t'assiste comme je peux. La pauvre bestiole ne comprend pas ce qui lui arrive et pourquoi deux paires de mains la manipulent dans tous les sens.

Après le sacrifice d'une dizaine de serviettes de bain et des maniques de la cuisinière, Dard se repose dans le carton transformé en maison d'accueil. Fatigués, mais heureux, on est assis par terre, dans ta chambre, le dos appuyé contre le lit, à observer notre boule de piquants pioncer. Des diabolos, à la menthe pour moi, à la pêche pour toi, achèvent de nous rasséréner. Tu joues avec l'un de mes bracelets selon ton habitude, tes doigts entremêlés dans les miens.

Sans préambule, tu me demandes :

— Tu veux des enfants ?

J'en reparle, car tu réalises pas ma panique. Je profite que je suis en train de boire pour m'accorder un moment de réflexion. En une année et demie de relation, on n'a jamais abordé la question. Tu fronces les sourcils pour me faire comprendre que t'as pigé mon manège. Je me tourne dans ta direction et j'avoue :

– Oui.

D'une petite voix. Étant donné mes origines, je ne m'imagine pas sans une grande famille.

– Combien ?

– Trois, ou quatre.

Tes yeux brillent d'excitation.

– En prénom masculin, Alexandre, tu aimes ?

J'adore, et je te le dis. On évoque des centaines de possibilités, et on en teste les consonances, en goûtant en avant-première à ce que pourrait être notre vie.

– Bien sûr, pas tout de suite. Dans une dizaine d'années, peut-être ?

J'acquiesce et te rassure, même si nos pensées ne peuvent que dévier vers l'avenir incertain et ce couperet du *Big Hot*. Personne n'est en mesure d'expliquer pourquoi les thermomètres se sont affolés sans préavis au printemps dernier, et encore moins pourquoi cet été s'augure aussi caniculaire. La température ne baisse pas, se maintenant en moyenne au-dessus des trente degrés depuis trois mois, pour ce qui s'annonce comme un coup dur catastrophique pour la planète déjà en surchauffe.

Pour ramener la discussion vers un sujet moins anxiogène, je lâche :

– Si c'est une fille, je propose qu'elle s'appelle Cléa !

Tu valides et nos spéculations reprennent.

Grâce à des soins quotidiens, Dard guérit vite et repart gambader dans notre jardin. Il reste dans les parages. Pas idiote, la bestiole !

En cette période troublée, un accès à de la nourriture et à de l'eau en quantité, ça ne se refuse pas. Il ne tarde d'ailleurs pas à rameuter quelques-uns de ses copains, à tel point qu'on commence à se demander lequel était Dard... et à peu à peu à se désintéresser des hérissons, déçus par le manque de reconnaissance du premier être dont on est responsable.

C'est suite à cette rencontre avec notre ami à piquants que t'as décidé de devenir végétarienne. À mon grand regret pour les plats que je ne pourrais plus te cuisiner. Et à ma grande fierté de te voir affirmer tes convictions. Il ne me restait qu'à ouvrir mes livres de recettes et dégotter de quoi continuer à t'épater !

Chapitre 12
Sur la route du HRR
Léa

16 février 2054

Le lendemain de la mort de Medhi, nous atteignons la frontière extérieure, matérialisée par le Rhin. John m'avait déjà rassurée sur le fait que nous n'aurions pas à galoper sur un échangeur d'autoroute sous la menace de drones. Ses promesses se révèlent exactes, un fortin, posé au bord de la rive symbolique qui définit les limites du Grand-Duché, défend le passage.

Le Général est attendu par les soldats de cette caserne aux confins de son pays. Même si nous arrivons en fin de matinée, et que la journée est encore longue, Matt m'étonne et prend le temps d'écouter ces hommes, à défaut de discuter. Il n'en devient pas prolixe, il ne faut pas exagérer. Malgré cette sociabilité inopinée, il continue à grogner en guise de réponse, ce qui n'en reste pas moins curieux.

Sans doute que mon visage trahit ma surprise, car John s'assoit à côté de moi, sur le muret à l'ombre de l'écurie où je viens de vérifier que les chevaux de nos assaillants sont bien installés, eux pour qui le voyage s'arrête ici.

– On a autrefois été cantonné dans un avant-poste paumé de ce style, et nos supérieurs nous ignoraient. Ça l'a toujours foutu en rogne. Il a beau détester causer, il sait gagner le cœur des hommes. Bon, aussi, la prochaine fenêtre ne sera pas avant quarante minutes, donc du temps à perdre.

– Ils ne peuvent pas interrompre la ronde des drones ?

– Pas d'ici. Ce serait la porte ouverte à toutes les corruptions, ou mettre le fort en danger, devenant une cible facile pour briser notre frontière. Notre traversée a été planifiée, il faut croire que nous sommes en avance.

Il me tapote la main et rattrape son ami, Michael, qui lui tend une flasque. Qu'importe le contenu de la bouteille plate en métal argenté, la mine réjouie du plus amical des soldats du Grand-Duché prouve que ça lui convient. Les deux compères disparaissent au coin d'un bâtiment. Je reste seule, et silencieuse, à essayer d'estimer le nombre de pierres qui auront été nécessaires à la construction de ce mur qui me sert de siège temporaire.

Une fois satisfaite de mes calculs, je me rapatrie vers un banc, car le soleil va bientôt me toucher. Peu après, Matt me rejoint et étend ses jambes dans une grimace de douleur.

Je le laisse profiter de la tranquillité avec la cigarette qu'il vient de se rouler, et sors mon cahier pour résumer les derniers événements. Notre départ précipité ne m'a offert aucun instant de répit. Je n'ai eu qu'à peine l'occasion de m'excuser auprès du Colonel de l'intendance de ne pouvoir honorer notre rendez-vous concernant l'optimisation des stocks. À me rappeler cette opportunité reportée, mon esprit vagabonde, et ma main commence à gribouiller des schémas sur de possibles pistes à ne pas négliger.

– C'est une bonne idée, note Matt.

Je lève la tête, surprise et agacée aussi, car j'ai horreur que quelqu'un m'espionne. Nicolò n'a essayé de s'impliquer dans mes devoirs qu'une seule fois. Le fait de le savoir à côté de moi quand j'écrivais l'exposé sur le port d'Ostie pour ma classe de latin m'a bloquée. Je l'ai renvoyé vers ses fourneaux. Par contre, il a eu le droit de regarder le dossier terminé, imprimé et relié.

Matt ne me laisse pas l'occasion de critiquer son indiscrétion, il s'éloigne en direction de nos montures. Notre groupe réagit, nul besoin d'un ordre. Je m'exécute comme les autres, ferme mon stylo, range mes effets, et rejoins Pépère qui m'accueille de son gros museau poilu. La sangle vérifiée, l'étrier baissé, je grimpe dessus avec facilité. Ma place est agréable, là-haut, les doigts enroulés dans les crins frisés.

Sous les saluts militaires, nous franchissons la frontière en file, et le pont sur le Rhin. Quand j'entends le bourdonnement du drone une bonne dizaine de minutes après, alors que nous progressons déjà sous le couvert des arbres, cela confirme mes suppositions. Notre fenêtre était confortable, sans pour autant être dangereuse pour la sécurité du pays.

17-24 février 2054

Pendant la semaine nécessaire pour traverser le *no man's lands* de la Forêt Noire qui sépare le HRR du Grand-Duché, nous avons mangé, dormi et avancé, qu'il pleuve ou qu'il vente. Du côté de la météo pourrie, nous pouvons dire que nous avons été servis. Heureusement que nous avions emporté des cartes, bien que pré *Big Hot*, elles nous ont évité de trop errer. Elle est loin l'époque où il suffisait de suivre la voix enregistrée d'un téléphone portable pour trouver son itinéraire.

Les habitants de ces contrées nous ont laissés en paix, les populations sont parfois si éparses que notre groupe n'a croisé personne pendant plusieurs journées d'affilée. Seuls quelques loups ont fouiné autour de notre campement jusqu'à décider que nous n'en valions pas la peine, ils ont alors déguerpi prestement. Nous avons aussi eu la visite de renards, de blaireaux et divers animaux fureteurs qui ont tenté de piller nos réserves, un bonheur de les observer, ils me font penser à Dard, même si mes compagnons ont plutôt essayé d'exterminer les indésirables. À cause de la chaleur étouffante et de la vermine qui pullule dans l'humidité, conserver de la nourriture comestible est délicat ce qui nous oblige à nous arrêter avant la nuit pour que les chasseurs débusquent des proies pour nos repas. Matt est le meilleur à cet exercice, juste avant Erin, à tel point que nous nous contentons souvent de ramasser du bois, des fruits ou des champignons, et à attendre le retour des traqueurs.

Je reste fidèle à mes convictions. La plupart du temps. Car, je dois l'avouer, ma faiblesse induite par le manque de protéines m'a amenée à quelques incartades, et à grignoter des miettes de viande… Je n'ai pas détesté, même si mon âme s'en est sentie souillée par cet ultime principe qui s'étiole, bien peu subsiste de ce qui me définissait autrefois.

Mettant à profit ces pauses obligatoires, John a décidé que Meg, Yuan et moi ne devions pas interrompre notre apprentissage militaire, tant que nous ne nous écroulions pas de sommeil.

En conséquence, une nouvelle dynamique est en train de s'installer entre Meg et Nat. Cette dernière a pris l'habitude de s'entraîner avec nous, pendant nos cours du soir. Meg a commencé à loucher sur elle, elle l'a remarqué, ils ont discuté, et ils semblent s'apprécier un peu trop. Je ne l'aime pas, Yuan non plus si j'en crois ses regards noirs. Je suis persuadée qu'elle ne considère le jeune homme que comme un divertissement temporaire, dont elle se débarrassera vite. Mon jugement manque d'objectivité… et je n'ai aucun droit d'interdire quoi que ce soit à Meg, mais les apercevoir ensemble me dérange.

Au-delà, aucune péripétie majeure à déclarer, à part quelques diarrhées, un sac égaré, et un pont brisé qui nous a obligés à effectuer un grand détour. Le moment le plus critique est survenu à mi-parcours. La toux de Matt a empiré à tel point que nous avons dû nous imposer une pause une journée entière, pour qu'il se repose malgré des récriminations murmurées entre ses lèvres gercées.

25 février 2054

Un matin sur la fin de la seconde semaine de voyage, après seulement deux heures de route, Matt stoppe sa jument et met pied à terre. Autour de nous, ce ne sont que des conifères oppressants qui masquent la vue. Comme mes compagnons, j'obéis à l'ordre tacite de notre Général. Je descends de Pépère et suis le ballet des habitudes. Chacun a son rôle défini lors de l'établissement du campement, que ce soit de prendre en charge les montures, de déballer les sacs, de dégager le périmètre ou de rester en alerte au cas où des intrus en profiteraient. Ma priorité concerne les mules, je me bats avec leur longe, qui s'est emmêlée, pour changer, et m'empêche de les attacher à la bonne longueur. Trop concentrée sur les nœuds, je n'entends pas Matt arriver et sursaute quand je croise son ombre posée sur moi. Nous n'avons pas dû aligner plus de dix phrases depuis notre départ, dont la quasi-majorité est des politesses du quotidien du style du « merci » de la veille pour lui avoir ramené sa gourde remplie de l'eau que Meg et Yuan venaient de faire bouillir.

— Tu veux être impliquée ou ne pas savoir ?

— De ?

Je fronce les sourcils, pas bien sûre de comment répondre à cette question dont je ne comprends pas les tenants et aboutissants. Matt soupire et s'appuie contre un arbre, de façon à décharger le poids de son genou gauche.

— Vince l'avait évoqué. Mes espions ont continué à travailler malgré ma retraite, ce voyage est l'occasion de récupérer leurs infos.

Il s'arrête un instant, autant pour reprendre son souffle et se racler la gorge, que pour me laisser l'opportunité de le stopper avant que je ne puisse nier être au courant de ses agissements.

— Pourquoi moi ?

Il sourit, aussi conscient que moi que les rôles sont inversés. Je m'exprime avec une économie de mots, et lui compose des phrases entières, à vive et intelligible voix.

– J'ai appris ce que t'as proposé à l'intendance. De bonnes idées, gamine. Tu sais interpréter les chiffres.

Je ne m'attendais pas à ce que le Général entende parler d'une simple proposition d'optimisation pour la gestion de la cuisine. Je baisse les yeux, embarrassée, avant de relever la tête, et d'accepter les compliments d'un hochement discret. Il donne un coup de reins pour se remettre d'aplomb et m'annonce quand il me dépasse :

– J'y vais dans cinq minutes. Sois prête si le risque ne t'effraie pas.

Il me laisse avec mes questions et mes doutes, cette décision pourrait définir beaucoup de choses pour le futur. Si la « discussion » avec Keller se passe mal, l'excuse de la fille innocente venue rejoindre son petit-ami et dont la confiance a été abusée ne tiendra pas.

Je repense au trajet accompli depuis ma sortie de cryo, non pas en termes de kilomètres, même s'ils ont été considérables, plutôt en nombre d'expériences. Je reste incapable d'allumer un feu sans briquet, de cuisiner ou de tuer un être vivant, à l'instar de Michael d'ailleurs. Ma carrure ne me permettra jamais de déplacer des montagnes, contrairement à Nat ou John. Pourtant, je ne suis pas inutile, je peux chevaucher une journée entière, calculer notre position grâce aux étoiles ou m'orienter à la boussole.

Les animaux m'adorent, même Darling me tolère pour le strict minimum, du genre lui ôter la selle ou lui apporter sa pitance. Mes compagnons de route en profitent pour se décharger des soins de leurs chevaux le soir venu, en échange de petits services et corvées, une grande responsabilité, car nous n'irions pas bien loin privés de montures. J'ai appris à me défendre, malgré mes réticences. En cas d'absolue nécessité, les circonstances ont prouvé que j'étais capable d'agir, quoique je reste persuadée que la violence ne soit pas la solution.

J'étouffe un rire sans joie. Si je revenais au jour où Nicolò et moi avions subi cette attaque dans l'immeuble de ses parents, je l'aiderais et il ne pourrait que constater que l'extérieur ne m'effraie pas. Mais si nous avions fugué, jamais je ne me serais retrouvée en cryo, et seuls l'amour que je lui porte et la motivation de tout tenter pour lui m'ont permis de changer.

Ma décision prise, je capte l'attention de Meg, pour qu'il me remplace auprès des mules, et je rejoins Matt. En l'absence de montre, je ne peux être certaine que le délai soit respecté, il m'a en tout cas attendue.

– C'est parti, m'accueille-t-il avec un demi-sourire.

Darling réagit au claquement de langue et s'engage dans le sentier, insensible à une quelconque forme de fatigue ou de lassitude, au contraire de son cavalier qui ravale un juron dans une grimace de douleur. Pépère la suit avec son calme habituel, peu inquiété des écarts qui se creusent parfois avec sa compagne.

Après un quart d'heure environ, une ouverture entre les arbres nous offre un magnifique aperçu sur un large fleuve qui louvoie à quelques centaines de mètres en contrebas.

– On va voir qui ?

– Henry, qui récupère des rapports de bateliers. Le HRR utilise le Danube pour ses importations.

On arrive bientôt à l'orée, et je distingue un village lové dans une anse de l'immense cours d'eau, une quinzaine de maisons surplombées de panneaux solaires, avec en arrière-plan un château médiéval ruiné.

– Pas de regrets ? demande Matt avec une cigarette au coin de la bouche.

– Non, je veux m'investir pour ce pays en lequel tu crois.

– Pourquoi ? Le Grand-Duché s'est développé sur le sang de cryo comme toi et Nicolò.

– J'ai appris à vous connaître. Matt. John. Et même Vince de loin. Je refuse d'envisager une malveillance de votre part. Parfois, il faut faire des choses dont on n'est pas fiers. C'était mal, cette nation n'est pas parfaite, et vos erreurs sont nombreuses. Mais j'ai étudié les relevés de certaines de vos importations, vous essayez vraiment de partager ce que la Terre accepte encore de produire pour la survie de la majorité. T'es quelqu'un de bien, et ça, je peux me battre pour, si mon rôle consiste à dégainer ma calculatrice.

Matt acquiesce, il ne peut s'empêcher d'ajouter entre ses dents :

– Si tu le dis.

Je n'ai pas besoin de lui demander à quelle partie il réagit. Il me l'a répété plusieurs fois, il ne se considère pas comme le gentil de l'histoire, même s'il doit être aveugle pour ne pas voir la dévotion que l'armée ducale lui porte, elle a bien été gagnée par ses actions.

Notre chemin rejoint une route en bon état, remblayée de cailloux jaunes concassés, qui nous permet de finir au trot. Nous nous arrêtons au niveau d'une auberge, où nous mettons pied à terre, à l'ombre. Matt desserre sa sangle de deux trous, preuve qu'il ne prévoit pas un départ en catastrophe, ce qui a l'avantage de me rassurer. J'en fais de même et lui emboîte le pas à l'intérieur de l'établissement.

J'entre dans un bar assez classique, avec ses tables et son comptoir, la température à l'intérieur est plutôt agréable, grâce à l'humidité apportée par le Danube. Des clés de chambres dorées sont accrochées derrière le tenancier, un homme d'une soixantaine d'années, aux joues couperosées. Ses yeux bleus s'illuminent quand il découvre qui franchit la porte :

– Matt, sacré nom de Dieu !

Il se retourne et attrape une bouteille planquée, récupérant au passage trois verres, qu'il dispose en rang avec la force de l'habitude, et ça d'un seul geste. Il nous sert avant même que nos fesses ne se posent sur les hauts tabourets en métal face à lui. Matt soupire et se cambre pour étirer son dos douloureux.

– J'avais entendu des rumeurs, s'exclame le tenancier. Je n'y croyais pas !

– Je ne suis pas encore mort, Henry, répond Matt en vidant son verre.

– Je vois ça, constate l'autre qui l'imite, et je trinque à cette bonne nouvelle !

– Les affaires tournent toujours ?

– Tout roule, les infos circulent, le HRR vient rarement et personne ne les aime dans le coin. C'est la technologie qui a tout foutu en l'air, et eux ils s'accrochent aux maudites machines du passé. Le village ne parlera jamais de ta visite.

– Je sais.

Matt récupère ma boisson sans même me concerter, et la fait disparaître dans un raclement de gorge satisfait.

– Tu restes la journée ? C'est que, on ne t'attendait pas, j'ai peut-être manqué de rigueur ces derniers mois.

– Non, donne-moi ce que tu as, on ne peut pas traîner.

– Deux heures peut-être ?

– Une, maximum.

Henry serre l'arête de son nez, dépassé par le problème. J'interviens alors, j'écris vite et, si ce sont des chiffres, comme Matt me l'a laissé entendre, ça n'en sera que plus rapide.

– Je peux aider. Léa, au fait !

Je tends la main au barman, avec un clin d'œil à Matt pour lui signifier que j'ai noté son impolitesse d'avoir oublié les présentations. Le Général conserve son masque d'impassibilité caractéristique, même si je remarque une légère ridule qui frissonne à l'angle de sa bouche, ce que je pourrais presque considérer comme être le début d'un rire.

– Enchanté, me répond Henry. Eh bien, si des récépissés de livraisons ne t'impressionnent pas, ce sera avec plaisir.

Je me lève, bientôt suivi par Matt, et me dirige vers un bureau étriqué, quoique très lumineux grâce à la grande fenêtre qui s'ouvre sur le fleuve, assurant un courant d'air bienvenu pour rafraîchir l'atmosphère. Des étagères qui couvrent le mur à gauche de l'entrée, il extirpe un énorme livre de comptes qu'il dépose sur l'unique table. Il me laisse en prendre connaissance pendant qu'il fouille dans un tiroir pour en sortir une liasse de feuillets disparates. Les deux mains appuyées de part et d'autre du registre, ma belle motivation s'envole quand je vois le format brouillon dans lequel les données sont organisées, ainsi que la date de la dernière actualisation. Je remonte par la fin, et c'est au moins une vingtaine de pages de transit maritime qui manque.

J'interroge Matt :

– Il faut quoi ? Par jour, par semaine, par mois ? Quel niveau de détails ?

Matt ne rechigne pas devant la dizaine de questions qui s'enchaîne, et j'identifie une facette inédite de lui que je négligeais, pour n'avoir jamais eu l'occasion de travailler en sa compagnie. Son professionnalisme est appréciable, ses informations claires et précises. Je comprends très vite les enjeux, malgré mon inexpérience dans l'espionnage, si on exclut la catastrophique traque de Terry lorsque je pensais qu'il voulait violer une femme, alors que ce n'était qu'un jeu de rôle avec son épouse !

Une matrice m'apparaît, cela nécessitera quelques calculs intermédiaires qui me feront gagner un temps précieux de saisie. Comme leur expliquer est inutile, je vire les deux amis et leur demande de me laisser tranquille. Ils discutent à voix basse, dans la salle du bar d'où me proviennent les effluves musqués de fumée de cigare, ou enfin c'est plutôt Henry qui met Matt au courant de tous les potins dont il a entendu parler, et le Général se contente de grogner, parfois.

Dans ma volonté de ne rien omettre, je dépasse légèrement le délai que la patience de Matt pouvait supporter, il vient me presser sur la fin, mais sans pour autant insister et m'interrompre à répétition, conscient que ce ne serait que me ralentir.

On repart peu après midi, avec beaucoup d'informations et des victuailles plein nos sacs. Je profite du retour pour partager mes conclusions :

— Si les chiffres sont justes, et qu'ils reflètent les livraisons des casernes du HRR, ce pays possède une sacrée armée.

— On s'en doutait.

— Je revérifierai mes calculs ce soir. On aura d'autres sources ? Il serait préférable de pouvoir croiser les données.

— Oui.

Je me trémousse sur ma selle à cette perspective, très fière que ma passion des maths ne se révèle pas si obsolète dans ce nouveau présent. Matt me surprend en ajoutant :

— Merci.

— Tout le plaisir est pour moi.

26 février-1er mars 2054

Les jours suivants sont l'occasion de diverses rencontres de ce genre. Nous mangeons dans une arrière-salle, où les messes-basses se règlent autour d'une bière et les informations sur les importations d'alcool glissées au verso de tracts de propagandes. Le lendemain, nous entrons par la porte arrière d'une grange, pour une discussion furtive à la lueur de la lune, avec un fermier qui a récupéré auprès de ses collègues la production de lait de dizaines d'exploitations. Ou alors le rendez-vous se passe au milieu de nulle part, dans les bois, avec des types louches qui ricanent trop.

Au fur et à mesure, je crypte leurs précieuses années d'observation à la fin de mon cahier, afin de ne pas conserver de traces des indiscrétions qui pourraient trahir nos contacts. J'ai un peu honte d'avoir détourné l'ultime cadeau de Nicolò, mais j'ai bon espoir que mon petit-ami comprendra l'urgence de la situation, et qu'il sera peut-être notre meilleure source de renseignements future.

Mes premières conclusions sont vite confirmées et Matt n'en devient que plus taciturne. Je le surprends, plongé dans ses réflexions, assis devant la tente à masser son genou douloureux, ou perché sur sa jument fougueuse, le regard perdu dans le néant. Il broie du noir, sans même chercher à le cacher, et son état de santé ne s'améliore pas, même s'il est doué sur ce point pour prétendre qu'il va bien.

Le HRR a rassemblé un nombre inquiétant de troupes et le recrutement augmente à un rythme exponentiel, quasiment aussi vite que s'étendent les limites de leurs frontières. Le Général sait que s'il ne réussit pas à négocier en notre faveur, cela pourrait signer la fin du Grand-Duché.

2 mars 2054

Mes activités d'espionne m'ont tellement obnubilé que je n'ai presque pas pensé à Nicolò, dont l'anniversaire est dans une semaine. Je le réalise le soir où Matt nous annonce de sa voix rocailleuse :

– Demain, poste-frontière. Nettoyez vos uniformes !

Il ajoute, pour mes seules oreilles :

– Souviens-toi, nous sommes ici dans l'unique but de te réunir avec Nicolò. Pas de mention de Keller.

– Que se passera-t-il s'il ne t'invite pas ?

– Oh, il le fera…

Il ne commente pas sa remarque pour me laisser à ma lessive. Mais je n'ai aucune intention de m'en occuper. J'ai beau avoir mûri, je n'en reste pas moins décidée sur les choses que j'accepte d'effectuer, et récurer n'appartient pas à la liste. Après m'être changée derrière un arbre pour mettre un vêtement de sport, je renouvelle mon accord avec Michael, qui a déjà sorti le savon, contre l'assurance de continuer à panser sa monture et de vérifier l'absence de tiques chaque soir.

3 mars 2054

La frontière qui se présente à nous dans la matinée ressemble à l'idée que je m'en faisais, une longue clôture, avec de notre côté une cinquantaine de mètres au minimum de terre défrichée, et de l'autre un chemin de gravier. Le poste est entouré de miradors, où des silhouettes floues nous visent de leurs mitraillettes et dont les canons sont eux difficiles à rater. Je déglutis, consciente que si l'Empereur veut s'éviter un quelconque embarras, il pourrait ordonner à des subordonnés un peu trop zélés de nous abattre sans sommation, quitte à les utiliser comme fusibles et démentir son implication.

Mon esprit en manque de thriller ne semble pas être le seul à spéculer, car mes compagnons sont stressés. Erin lutte contre l'envie de s'emparer de son fusil de précision, qu'elle regarde à un rythme régulier, et Meg n'arrête pas de parler. Même Michael, d'habitude si calme, se joint à nous pour lui demander de la fermer.

— Si je dois crever, que ce soit en silence, se plaint-il.

Loin de s'en offusquer, Meg rétorque :

— Moi, au moins, j'sais raconter !

Leur prise de bec détend l'atmosphère une fraction de seconde, avant que la tension ne remonte en flèche dès qu'on s'engage entre les barbelés, dans la longue file d'attente qui se presse à l'entrée du HRR et qu'une grande porte face à nous s'ouvre sur une trentaine de soldats en vert. Un officier se montre en charge de l'assaut, la cinquantaine, un visage antipathique, une canne à la main, il avance en boitant, restant sous le couvert de ses hommes.

— Soldats du Grand-Duché, quelle est la raison de votre visite ?

Matt se tourne en ma direction, et je réalise que tous me fixent, comme s'il m'incombait de prendre la parole. Ma transpiration s'accentue, des gouttelettes se forment en bas du dos, achevant de tremper ma chemise imbibée par l'humidité ambiante. Je cherche du soutien auprès de Meg, je le reçois, accompagné d'un magnifique sourire qui témoigne de la pleine confiance qu'il me porte.

J'inspire à fond et me lance :

– Je suis Léa Beck. J'ai un sauf-conduit, signé par un ambassadeur de l'Empereur, pour voir Nicolò Cavatini à Nouvelle-Vienne.

La surprise de l'autre côté du grillage est palpable. L'officier fronce ses gros sourcils broussailleux, ce qui n'aide en rien à le rendre sympathique. Autour de nous, les pauvres hères qui attendaient pour passer, et se sont retrouvés embringués, prient pour qu'ils ne deviennent pas les victimes collatérales d'une déclaration de guerre.

– Avez-vous ce document sur vous ? hurle le Commandant.

J'acquiesce, Matt me l'a remis au départ, il est glissé dans mon cahier. Je pivote sur ma selle, ce qui entraîne des réactions vives de certains qui nous ciblent, et le réflexe instantané de plusieurs de notre groupe à dégainer. Des glapissements nous parviennent des civils qui frisent la panique, et ne font qu'empirer la tension générale.

Je stoppe net avant que les choses ne s'enveniment, et Matt en profite pour intervenir.

– Pourriez-vous baisser vos armes ?

– Vous d'abord.

Matt siffle entre les dents, agacé par la réponse puérile de cet officier qui démontre que la situation le dépasse. D'un geste, il ordonne d'obtempérer, ne perdant pas d'énergie à vérifier qu'il a été obéi. Il remarque :

– On m'a toujours vanté l'autorité des gradés de l'armée du HRR…

Blessé dans son honneur, le Commandant gueule des directives en allemand. Je retrouve une respiration plus normale quand les canons cessent de nous viser. Je n'en demande pas moins :

– Est-ce que je peux sortir le document sans risquer une balle ?

Ma répartie m'étonne autant qu'elle surprend l'officier du HRR, qui reprend :

— Oui, bien sûr. Hum. Amenez-nous ça, et que vous !

Je m'exécute, non sans avoir dû auparavant inciter Matt à ne pas intervenir, d'un regard appuyé, lui qui s'apprêtait à vouloir se porter volontaire pour me remplacer. La paix entre nos pays tient à ma capacité à incarner l'innocence de la jeune amoureuse.

Mes papiers sont en règle, les vérifications formelles, leur QG confirme l'autorisation de me rendre à Nouvelle-Vienne. Aucune mention n'est faite à propos d'une escorte, que ce soit pour l'accepter ou pour l'empêcher. Je joue un peu la comédie, et réussis à convaincre mon auditoire que je n'aurais jamais pu entreprendre seule un tel voyage. Évidemment, la présence de Matt et de John inquiète. Mais, une nouvelle fois, rien n'interdit au Général de m'accompagner dans la lettre d'invitation et aucun contre-ordre en provenance du gouvernement central n'est promulgué.

Nous obtenons donc la permission d'entrer en territoire ennemi vers le milieu de l'après-midi, pour cette dernière ligne droite avant mes retrouvailles tant espérées.

Le jour de la cryo
Nicolò

16 mai 2029

Encore une journée que tu connais, mais comment ne pas en parler compte tenu des conséquences ? La onzième de ma liste.

Tes parents sont rentrés de New York sans t'avertir. C'est ton chauffeur qui t'a appris leur retour impromptu quand il est venu te chercher devant ton lycée avec un laconique :

– Votre mère désire vous voir, Mademoiselle.

Le style de convocation qui te met dans une belle rogne. Sur le chemin vers la maison, on spécule. Divorce ? Déménagement ? Faillite ? Bof. Rien ne cadre avec leur couple si atypique.

Ta mère t'attend dans son bureau, un antre en noir et blanc que tu considères comme sacré car il t'a longtemps été interdit. C'est vrai qu'il n'aurait pas fallu que tu baves sur l'une des éditions originales si rares qu'elle collectionne. Ou que tes menottes de bébé sacrifient, par une maladresse, un dossier ultra confidentiel de la firme Beck.

Elle se lève à notre entrée, impeccable dans une de ses robes sombres qui accentuent le ton clair de sa peau. Elle débute par quelques banalités, je comprends que je suis de trop. Tu l'ignores et entremêles tes doigts aux miens, m'empêchant de partir. *Mio amore*, je suis si fier de toi quand tu continues à la confronter sans ciller :

— Mère, vous vouliez me voir ? Ne gaspillez pas votre précieux temps.

Madame Beck soupire et s'appuie contre son bureau, les paumes posées à plat sur le sous-main en cuir estampillé du logo de l'entreprise familiale.

— Léa… Tu as raison. Tu es presque une adulte désormais, tu peux accepter la vérité. D'ici peu, notre gouvernement tombera et l'argent perdra sa valeur. Ton père et moi avons convenu que tu te ferais cryogéniser le mois prochain, car nous ne pouvons pas nous permettre de nous inquiéter pour ta sécurité.

— Hein ?

De toutes les possibilités, celle-ci ne nous avait pas effleurés et ton beau visage se décompose au fur et à mesure qu'elle t'achève de sa logique imparable.

— La décision est prise et nous ne tolérerons aucun refus de ta part. Nos avocats discutent avec tes parents, Nicolò. S'ils donnent leur consentement, tu pourras l'accompagner. C'est la seule et unique concession que nous accorderons sur la question. Est-ce bien clair ? Nous serons là le 10 juin, l'intervention est planifiée le 11 au matin. Vous pouvez disposer.

Vaffanculo ! Ta mère nous congédie comme ses employés. Avant que je fasse un esclandre, tu me tires vers le couloir, où on manque de percuter ton père. Il ne remarque pas même notre trouble et nous demande, avec un air de savant fou :

— Amanda est là ? Je dois lui parler…

On s'enfuit vers ta chambre, tombant en tailleur sur la moquette. On chiale dans les bras l'un de l'autre. La cryo sera juste avant ton anniversaire. Tu tournes en boucle sur le fait que tu n'auras jamais seize ans, contrairement à moi.

La sonnerie de mon téléphone nous sort de notre crise. Impossible de me rappeler la discussion avec maman. On pleure. On rit. Aucun regret quand je t'annonce l'incroyable nouvelle :

— Mes parents me laissent le choix. Oui, Léa. Je m'endormirai avec toi !

On s'embrasse et on transforme toute la frustration de la situation en passion. Pour un peu, et ce soir aurait été notre première si, après un long baiser, je n'avais pas demandé :

— Tu sais comment ça marche ? La cryo ?

Trop intrigués pour continuer à nous bisouiller, on a couru allumer l'ordi, pour ce qui promettait d'être une nuit blanche à chercher les documentations disponibles sur internet, et à lire les multiples résumés des livres de science-fiction qui traitent du sujet.

Chapitre 13
Quartiers d'été
Léa

4 mars 2054

À première vue, le HRR n'est pas différent du Grand-Duché dans son organisation du territoire, les moyens de locomotion semblent similaires, avec moins de vélos, et plus de voitures électriques.

— Nous passerons voir Nicolò après l'Empereur, me révèle Matt.

Je me souviens parfaitement de l'endroit où il m'a annoncé le délai, sous un pont recouvert de lierre, dans une sorte de combe humide. Les feuilles des plantes tombent tel un rideau, ce qui crée un espace protégé. Matt, qui remonte la colonne après un long échange à l'arrière avec John, s'arrête à mes côtés et, sans préambule, me lâche cette information. Je le fixe, étonnée. Son visage émacié aux joues creusées est très sérieux.

— Je présume que je n'ai pas mon mot à dire, rétorqué-je.

— L'Empereur a l'habitude de fuir la canicule dans les montagnes. Il pourrait partir d'un jour à l'autre. Nicolò ne bougera pas, lui.

— Cela a toujours été le plan ?

— Une possibilité que la météo m'oblige à considérer.

— Tant que ta « discussion » ne nous empêche pas de nous y rendre. N'oublie pas d'essayer avant de le comprendre, la violence est l'arme des faibles.

Je maintiens le contact visuel, pour appuyer mes positions, et ne remets Pépère en chemin qu'après plusieurs secondes. J'entends Darling trépigner derrière moi, la jument n'apprécie pas de se retrouver coincée dans les fesses de mon cheval. Dès que nous sortons de l'alcôve, elle se décale en trottinant.

— Je te promets que nous irons, lâche Matt qui me double. Nous ne serons qu'à quelques heures de son domicile. Dès le problème Keller réglé, je t'y emmène.

5 mars 2054

Le dernier jour, je me renferme sur moi-même.

De toute façon, le stress de l'arrivée prochaine a tari les discussions. Même John a épuisé sa liste d'anecdotes sur le passé militaire du Grand-Duché et Meg concernant sa famille, lui qui s'éloigne de moins en moins de Nat.

Seul Dan prouve une nouvelle fois qu'il n'est pas un musicien raté, sifflotant au rythme des sabots de nos montures, il sait tirer un son de n'importe quel truc qui ressemble peu ou prou à un instrument.

6 mars 2054

Un des trains du HRR accélère la fin de notre voyage et nous débarque sur un quai dédié. Après les ors du Palais Ducal, je pensais qu'un Empereur habiterait dans un château d'une belle prestance. Quelle déception ! Il vit dans un cube de béton entouré de grands murs surmontés de fils barbelés. Les soldats en vert accueillent ceux en rouge avec une certaine froideur martiale. Ils emmènent nos montures vers une écurie, et nous parquent dans un poste de contrôle.

Le choc est brutal.

Au-delà du nombre de personnes, la technologie omniprésente me tire brusquement hors de ma forêt, et la climatisation me fait frissonner. Nous passons sous des portiques, nos biens sont scannés, nos armes stockées dans des casiers à verrouillage biométrique, et des caméras suivent chacun de nos gestes. C'est également grâce à un ordinateur qu'une femme nous crée des badges de visiteurs temporaires qu'elle imprime à la volée, avant d'expliquer que nous devrons toujours les garder en évidence.

Je m'assois à côté de Matt, le premier à avoir été libéré des démarches administratives, qui attend sur un tabouret de métal. Sous ses traits fatigués, il n'est pas difficile de deviner la lutte quotidienne qu'il mène contre la maladie.

– Ce soir nous dormirons dans un vrai lit, m'annonce John avec une tape amicale quand il vient nous rejoindre.

– Je n'y croirai pas tant que je ne l'aurai pas vu !

John s'affale à ma droite. De grosses traces de poussières marquent le carrelage blanc qui, jusqu'à notre arrivée, était immaculé. Lui aussi l'a réalisé, il époussette son pantalon du dos de la main, ce qui a pour effet de former des lignes bien visibles sur la toile et de marbrer davantage le sol.

– Hum, note John. Ce serait plus correct de se changer avant de retrouver Keller.

– Nul besoin, intervient un inconnu qui s'exprime dans un français impeccable où ne transparaît pas d'accent.

Je me retourne pour découvrir un jeune homme d'une vingtaine d'années, avec des cheveux châtains au carré, des yeux clairs, et la peau pâle de quelqu'un qui n'a pas souvent l'occasion de sortir. Il porte un uniforme de soldat kaki, dans les mêmes teintes et coupes que ceux qui nous ont accueillis et qui se mettent au garde-à-vous devant le nouveau venu.

Quelqu'un tire sur ma manche et je réalise que je suis la seule à être restée assise. Je m'empresse de calquer mon attitude sur les autres, la main sur la tempe, comme John me l'a enseigné.

– Repos, Général !

– Empereur Keller, salue Matt. Mes hommages.

– Quelle bonne surprise, reprend l'Empereur. Nous ne vous attendions pas avant l'automne, je doutais des assertions de l'avant-poste II, quand son Commandant m'a prévenu de votre passage en début de semaine. Pourquoi donc le Général des armées du Grand-Duché se perdrait-il si loin de sa Lorraine ?

– Le Grand-Duché ne voulait pas gâcher cette occasion de sauver les négociations.

– Et vous êtes venus à cheval ? Quelle épopée ! Si nous avions su votre impatience, nous aurions pu vous envoyer un avion. Je ne crois pas que votre flotte soit en état de marche.

Tout de suite, le monarque m'agace avec ses sous-entendus à peine voilés. Surtout, j'ai horreur de voir mes amis obligés de s'aplatir face à ce détestable animal politique.

– Les voyages forgent la santé, élude Matt.

– J'admire cela, je ne fais pas assez de sport en ce qui me concerne.

Quand Meg, le dernier à être contrôlé, nous rejoint, l'Empereur Keller nous invite à le suivre vers ce qui se révèle être une cage d'ascenseur. Il présente une carte qu'il porte accrochée à la ceinture devant un lecteur, les portes se ferment, et nous descendons.

– La canicule arrive, pensez-y pour le retour.

– Je ne peux abandonner ma jument, rétorque Matt.

– Nos avions sont équipés pour les chevaux, Général, rassurez-vous.

La condescendance de l'explication ne passe pas inaperçue, mes compagnons se tendent, et Matt grommelle un mot incompréhensible, qui pourrait tout aussi bien être interprété comme un accord ou le contraire. John se permet d'intervenir pour arrondir les angles de la discussion :

– Merci pour votre proposition, Votre Altesse.

– John Bantal, n'est-ce pas ?

– Euh oui, répond-il étonné.

– Votre rôle dans la création du Grand-Duché n'est pas anodin, souligne l'Empereur.

– Oh vous savez, Votre Altesse, je laisse la politique au Général et au Duc. Je ne suis qu'un soldat sans importance.

– Et pourtant vous voilà.

À son tour, John ne trouve rien à rétorquer à l'impérial souverain qui a fait de la répartie un art de vivre. Je le surveille du coin de l'œil, il me fixe, de ses pupilles qui paraissent grises sous les LED blanches du plafonnier de l'ascenseur qui continue de descendre.

– Et donc, Léa Beck, en quête de son amour perdu depuis sa sortie de cryo.

– Votre Altesse…

Je fuis son regard inquisiteur et me réfugie sur la contemplation de mes chaussures crottées. Ici aussi le service de ménage aura du travail pour redonner son éclat au sol. Enfin, le décompte des étages s'interrompt sur « -10 ». Keller s'engage le premier. J'envie son courage, le monarque est seul en compagnie de neuf personnes d'une puissance étrangère avec laquelle son pays est loin d'entretenir des relations cordiales.

Si l'un de nous essaie de l'assassiner, il sera mort avant qu'un de ses soldats n'ait l'occasion d'intervenir. Certes, nous ne repartirons pas en vie à en juger par la sécurité du complexe, mais est-ce que cela freinerait quelqu'un de décidé ?

John suit un raisonnement similaire à la façon dont il guette Matt, comme s'il s'attendait à ce que le Général saute à la gorge de l'Empereur à tout instant. Les deux dirigeants de ces nations rivales sont si proches quand ils s'engagent dans le couloir que je ne vois pas comment il espère avoir l'opportunité de s'interposer.

Nous ne le découvrons pas. Quelles que soient ses intentions, Matt ne réussit pas à garder le rythme, il étouffe une toux rauque qui l'oblige à s'arrêter un instant, tandis que son ennemi continue avec la même démarche assurée.

Keller presse sur le bouton d'ouverture de chacune des portes, à droite et à gauche, dévoilant le confort moderne qui nous a cruellement manqué sur la route : des chambres, au lits douillets, des douches chaudes, des WC fermés, et au fond une cuisine meublée dans un ensemble contemporain et lumineux où le vert et l'argent sont les teintes dominantes.

— Bienvenue dans notre centre de commandement, explique l'Empereur quand il arrive dans le salon du fond. Vous êtes dans le niveau dédié aux invités et, comme vous êtes les seuls, profitez. Il y a assez de place pour cinquante personnes. Général, que diriez-vous de remettre nos discussions à demain ?

Matt approuve d'un hochement de tête. Il s'est appuyé contre une table, afin de délester le poids de sa jambe gauche douloureuse sur celle de droite.

— L'ascenseur vous ramènera au rez-de-chaussée si vous désirez sortir, continue l'Empereur. En revanche, n'essayez pas de contourner les sécurités pour accéder aux autres étages.

— Entendu, répond Matt avec un léger sourire.

— Une nouvelle fois, bienvenue. Je vous laisse vous installer.

Nous restons plantés au milieu du couloir à observer notre hôte opérer un demi-tour.

— Il ne pouvait pas envoyer l'un de ses hommes, marmonne John.

— Il voulait nous jauger, explique le Général.

— Au péril de sa vie ?

— Ne faisons-nous pas de même en venant ici ?

John hausse les épaules et commence à fouiller les placards. Moi, je rejoins Meg qui est étrangement silencieux depuis notre arrivée.

— Ça va ?

— J'sais pas. J'aime pas l'endroit !

— Pourquoi ?

— J'me sens épié !

— Le cadet a raison, confirme Erin.

Notre snipeuse montre une caméra dans l'angle de la pièce, au-dessus d'un piano à queue. Je tourne sur moi-même : l'immense table, les canapés de cuir, la grande télévision, le bar que John s'emploie à inventorier, le billard... Un de ces mouchards se trouve juste derrière une statue magistrale arborant le drapeau du HRR.

— Limitez les discussions, ordonne Matt.

Il s'assoit sur l'un des tabourets, et tient entre deux doigts le verre que John remplit d'un liquide ambré. Erin et Michael se joignent à eux. Pour ma part, je m'associe au groupe des fatigués qui décident de chercher un endroit où se reposer.

Il y a des dortoirs pour dix personnes, et plusieurs chambres doubles, ainsi que deux individuelles. À l'unanimité, j'en prends une, la seconde est réservée pour le Général, et le reste réparti suivant les affinités. Évidemment, Meg et Nat s'installent ensemble...

7 mars 2054

J'étais si épuisée que j'ai roupillé seize heures sans émerger, ne serait-ce que pour aller aux toilettes. Les autres m'ont laissée tranquille, j'apprécie vraiment, car je me réveille pleine d'énergie après une bonne douche. Nat me prête des affaires de rechange, ce qui m'évite de me promener en peignoir.

Cela pourrait être gênant. En plus de Meg et de sa copine, Erin et Yuan sont avachis sur un canapé devant un film sentimental pré *Big Hot* qui se passe sur un grand paquebot. Après avoir jeté l'ensemble de mes habits qui puent la mort dans une machine à laver, une si belle invention de l'être humain, je rejoins Meg dans la cuisine. Il sort quelque chose du réfrigérateur qu'il met au micro-ondes. Je distingue une grosse tasse rouge quand la lumière s'allume à l'intérieur.

— Tu m'attendais ?

— Bien sûr ! répond Meg avec un franc sourire. Nat t'a dégotté du chocolat !

— Chouette !

— Y sont super équipés ! m'explique-t-il. J'ai jamais vu autant d'trucs et d'bidules !

— Cela ressemble à ma maison, remarqué-je nostalgique.

Nous avions le même style de meubles avec des poignées de métal brossé et un plan de travail en marbre, mais le nôtre était noir, et non blanc comme ici. Je m'installe à la table, où Meg s'emploie à empiler des tonnes de paquets de gâteaux.

— Est-ce que nous ne sommes pas censés économiser la nourriture avant la canicule ?

— C'est fou, j'te disais ! Matt pense qu'ils cherchent à nous impressionner.

— C'est possible.

C'est sans scrupule que je lâche mon dévolu sur des madeleines. Après en avoir avalé trois, ou quatre, je demande :

— Donc nous faisons quoi ?

— Rien… Le Général caus' avec l'Empereur, John est parti *check* j'ne sais pas quoi avec Michael et Dan. Nous on attend.

— On peut sortir, non ?

— Pour aller où ?

J'élude la question d'un geste nonchalant, me tenant à ma résolution de ne pas aborder Nicolò en sa présence. Absorbée dans la mastication de mon gâteau, j'écoute Meg s'enthousiasmer à propos de ce qu'ils ont découvert, à croire que mes compagnons ont passé cette journée à presser sur chaque bouton et à ouvrir chaque porte. Connaissant Nat et sa soif de comprendre le fonctionnement des choses, Erin et sa vigilance innée, ou encore l'éternel étonnement de Meg, je n'imagine que trop les gars assignés à la vidéosurveillance, et comme ils ont dû être blasés de les regarder s'amuser tels des enfants avec une technologie qui, en soi, n'a rien de remarquable.

Mon attention est ravivée à l'évocation de cet ordinateur, sorti d'un bureau comme par magie. Je suspends mon petit-déjeuner, déjà bien repue, même si j'embarque une dernière madeleine, et retourne dans ma chambre. De discrets interrupteurs sur le bord gauche sont incrustés dans la table de bois. Le troisième rétracte le panneau supérieur, et un écran adulé par ma génération apparaît. Aucun mot de passe n'est nécessaire pour accéder à une sorte d'intranet local, avec diverses annonces, un calendrier des exercices prévus, un plan simplifié du complexe, ainsi qu'une carte de la région et des principaux axes de circulation.

De mémoire, j'entre les coordonnées GPS de l'adresse de Nicolò.

– C'est juste à côté ! Il faut y aller !

– Euh…

Meg m'a suivie, sans doute encore assigné à ma sécurité. Il m'observe avec une moue embarrassée, appuyé contre le chambranle dans l'embrasure de la porte.

– Il est à peine onze heures si cette horloge ne déconne pas. Nous y serons en deux heures, trois si on se perd un peu. Nous ne restons qu'une heure ou deux, maximum. Nous serons de retour avant la nuit tombée.

– Oué, mais si Matt a pas fait l'détour, y a une raison.

– Il voulait rencontrer l'Empereur. Moi, je n'ai toujours pas vu Nicolò.

Malheureusement, mon engouement est stoppé par un problème matériel basique : ma lessive est en cours et, le temps que mes habits sèchent, il sera trop tard pour la promenade. J'accepte donc le compromis proposé par Meg : il m'accompagnera le lendemain, sauf si Matt a l'occasion d'apporter son veto.

Après une heure à trépigner dans ma chambre, et un bref instant où j'envisage de courir toute mouillée vers Nicolò, les rires en provenance du salon m'intriguent. Je les rejoins et découvre que la séance cinéma se continue. Erin essaie de convaincre Yuan de regarder une comédie musicale, lui qui préférerait un nanar d'horreur, pendant que Nat et Meg finissent leur recette improvisée de biscuits apéritifs, entre le pop-corn et les cacahuètes soufflées, qui se laissent bien grignoter.

Les heures filent, nous pleurons devant deux couples qui se déchirent, et frissonnons aux cris des victimes d'un tueur en série. Cette normalité pré *Big Hot* me ramène à l'époque où j'invitais mes copines à la maison et que la cuisinière nous achetait des bonbons piquants en cachette de ma mère qui ne voulait pas me voir en manger, un comble pour une famille dont la richesse provenait des produits chimiques et qui, pourtant, dans la sphère privée, vantait les mérites de la nourriture naturelle.

John, Michael et Dan reviennent au moment où nous sommes occupés à choisir le troisième film. Dans notre dos, ils s'arrogent la fin du bol de *pop-huètes* à l'indignation générale. Comme si le fait qu'ils soient des voleurs ne suffit pas, une odeur de sueur dégueulasse les suit.

– Encore quelques jours et nous ne pourrons plus voyager que de nuit, prévient John.

– Et on sera coincés ici, grommelle Yuan.

– Y a pire comme endroit où passer l'été ! objecte Erin.

– Parle pour toi, rétorque Michael. J'ai une femme.

– Et ? Moi aussi ?

– Elle me pardonnera jamais de se retrouver six mois seule avec le mioche.

– Il paraît que c'est un privilège, les bébés ! s'amuse Dan. Problème de richard.

La remarque anodine sur le contrôle des naissances me catapulte dans la cabane de Matt, auprès du pauvre Olivier. Michael a le même âge que l'infortuné garçon auquel les drones n'avaient offert aucune seconde chance.

— Allez vous doucher crédieu, bougonne Yuan. Vous puez !

— Nous, on n'a pas glandé toute la journée ! souligne Michael.

— Si vous vous grouillez, on vous attend pour le film, propose Nat.

— On pourra vous cuire un truc à grailler, ajoute Meg.

— Ce sont des arguments qui se défendent, note John.

— J'avoue, valident Dan et Michael.

Quand c'est au tour de Matt de rentrer, j'ai préparé un discours en trois parties afin de le convaincre de m'emmener à l'appartement de Nicolò. Je patiente, le temps qu'il rejoigne John au bar, élégant dans son bel uniforme d'officier de l'armée ducale, et qu'un café lui soit servi.

— Demain matin, je veux me rendre à Nouvelle-Vienne, commencé-je.

J'inspire à fond, avant de continuer. Matt ne m'en laisse pas l'occasion :

— Nous irons tous, répond-il.

Derrière lui, John approuve et, après avoir rajouté de l'alcool, il lève sa tasse :

— Puissent ces retrouvailles être à la hauteur de tes espérances !

Michael, Dan, Erin, Nat, Yuan et même Meg participent au toast avec ce qu'ils ont sous la main. Je souris, un peu bêtement : dans douze heures, Nicolò et moi serons réunis, *mio amore* !

Le jour des adieux
Nicolò

10 juin 2029

Addio mia famiglia… Je suis désolé d'avoir tenu à revoir ma famille la veille. Elle n'est pas du voyage. Je devais leur dire adieu. Inutile de s'appesantir sur les détails déprimants. Dans un sens, il y avait aussi une certaine résignation positive devant cette chance qui m'est offerte d'échapper aux conséquences du *Big Hot*.

Je sais que t'étais super stressée. Tu craignais que je t'abandonne ou qu'il m'arrive un truc dehors. Tu aurais voulu m'accompagner, mais ça n'était pas possible. T'as plus l'autorisation de quitter la zone protégée de Versailles. Quand je suis rentré ce matin-là, tu m'as dit que t'avais cru mourir d'angoisse en m'attendant toute la nuit. Rien n'aurait pu m'empêcher de revenir vers toi. Ni l'apocalypse. Ni les fusils. Ni les barbelés.

Tu te souviens ? Notre histoire ne fait que commencer !

J'espère que tu m'auras pardonné en lisant ces lignes dans plusieurs siècles.

C'est dans cet élan de paix que j'ai décidé de cuisiner pour notre dernière soirée. Je le fais souvent pour nous deux, *mio amore*. Mais c'est rare que tes vieux se joignent à nous. Un événement à marquer d'une pierre blanche, pour sûr. J'ai zéro chance de les impressionner.

Ils m'aiment pas. Je suis pas assez bien pour leur princesse. Je t'en ai parlé, ta mère a glissé à ton père :

– Nous avons du personnel qualifié, en quoi est-ce un exploit ?

Il lui a répondu avec son décalage habituel :

– Hum… oui… je ne sais pas…

Vaffanculo !

Au-delà de cette remarque mesquine, tes géniteurs se tiennent pas trop mal. Ta mère s'absente qu'une dizaine de minutes pour gérer un appel et ton père s'efforce de s'intéresser à la vraie vie.

Le seul moment un peu tendu vient de ton fait. Au dessert, quand tu te rebelles, ma douce princesse courageuse. Tu oses revenir sur leur décision de repousser leur mise en cryo. Ta mère relègue vite tes récriminations au niveau du négligeable :

– Ton père a accompli de grandes avancées sur son vaccin. Nous devons terminer les tests cliniques, chérie. Je pensais que tu comprendrais. Ses recherches pourraient sauver des milliards de personnes.

Que répondre à ça, surtout que le désigné paternel se contente de hocher la tête avec gravité ? J'emmêle mes doigts dans les tiens sous la nappe, alors que tu baisses les yeux, les épaules affaissées, vaincue, ton cœur blessé incapable de lutter face à de tels arguments.

Je ne peux m'empêcher de détendre l'atmosphère d'une petite réflexion idiote :

– Un fondant au chocolat pour ma chérie. Ton gâteau préféré qui sera ton premier caca à ton réveil !

Tu rougis à ma remarque ! Objectif réussi ! Ta mère, elle, retient un hoquet de consternation, la main devant la bouche. Ton père… il a cet air absent du gars qui ne participe pas à la discussion.

Enfin, c'était une belle soirée. Notre dernière avant peut-être des siècles ?

Chapitre 14
Retrouvailles
Léa

8 mars 2054

Je n'ai pas beaucoup dormi cette nuit-là. Après avoir tenté de compter les moutons et les battements de mon cœur, j'ai erré dans l'étage désert à espionner les ronflements des autres. Matt veille aussi, de la lumière filtrait sous sa porte. J'allais venir toquer, quand je me suis arrêtée, l'index plié prêt à frapper, à ne pas savoir ce que je pourrais lui dire.

Je suis retournée dans ma chambre pour fouiner dans l'ordinateur, à la recherche d'informations utiles sur l'endroit où Nicolò vit. La seule que je dégotte concerne le 7410 : cela signifie l'immeuble numéro sept, le palier quatre et l'appartement dix. Sur les coups de trois ou quatre heures du matin, le sommeil est enfin arrivé, ce qui ne m'a pas laissé assez de repos, le réveil a sonné à six heures pile. Ce soir, je m'écroulerai. Mais là, tout de suite, je suis capable de déplacer des montagnes pour mes retrouvailles avec l'homme que j'aime.

Keller nous gratifie de sa présence quand nous récupérons nos montures à l'écurie. A priori, il a déjà proposé une escorte supplémentaire à Matt, car il revient sur ce sujet lors des adieux. Le Général refuse d'un grognement, que John enrobe d'une belle phrase. En gros, il lui explique que nous préférons mener ça entre nous si, bien sûr, l'Empereur n'y voit aucun inconvénient. Keller n'insiste pas, il se plaint d'une migraine naissante, et s'excuse avant que nous finissions nos préparatifs.

De nouveau perchée sur Pépère, le passé me hante, et surtout ma rencontre avec Nicolò. Les filles s'étaient moquées de mon amourette pour le commis de cuisine, puis elles avaient commencé à me jalouser et à m'exclure de leurs réunions. Qu'est-ce que j'avais pu pleurer…

Matt nous impose un rythme soutenu malgré le soleil de plomb. La canicule est imminente, voire elle a débuté, et la rupture avec ces deux jours écoulés dans la fraîcheur du bunker impérial me la fait ressentir avec encore plus d'intensité. Les montures souffrent autant que les humains des températures abrutissantes. Même Darling montre moins d'entrain à l'avant de notre groupe, et Pépère traîne le sabot dans la poussière, sans même essayer de chasser les mouches qui envahissent ses yeux. Je me rappelle ce que John m'a dit : « La chaleur tue aussi bien que les balles. »

Il nous faut à peine une heure trente pour atteindre ce col qui nous offre une belle ouverture à travers les sapins aux frondaisons jaunies sur la vallée où s'étend Nouvelle-Vienne, lovée entre deux collines recouvertes d'éoliennes qui tournent à bonne vitesse. Les immeubles de béton s'alignent, des bâtiments neufs sans âme d'une vingtaine d'étages, créés à la va-vite pour accueillir le maximum de personnes possible, dans le minimum d'espace, au milieu d'une végétation massacrée. Matt ordonne l'arrêt en contrebas de la route, au niveau d'un filet d'eau que les hommes, autant que les chevaux, apprécient. Accroupi à côté de moi, les mains dans le courant, il me surprend avec une question à laquelle je n'avais pas réfléchi :

– Comment tu veux procéder ?

Je fronce les sourcils :

— Euh… De quoi ?

D'un signe, Matt invite John à m'expliquer alors qu'il se rafraîchit le visage dans le ruisseau :

— Nicolò habite dans un de ces immeubles, en contrebas. Est-ce que nous allons frapper à la porte de son appartement, la fleur au fusil ? Est-ce que tu désires guetter à distance avant ? Ou peut-être préfères-tu t'y rendre seule ?

— Ah… je ne sais pas.

Je joue avec les cailloux du bout du pied, songeuse. Je me suis imaginé ces retrouvailles des centaines de fois, et je n'ai jamais pensé à autre chose qu'à mon cher Nicolò qui m'ouvrirait les bras, en toute simplicité. Quoique… si. Je réalise que toujours Matt est là, tel le père que j'ai perdu. Mon protecteur.

— C'est toi qui décides, petite, répond John. Mais décide vite. Nous décollons à 15 h à une dizaine de kilomètres d'ici.

— Hein ?

Matt évite mon regard, et se relève. Il me tourne le dos quand il m'avoue :

— Keller sera mort dans moins de douze heures, ainsi qu'une bonne partie de son gouvernement.

Je manque de tomber les fesses par terre, et me rattrape in extremis, une main sur une pierre.

— Comment ?

Ma question ressemble à un croassement, incapable d'articuler à cause de la boule qui se forme dans ma gorge. Est-ce que cela va m'empêcher de voir Nicolò ? Nous sommes maintenant des meurtriers en plein terrain ennemi. Nos compagnons nous observent, silencieux et immobiles. Je cherche le support de Meg, qui contemple le sol craquelé, je n'ai pas besoin de lui demander s'il savait, son attitude parle pour lui. John a le courage de me donner les détails, le visage fermé, les poings posés fermement sur ses cuisses.

— Poison, explique-t-il. Une occasion s'est présentée hier, nous ne pouvions que la saisir.

– Vous avez sacrifié les négociations de paix, nous venions d'arriver !

– Chaque jour passé lui laissait l'initiative de faire de même, rétorque Matt.

– Je t'avais supplié de tenter une alternative pacifique !

– C'est l'inaction qui nous a mis dans cette situation, précise John. Keller a rassemblé les populations de régions indépendantes. Avec leurs forces combinées, dans moins d'un an, le HRR nous envahit et, au mieux, il annexe le Grand-Duché, qui deviendra à son tour un protectorat parmi d'autres. Ses opposants sont prêts à plus de… modération. Ils sont lassés de son pouvoir centralisé, ils acceptent de ne conserver qu'un gouvernement local, et de rester à l'est du Rhin, si cela leur permet de retrouver leur souveraineté… et leurs couronnes.

– Il est trop tard pour Keller, résume Matt. Le coup d'État est en cours. Notre sauf-conduit expire ce soir. Nicolò peut venir avec nous s'il le souhaite.

– C'est n'importe quoi ! J'y vais seule, laissez-moi avec vos manigances !

J'attrape mon sac et pars à grands pas rapides à travers un bois pelé, sans Pépère qui ne passerait pas inaperçu au milieu de cette jungle de béton. Arrivée à la lisière, je m'appuie à l'un des arbres dont l'écorce desséchée se détache sous mes doigts. La ville est déserte, les habitants se terrent dans leurs cages climatisées pour fuir la chaleur abrutissante de la journée. Cela signifie que personne ne m'a encore remarquée, et que toutes les options sont possibles.

Et s'il me repoussait ? Ou pire, si Nicolò ne me reconnaissait pas ?

Les questions tourbillonnent dans ma tête alors que je longe la barre d'immeubles. De ce côté, ce sont les numéros pairs, jusqu'au dix, qui se terminent au niveau d'un bâtiment transversal entouré d'une clôture qui ferme le lotissement, et rejoint les impairs, en face.

J'hésite face au huit. Je pourrais suivre la façade, traverser la rue, et atteindre le sept. Mais, même s'il est proche, cela m'obligerait à m'exposer à la vue de centaines de fenêtres, dont celles du quatrième étage, derrière lesquelles Nicolò pourrait se trouver à cet instant. La prudence me semble de mise, je continue jusqu'au bout, pour vérifier si je peux profiter du mur extérieur et calculer s'il m'est possible de progresser à couvert à partir de là. Quand j'arrive à l'angle, je remarque que Matt me surveille à bonne distance. Je me sens mieux de savoir que mon protecteur n'est pas loin malgré ce qu'il vient d'infliger à l'Empereur et la potentielle guerre qu'il a déclenchée.

Je me hisse sur la pointe des pieds pour espionner dans la cour. Je me rabaisse immédiatement : il s'agit d'une caserne et des soldats tout de vert vêtus somnolent à l'abri d'un auvent. Je me retourne en direction de Matt, et lui indique de me rejoindre. Il hoche de la tête, et hâte le pas, autant que sa jambe gauche le lui permette en tout cas. Quand il s'approche, le soleil éclatant de cette chaude journée met en lumière les ravages de la maladie que le confort du bunker m'avait presque fait oublier. Son état de santé m'inquiète, sa silhouette est amaigrie et son aura s'éteint peu à peu.

— Je ne voulais pas m'imposer, me chuchote-t-il une fois à mon niveau.

Il est essoufflé et des gouttes de sueur perlent sur son front, qu'il essuie du revers de la main. Je hausse les épaules, et adopte sa manière d'éluder les choses.

— C'est quoi la prochaine étape ?

— Observer, décide-t-il.

Cela s'agite du côté de la caserne, où la sieste est terminée. Des ordres sont hurlés en allemand, que je ne comprends qu'à moitié. À voix basse, Matt effectue la traduction :

— Groupe un, route nord. Deux, ouest. Trois sud et quatre est. Rappelez-vous, les directives de l'Empereur sont claires : capturer le Général et la fille. Comment Keller…

Dans les yeux de Matt, j'imagine des plans de bataille se former alors qu'il cherche la meilleure solution à notre problème.

– Il faut avertir les autres, proposé-je.

– Trop tard, rétorque-t-il. Ils se débrouilleront. Je t'ai promis que nous verrons Nicolò, je tiendrai parole. Suis-moi.

Il esquisse une grimace quand il se penche en deux, et nous emmène au pas de course dans l'ombre des tours. Nous n'avons que le temps de nous jeter derrière une rambarde quand arrive une patrouille.

Une fois la menace passée, nous nous faufilons par la porte arrière du numéro sept qui mène aux caves de l'immeuble et à l'escalier de secours. Au bout de deux étages, une pause est nécessaire pour permettre à Matt de reprendre son souffle. Sa toux rauque résonne dans la cage déserte et il tente de l'étouffer dans un grand mouchoir sombre, comme je l'ai surpris tant de fois. Nous sommes aujourd'hui trop proches pour qu'il me cache les éclats de sang qui maculent le tissu.

– Depuis combien de temps ?

– Les médecins nancéiens ne pensaient pas que je parviendrais jusqu'à Keller.

– Tu n'aurais pas dû... avec du repos, peut-être.

– Avec des si. L'Empereur affirmait que ses chirurgiens pourraient me soigner… Pour trahir mes idéaux ? La seule chose que j'ai accomplie de bien dans ma vie, c'est de fonder le Grand-Duché. Cela ne me dérange pas de partir afin que notre rêve perdure après moi. Je n'ai qu'un regret, celui de t'avoir embarquée là-dedans, Léa.

– Je ne t'en veux pas, tu m'auras offert la chance de rejoindre Nicolò.

Je n'aime pas le ton qu'il prend, qui ressemble trop à des adieux, surtout que Matt n'a pas l'habitude de se lancer dans de si longs discours. Il boit une grande rasade à sa gourde, et je l'imite dans la mienne.

— Allons-y, ordonne-t-il.

Le bip caractéristique d'un ascenseur nous stoppe net au moment où nous arrivons au quatrième étage. Matt entrouvre la porte de l'escalier, avec juste assez d'espace pour épier les deux soldats qui sonnent au numéro dix. Après une quinzaine de secondes d'attente, un homme apparaît, et mon cœur manque un battement : Nicolò !

Je me surprends à serrer les poings alors que je découvre l'adulte qu'il est devenu. Âgé d'une quarantaine d'années, il n'a conservé de son adolescence que ses bonnes joues. Il s'est empâté, avec ce même petit bedon et ce début de calvitie qu'avait son père. D'ailleurs, c'est à cet instant que je réalise que Nicolò n'était jamais vieux dans mes projections idéalisées, bloqué comme moi dans une éternelle jeunesse.

Pourtant, il reste celui que mon cœur n'a jamais cessé d'aimer, mes doutes, si j'en avais, disparaissent à sa vue. Sa présence suffit à justifier toutes les épreuves du voyage, je ne regrette rien, la chaleur écrasante, les semaines en selle, mes convictions ébranlées, car ces privations et les galères m'ont ramenée vers lui, juste une version un peu plus mûre.

Nicolò s'adresse avec un mécontentement évident à ses invités inopinés :

— Qu'est-ce qu'il se passe ?

Sa voix a mué, devenue grave, il parle allemand avec un accent mi-italien, mi-français qui n'aide pas à le comprendre.

— Des espions du Grand-Duché ont attenté à la vie de l'Empereur, lui explique-t-on.

— Les fils de chien ! s'agace Nicolò.

— Ils seraient accompagnés par la gamine qui se dit être ton ex. Ce serait mieux que tu viennes à la caserne.

Matt baisse les yeux quand il me murmure la traduction du « seraient ». Mes ongles rentrent dans mes paumes pour m'aider à garder mon calme, l'ambassadeur est un menteur invétéré sans une once de respect, je leur ai fourni les preuves de mon identité et il a masqué la vérité au principal intéressé !

– Je m'habille et je vous rejoins, dit Nicolò en tournant les talons.

Les soldats approuvent et repartent d'où ils sont arrivés, emportés par l'ascenseur resté à cet étage. Une fois la menace écartée, Matt me montre du doigt la porte qui est entrouverte.

– C'est ta chance de lui parler seule à seul.

Dans mes rêves, je ne m'étais jamais imaginé que cela aurait pu se dérouler ainsi, sur le palier impersonnel d'un immeuble de béton. Je me glisse dans l'entrée minuscule d'un appartement étriqué, et je n'ai pas fait deux pas qu'il me voit, moi vêtue de l'uniforme de l'armée ducale rouge sombre, et lui dans celui vert kaki du HRR dont il termine de boutonner la chemise. Il passe la main sur ses yeux, comme pour chasser un mirage.

– Léa ?

– C'est moi, Nicolò.

– Tu… tu n'as pas changé, remarque-t-il avec tristesse.

Ses gestes complètent la phrase, comme s'il ajoutait « contrairement à moi ». Je ne sais pas quoi lui répondre. J'ai la détestable impression de parler à son père. Je me rattache à ce sourire, le même qui m'avait charmée quand il m'avait demandé si mon repas s'était bien déroulé, la première fois que je l'avais repéré au restaurant et qu'il m'avait susurré *signorina*. C'est Nicolò, aucun doute.

– Je t'ai enfin retrouvé…

Je cours me réfugier contre son torse, il hésite quelques secondes, avant de refermer ses bras autour de moi. Mon cœur se rafistole à chacune de nos inspirations mêlées, sa douce chaleur apaise mon âme, alors que mon corps se love contre le sien, revenu à la place qui est la mienne.

Mais ma bulle de bonheur ne perdure pas, une fillette d'une dizaine d'années apparaît derrière mon petit-ami, avec un doudou lapin qu'elle traîne par les oreilles. Nicolò me lâche et s'agenouille à son niveau.

— Papa ? C'est qui la dame ?

Elle me fixe par-dessus l'épaule de son père, avec un air de jalousie évident.

— Juste une vieille amie de passage. Je dois m'absenter quelques heures. Si t'as besoin de quelque chose, réveille maman, d'accord ?

Amie ? Maman ? Ces mots me choquent et viennent rouvrir les veines de mes incertitudes, doucher l'espérance que je mettais dans nos retrouvailles.

— Ça va, Papa ? Tu pleures.

— Tout va bien, Cléa. Je t'assure. Retourne au dodo, maintenant, s'il te plaît.

L'enfant que je rêvais d'avoir avec mon petit-ami est déjà née et porte le prénom choisi par nos soins, le jour du sauvetage de notre hérisson de compagnie. Après un bisou sur le front, la petite accepte de partir se recoucher.

Nicolò se relève. Nous restons face à face, à moins d'un mètre de distance, et ce silence m'achève, chaque seconde me torture. Surtout que son beau visage est difficile à décrypter, des émotions contradictoires défilent dans ses pupilles brunes, presque noires en cet instant, ses mâchoires se crispent à intervalles réguliers. Il souffle, brosse ses cheveux courts, contracte ses épaules, et une larme commence à couler sur sa joue.

— *Mio amore*, murmure-t-il. Non… je ne peux pas. Je ne dois pas.

Il observe le couloir par où sa fille est arrivée, reporte son attention sur moi, avant de fixer un point au-delà, vers l'extérieur de l'appartement. Une froide résolution s'insinue peu à peu en lui, et c'est sans aucune tendresse qu'il m'entraîne vers l'ascenseur, la main serrée autour de mon avant-bras, dans un geste si différent de l'étreinte que j'espérais partager avec lui. Je ne me défends pas, trop sonnée.

— Pourquoi es-tu là, Léa ? gronde-t-il. Qu'attends-tu de moi ?

Je ne comprends pas sa question. Est-ce que ce n'est pas évident ?

– Je t'aime, Nicolò.

Les mâchoires contractées, il me considère avec un mélange de haine et de dévotion, la tempête redouble de violence sous son crâne, et le bouton de fermeture des portes qu'il spamme de son index subit ses émotions.

– *Mio amore*, tu n'as vraiment pas changé. Tu aurais dû continuer à dormir. Tu n'es pas à ta place dans ce monde.

– Je n'ai pas choisi de m'éveiller.

– Je m'en doute ! Ils ne t'ont pas fait de mal au moins ? Ils t'ont forcée ?

Il retient ses mains à mi-chemin de mes joues, avant de les laisser retomber le long de son flanc, et de tenter de m'ignorer.

– Bien sûr que non ! Toi et moi, pour la vie. Tu te rappelles ? Notre histoire ne fait que commencer !

Je me plante devant lui, afin de l'empêcher de me fuir, pour qu'il arrête de fixer l'indicateur des étages, qui pour l'instant bloque sur le zéro. Nicolò inspire à fond, et murmure d'une voix maigrelette :

– *La mia famiglia*, Léa.

– Et nous ? Pourquoi, Nicolò ? Pourquoi tu m'as abandonnée ?

– T'étais si sereine dans ton cercueil, et la guerre m'avait déjà bousillé. Je suis désolé, je m'en suis tellement voulu, il ne se passe pas une journée sans que je ne regrette mon choix, j'aurais dû te réveiller, mais je me suis enfui, loin des manigances du Grand-Duché et j'ai essayé de me reconstruire.

– Tu crois que ton Empereur peut accomplir mieux ?

– Je présume qu'on n'aura jamais moyen de le savoir. T'es liée à l'assassinat de Keller ?

Cette fois, c'est à mon tour de fuir son regard. Matt vient de me l'avouer mais je n'ignorais pas, dès notre départ de Nancy, que je servais de prétexte même si j'avais espoir que la voie de la diplomatie l'emporterait. Ma part de responsabilité transparaît dans mon silence et une nouvelle détermination fige les traits de celui que j'aime, mêlée à une terreur évidente.

– Tu n'es qu'un souvenir, ma douce Léa, dit-il autant pour moi que pour lui s'en convaincre.

– Un souvenir qui se tient devant toi, en chair et en os ! crié-je.

Comme pour mieux appuyer mes dires, je le frappe des deux poings sur le torse, avec juste assez de force pour qu'il ne puisse pas nier ma présence. Il m'attrape par les poignets, les plaque de part et d'autre de ma tête, et m'embrasse avec une fougue qui me surprend. Je lui rends son baiser, ma langue à la recherche de la sienne, même si une parcelle de moi ne réussit pas à s'abandonner à son étreinte car il a changé, son odeur, son toucher, ses gestes. Il est celui qui se retire en premier, au bip annonciateur de l'arrivée de l'ascenseur.

– Je suis désolé, pour ce que j'ai fait, et ce que je m'apprête à faire. Au moins, même si ton pardon m'est exclu, tu liras mes explications.

Il extrait de l'intérieur de sa veste militaire un papier grisâtre plié en quatre, qu'il glisse dans la pochette frontale de mon uniforme, avant d'enchaîner, la voix chevrotante :

– Je dois les protéger. Excuse-moi… une nouvelle fois.

Son visage se durcit, il se redresse, essuie les larmes de ses joues, et me fixe avec une telle froideur que je recule, jusqu'à buter contre le miroir, au fond de la cage de l'ascenseur. À mon grand effroi, je le vois sortir un six coups et me viser.

– Non, Nicolò, s'il te plaît.

– Et tu sais c'est quoi le pire ? crache-t-il. Demain, c'est mon anniversaire… Quel cadeau, *mio amore* !

Même si ce soldat porte les traits vieillis de mon ancien amour, mon gentil Nicolò qui me contait sérénade sur les bancs devant le lycée vient de disparaître, et j'ai très peur.

Il entre avec moi et, sans un mot, nous descendons au rez-de-chaussée. Je suis tétanisée, des taches noires me voilent la vision, le souffle me manque, et mon pistolet, à l'abri dans son holster à ma hanche, me paraît aussi inatteignable que le cœur soudain verrouillé de celui qui me menace.

Arrivée dans le hall de l'immeuble, je recule de quelques pas vers l'extérieur, quand une voix derrière moi me pousse à me retourner.

– Si tu ne baisses pas ton arme, tu es mort.

Matt assène cette vérité avec un détachement tel que j'en ai des frissons dans le dos, bien qu'il soit dans mon camp. Malgré son assurance, je maîtrise assez les angles de tir pour savoir que je suis mal placée, aucun des deux ne peut faire feu sans risquer de me blesser. Je dois choisir.

– Léa, ordonne Nicolò. Rends-toi. Je te promets de plaider ta cause.

– Reste ou suis-moi, renchérit Matt. Mais décide-toi.

Les idées se bousculent dans ma tête. Nicolò, cet homme que j'aime, de tout mon cœur, de toute mon âme, a fondé une autre famille, dans laquelle je n'ai aucune place. Et en quelques mois, l'étranger est devenu plus proche que n'importe qui l'a été de moi, y compris mes parents, éternels absents qui ont réussi à se tuer au travail, au sens propre du terme. Le visage de la petite Cléa revient me hanter, celui de Meg se superpose. Meg que j'ai repoussé, encore et encore, alors que lui était présent, et que je courais après une chimère.

J'écoute mon cœur, et je m'avance vers celui qui habite mes rêves depuis que je suis sortie de cryo.

– Nicolò, je t'aime…

Sur ces mots qui le surprennent, je le désarme, comme John m'a appris, d'un coup sec sur la main. Matt a réagi à la seconde où j'ai pris ma décision, il attrape Nicolò par le cou, et le serre entre ses bras.

– … mais je dois à mon tour passer à autre chose.

Une larme coule sur le visage de celui que j'ai trahi, au moment où il perd connaissance, une incompréhension dans les yeux, peut-être aussi du soulagement, il pourra prouver l'agression en alibi, sa famille est sauve. Matt le couche avec délicatesse dans un espace sous l'escalier réservé au stockage des vélos.

— Il s'en sortira, me confirme-t-il.

— Je sais.

Il acquiesce, touché par ma confiance. L'arme de Nicolò traîne au sol, je la récupère, pas réellement le genre de souvenir que je pensais rapporter, mais néanmoins un objet bien utile dans la situation actuelle que je glisse dans ma ceinture.

Trop intriguée pour en repousser la lecture, et malgré les risques, je déplie le papier que Nicolò m'a donné, et découvre des mots tremblants griffonnés sur une feuille jaunie et presque transparente.

— Nous devons y aller, grogne Matt.

Je referme la confession de Nicolò, le titre, « Le jour de ma mort », et quelques phrases m'ont suffi pour comprendre son contenu. Tout en courant vers la rue, je la range à la fin du journal, un treizième jour, chiffre de mauvais augure, associé au mal dans de nombreuses cultures, symbole de la bête et de la dysharmonie. Je refoule les larmes qui reviennent, incapable de retenir un regard en direction de là où gît, inconscient, mon ex petit-ami. Nous sommes deux amants maudits, contre lesquels le sort s'est acharné, et je dois m'arracher à lui, une nouvelle fois pour survivre, exactement comme lui l'a fait à l'époque.

Des tirs retentissent au loin, je sursaute, et agrippe la main de Matt qu'il a posée sur mon épaule. Je me tourne vers lui, à la recherche d'un soutien, et en attente de ses directives. Il m'offre les deux, quand il me demande, avec calme et détermination :

— C'est parti ?

Je resserre les bretelles de mon sac, il ne faudrait pas que je le perde avec son précieux contenu, et déglutis, avant de répondre d'un ton qui, je l'espère, cache assez mes appréhensions.

— Rentrons chez nous.

Lettre
Le jour de ma mort
Nicolò

2 décembre 2032

Le Grand-Duché vient de déclarer la disparition du soldat Nicolò Cavatini lors d'une opération héroïque sur le front occitan.

Planqué dans une caisse de munitions vide, j'écris cette page à la lueur de mon briquet, avec un vieux crayon de papier élimé. Le besoin de me justifier m'empêche de fonctionner, *mio amore*. Je pense qu'à ça !

Cazzo ! J'aurais dû le faire à l'occasion de ma visite au centre Fuselière, hier. Mon pauvre message sur ton UCC ne suffit pas. Tu mérites de vraies explications.

Mais c'est trop tard, jamais je ne te reverrai, et je n'ai aucun moyen d'envoyer un truc vers Nancy. Je garderai toujours ces mots dans la poche de ma veste, au cas où je te retrouve. Ce sera ma pénitence, pour m'obliger à me rappeler que je suis qu'une merde qui trahit ses promesses.

J'ai été sorti de mon cercueil le 7 octobre 2032. Un jeudi… Conditionné, armé et habillé, un ordre du Général, me voilà à brandir mon flingue et foncer sous les balles des ennemis. Pourtant, je hais leur guerre. Je ne crois en rien, pas mieux que les pauvres troufions d'en face que je trucide sans comprendre les idéaux qui m'animent.

J'ai eu la « chance » d'être blessé, quand tout mon groupe de combat a été décimé. Retour à Nancy pour un gros mois de convalescence. Dans mon lit d'hôpital, j'ai retrouvé un libre arbitre, les médocs ont pris le relais pour m'éviter de m'écrouler face aux horreurs commises. T'as vu des photos des grands reporters. La même saloperie, avec l'odeur et le toucher. Les soldats ont reçu l'autorisation de réveiller leurs conjoints, j'ai refusé, tu méritais la paix.

À peine guéri, voilà que je suis renvoyé au front. Départ en avion, largage express, opération d'envergure. Non ! Hors de question !!

Je vais mourir, soit sous les balles, soit en devenant taré !

Une infirmière m'a rancardé. Je crois qu'elle craque pour moi… J'en ai profité. La résistance propose de me trimbaler sous les radars dans des tunnels cachés des Alpes. Dès que possible, ils me promettent une exfiltration vers le nord. Il paraît que des communautés de planqués existent vers Vienne. Peut-être que je pourrais trouver une baraque tranquille ? J'ai toujours rêvé d'avoir un joli chalet perdu dans la forêt, avec des poulets dans mon jardin.

Tout s'est décidé trop vite. Ma remobilisation. L'opportunité de me casser. Seules quelques minutes pour te dire au revoir ou je restais là, à crever la gueule ouverte. Ce soir, dans ma caisse, je le regrette. Je voudrais tant te serrer dans mes bras, *mio amore*…

Tu me manques, ma douce Léa, t'imagines pas. Quand je pense qu'on a été séparés à cause de deux petits jours, la différence entre avoir seize ans, ou pas. Ensuite, je bénis ce hasard du calendrier qui t'a exemptée du cauchemar des tranchées.

J'ai pris un choix égoïste, car l'idée de retourner mener cette guerre qui me concerne pas me terrifie. La mort m'attend là-bas. J'ai vu trop de mes potes avec la cervelle explosée pour espérer une meilleure fin. Notre histoire était condamnée : soit je crevais au front, soit je désertais. J'ai décidé de vivre, même si ça signifie d'être seul, et de trahir toutes mes promesses.

Je t'aime, Léa. Je t'ai aimée plus que moi pendant des années. Une part de mon cœur te restera acquise bien que, une unique fois, j'ai pensé à moi en premier. Si ces mots te trouvent, tu sauras me pardonner ?

Je crois qu'en fait, oui, Nicolò Cavatini est mort aujourd'hui, le 2 décembre 2032.

Chapitre 15
Exfiltration
Léa

8 mars 2054

Les deux premiers soldats du HRR à tomber sont ceux qui sont venus chez Nicolò. Ils ont entendu les échanges de tirs, et se hâtent dans la même direction que nous, sans se douter que le loup est déjà dans la bergerie. Matt effectue un doublé, un pistolet dans chaque main, une performance digne d'un film d'action.

— Cela n'aurait pas dû se passer comme ça, noté-je avec tristesse devant les hommes qui se tordent de douleur.

Il grogne son accord, le voile dans ses yeux vaut tous les longs discours. À regret, nous les abandonnons, contre ma conscience qui m'ordonne de les aider. Peut-être pourraient-ils s'en sortir ? Mais le danger est partout, des habitants hagards apparaissent aux fenêtres. Les plus téméraires ne vont pas tarder à comprendre et à s'armer, et je pourrais être la prochaine à agoniser au sol. Il ne fait pas bon traîner dans des rues où chaque porte peut cacher un ennemi.

De retour dans le bois, nous prenons les soldats du HRR sur le flanc. Ils sont une vingtaine, bien équipés et trop nombreux, notre commando qui s'est réfugié derrière de gros rochers est sur le point de céder. Matt ouvre le feu, froid et précis. Ses remords n'amènent pas sa main à trembler, pas plus que l'effort physique qu'il vient à peine de fournir. Combien de batailles Matt a-t-il pu mener pour réussir à une telle vitesse à s'affranchir de ses problèmes et à agir ?

Malgré ma motivation initiale, je sens ma belle assurance s'étioler. Mon premier tir manque sa cible de plusieurs mètres et ma balle s'encastre dans un arbre malchanceux. Je ne peux pas m'empêcher de voir le visage de Nicolò au-dessus des uniformes kaki de ceux qui se sont retournés, avec ce regard d'incompréhension qu'il avait au moment de perdre connaissance.

Ils ripostent, et chaque impact de l'autre côté du bloc de climatisation derrière lequel je me suis cachée me tétanise. La frontière entre la vie et la mort est si ténue que l'air commence à se raréfier dans mes poumons...

Je suis au bord de l'évanouissement quand j'aperçois Meg, qui essaie de sortir de son abri pour venir en aide à une forme tombée à terre, sans doute Nat, pour qu'il ose risquer autant. Sa tentative a été remarquée, car il est la cible d'un tireur qui ne le rate que d'un cheveu. Mes responsabilités me redonnent l'énergie qui me manquait. Assister à la mort de mes amis, ou intervenir et les protéger, voilà le seul choix qu'il me reste. Une décision irréversible, je ne pourrai plus reculer après ce geste, mais ma loyauté est claire, encore confirmée quelques minutes auparavant, en acceptant d'abandonner Nicolò, même si mon cœur prendra des années à guérir de ce sacrifice.

Je me décale pour améliorer mon angle, sans trop me découvrir. Mon entraînement me revient : la respiration, la mire, et la queue de détente sous l'index. Je ne regarde pas l'homme que ma balle touche, Meg a le champ libre, c'est tout ce qui compte, moi je me blottis au sol avec le vain espoir d'anesthésier la culpabilité. Erin ne pourra pas libérer ma conscience, comme elle l'avait fait durant ma première bataille, dans la cabane, quand j'avais blessé un des attaquants qui menaçait Matt. Je suis une tueuse. Je crois que je pourrai vivre avec ça... Mon acte terrible a atteint son objectif : Meg réussit à tirer Nat en sécurité. Oui, si c'est pour sauver ceux que je considère comme appartenant à ma famille, je pense pouvoir l'accepter...

Pris entre deux feux, nos ennemis du HRR effectuent une retraite stratégique qui nous offre un instant de répit dans cette folie. Nat profite des bons soins de John, agenouillé à son côté. Je ne peux rater le coup d'œil que Meg jette derrière moi, comme si quelqu'un devrait me suivre. Je lui évite de devoir poser la question :

– Non, Nicolò ne viendra pas.

Le sourire qu'il me rend est cruel pour celui que j'ai aimé. Il n'a pas l'occasion de partager cette satisfaction qui l'illumine, car Nat manque de l'entraîner quand elle se réveille et s'accroche à lui. John nous rassure : il a stoppé l'hémorragie, la balle est ressortie et la pierre sur laquelle elle est tombée n'a pas touché la tempe. Elle écopera d'un bras dans le plâtre et de belles ecchymoses au visage. En attendant, Erin lui bricole une attelle improvisée avec un tee-shirt et Michael la drogue d'antalgiques.

– Pourquoi l'armée nous tire dessus ? interroge Dan. Nos alliés ne devaient-ils pas prendre le contrôle et nous offrir un sauf-conduit ?

– Aucune idée, répond Matt.

– Les plans ne se passent jamais comme ils sont écrits, critique Yuan.

– Ça, c'est bien vrai ! s'amuse John. Matt, tu te rappelles à Lyon ?

L'interpellé n'a pas l'air enclin à la nostalgie. Il lève les yeux au ciel et ordonne la retraite. À peine en selle, il lance Darling au galop. Meg et moi nous retrouvons au centre du groupe, à soutenir entre nous Nat qui tangue sur sa monture. Pour une fois, Pépère semble avoir compris que la situation n'est pas à l'économie, et il réussit à garder le rythme imposé.

Les bruits caractéristiques de moteurs ne tardent pas à nous talonner. Matt n'attend pas de voir combien ils sont, et nous coupons à travers les sapins. Le grondement grossit, présence terrifiante de la suprématie des machines. Profiter du terrain est notre seule chance face à cet Empire capable d'utiliser la technologie pré *Big Hot*. Je repousse un accès de désespoir et me concentre pour éviter les branches basses qui tentent de m'attraper. La tâche est ardue, surtout que je dois retenir Nat. Heureusement que je suis devenue une cavalière correcte après des mois passés en selle. Si la jeune Léa à peine sortie de son cercueil s'était retrouvée embarquée dans une telle cavalcade, elle serait déjà à terre, cueillie par ceux qui nous suivent.

La nature nous avantage, luxuriante en cette fin d'hiver, sans pour autant être infranchissable par nos chevaux grâce à la canicule naissante qui a calmé ses primes ardeurs. Nous accélérons dans une combe arborée, le long d'un ruisseau, sans doute le même où nous nous sommes arrêtés avant que tout ne dérape. Rejoint par un affluent, il termine en cascade qui nous éclabousse de ses embruns et nous rafraîchit, juste assez pour que le contraste avec la chaleur accablante nous saisisse.

L'orage gronde, un éclair illumine le ciel encore bleu où des nuages s'agglutinent en masses noirâtres, et le tonnerre se répercute dans la vallée. Quelques chevaux renâclent, surpris. Les gouttes ne tardent pas à tomber. La pluie est chaude et se mêle à notre sueur. Même si nous distinguons au loin les moteurs, nous ralentissons l'allure pour éviter une jambe brisée. Nos montures soufflent. Matt aussi souffre, il boit dans sa gourde à grandes goulées pour tenter de calmer la toux qui le plie en deux.

Nous continuons au pas, la tête baissée, au milieu de la nature qui disparaît sous les trombes d'eau. Nous ne voyons ni n'entendons rien. Si nos poursuivants sont toujours là, ils pourraient tout autant être devant nous, à nous attendre au prochain carrefour. Qu'importe, nous avançons vers notre lieu d'extraction.

Meg échange quelques mots avec Nat, complice. Entre jalousie ou résignation, mes sentiments s'affrontent sous mon crâne. Je me dois d'être objective, leur couple est adorable. Meg se tourne dans ma direction. Gêne ou tristesse, je lui rends son sourire. À quoi pense-t-il ?

Est-ce que nous serions pareils, Nicolò et moi ? Enfin, je veux dire, s'il ne m'avait pas menacée d'une arme et que j'avais eu l'occasion de lui proposer de nous accompagner. Les « si » ne m'empêchent pas de fantasmer.

Ce sont ces rêves qui m'ont poussée à le retrouver, envers et contre tout. Nicolò galope vers moi, me serre dans ses bras et m'embrasse comme jamais. Ses lèvres sont chaudes sur les miennes, et son odeur m'enivre, celle de cuisine et de pâtisserie qui ne le quittait jamais au collège. Je m'éveille dans sa chaleur. Je suis à ma place. Il me murmure à l'oreille qu'il n'a jamais cessé de m'aimer, je lui réponds que je n'ai chéri que lui. Il me demande pardon pour ne pas m'avoir réveillée, je le couve de ma passion, il comprend que sa trahison est oubliée. Alors, sans même empaqueter d'affaires, il abandonne sa vie, rien qu'une parenthèse m'assure-t-il, et nous partons main dans la main.

Mais le songe se brise, le visage de la fillette s'impose, Cléa pleure et hurle :

— Pourquoi tu me piques mon papa ?

Une femme anonyme rampe vers nous, le cauchemar s'accroche aux chevilles de Nicolò. L'enfant l'encourage : « Allez maman ! ». Nicolò me tend la main, je le retiens du bout des doigts, mais je sens que ce n'est qu'une question de temps avant que je ne le lâche.

Il glisse…

— Léa !

Mon bras ne rencontre que du vide, Nat s'écroule sur le macadam, emmenant avec elle Meg qui tentait de la soutenir.

— Léa, répète Meg. Tu fous quoi ?

Il se relève, maculé de boue, et agacé. Je saute à terre pour aider

Nat à remonter. Michael arrive à notre secours. Il l'attrape et la hisse sur sa selle, tandis qu'il se blottit derrière elle, sur les reins de sa monture. La position est inconfortable pour lui, et surtout cela nous handicape. Impossible de galoper avec cette double charge pour le cheval. Mais le terrain est une telle patinoire glaiseuse que, de toute façon, ce n'est pas d'actualité pour l'instant.

– Ce n'est pas normal, remarque John quelques minutes après.

Même si nous ne voyons pas bien loin, la route sur laquelle notre chemin vient d'aboutir est déserte.

– Je sais, répond Matt dans un souffle. Mais nous devons rejoindre l'aéroport.

L'abri très relatif d'un arbre détrempé devient le lieu d'un rapide conseil de guerre.

– Ils doivent nous attendre quelque part, reprend-il.

– Je pourrais partir en reconnaissance, propose Erin.

Matt contracte les lèvres, il observe chacun de nous, s'arrêtant un peu plus longtemps sur Nat, avant d'approuver d'un signe. Nous laissons donc quelques minutes d'avance à l'éclaireuse et patientons, rincés par l'orage qui continue à déverser sur nous des cuvettes d'eau chaude.

– Au moins pas besoin de douche ce soir, remarque John.

La boutade tombe à plat, le moral est au plus bas, face à cette incertitude qui plane au-dessus de nous. Nous nous remettons en route dans le souffle fumant de nos montures fatiguées. Les hommes aussi subissent le contrecoup de la météo et du stress, les épaules sont baissées, les visages fermés, même Dan est silencieux.

De retour, Erin émerge du rideau de pluie :

– Personne, annonce-t-elle.

– Bordel, gronde Matt. Quelque chose cloche…

– À moins que l'Empereur ait, comme prévu, perdu le contrôle de l'armée, propose John.

– Ça me paraît trop simple que tout se règle maintenant.

— Les plans, soupire Yuan qui se prend une claque de Meg derrière la tête.

Notre layon débouche sur un point de vue abandonné depuis le *Big Hot*, avec son banc moisi, sa table d'orientation fissurée et ce qui devait être un toboggan croulant. La végétation n'a pas réussi à empiéter sur le sol en composé rouge et bleu amortissant qui assurait que les enfants imprudents ne se fassent pas de mal. Les pistes de l'aéroport s'étendent en contrebas, bulles de lumière qui ressortent de la brume grâce aux énormes projecteurs.

— Je ne vois rien d'anormal, remarque Erin. Impossible d'être sûre par contre, la visibilité est mauvaise et il y a trop de hangars.

Équipée de la lunette de son fusil de précision, elle analyse l'espace avec attention. Elle effectue un second passage, et confirme ses conclusions d'un laconique « Quedal ! ». À voix basse, Matt et John s'entretiennent, la pluie garantit la confidentialité de leurs échanges animés. L'un lève les yeux au ciel, l'autre hausse les épaules, le premier reprend et tient son poing crispé que le second ignore.

— Qu'est-ce qu'ils peuvent bien se dire ? demandé-je à Meg.

— J'en sais rien, admet-il. J'suis désolé, pour Nicolò.

— Non, tu ne l'es pas vraiment.

Il ne le nie pas, un sourire triste, le regard fixé sur le dos de Michael, qui nous cache Nat dont on aperçoit l'une des jambes ballantes.

— J'avoue.

— J'espérais que Nicolò serait resté le même. Je… Je ne comprends pas. Il m'a écrit une lettre, un treizième jour, mon esprit voit la logique, dans un certain sens, mais mon cœur s'y refuse. Comment a-t-il pu me laisser dormir quand il a eu l'occasion de me réveiller ? J'aurais pu le concevoir s'il m'avait oubliée, une blessure de guerre ou un choc traumatique qui aurait causé une amnésie. Mais il est juste… passé à autre chose. Et il a nommé sa fille Cléa, c'est le prénom que nous avions choisi pour notre futur enfant…

— Tu l'mérites pas.

— Je ne sais pas ce que je vais devenir maintenant. Enfin, si on survit. J'ai l'impression que je viens de sortir de cryo, tout ce que j'ai accompli depuis n'a été que de le chercher. Et ça n'a servi à rien.

— Tu t'es trouvée, intervient Matt. Meg, un instant s'il te plaît.

Absorbée par ma discussion avec Meg, je n'ai pas remarqué que Matt nous avait rejoints. Le Rouquin approuve et laisse à Darling l'occasion de se ranger à côté de Pépère. Malgré notre différence de taille, je suis presque au même niveau que le Général. Il fait peine à voir, avec ses cheveux trempés rabattus sur le crâne et son teint cireux.

— J'ai été fier d'assister à ton réveil, Léa, reprend-il. Si quelque chose m'arrivait, ramène ton cahier à Vince, explique-lui les chiffres. Même si Keller est hors circuit, le HRR reste dangereux.

— Mais… tu rentres avec nous, n'est-ce pas ?

La panique dans ma voix est palpable, et Matt essaie d'être rassurant quand il ajoute :

— Ça va aller, gamine. Une simple précaution. Vince doit savoir, tu peux te fier à lui, et Renée t'accueillera toujours.

J'acquiesce, seules nos montures m'empêchent de me jeter dans ses bras. Je repense au chemin parcouru depuis la grange des Bugs, quand je l'ai entendu prononcer ces mots « Ça va aller, gamine. » Nous sommes ensemble repartis à cette époque, car il murmure, après plusieurs secondes de silence :

— Je suis désolé de vous avoir réveillés.

Même s'il est à l'origine de mon amour perdu, je n'arrive pas à lui en vouloir. Les circonstances de la sortie de cryo de Nicolò appartiennent au sombre passé du Grand-Duché, ou les alternatives heureuses n'existaient pas et, dans mon cas, je lui en suis reconnaissante. Aussi pourri que soit ce monde, j'ai au moins eu la possibilité de revoir une dernière fois mon petit-ami, et c'est grâce à Matt que j'ai pu obtenir des réponses à mes questions. Sa rencontre compte dans la balance, mon protecteur, le père que je n'ai jamais eu.

Je n'ai pas le temps de le rassurer, car Darling s'élance au trot pour remonter la colonne. Le dos de son cavalier se raidit, les jambes de Matt se crispent. J'ai mal pour lui. Il ne semble tenir en selle que par la force de l'habitude et chaque nouveau pas lui fait endurer un calvaire.

La forêt s'arrête en bas de la pente, au niveau d'une station-service dont la toiture gît au pied de ses piliers tronqués. Matt n'hésite pas, il s'engage à terrain découvert. La tempête nous assaille, elle nous masque aussi. La visibilité est de cinquante mètres au maximum, pour ceux qui ne garderaient pas les yeux clos. Le bras replié pour m'abriter, couchée dans les crins alezans de Pépère, j'accorde pleine confiance à mon cheval pour m'amener à bon port.

À l'entrée principale de l'aéroport, une silhouette équipée d'un k-way vert gonflé par le vent sort d'une guérite et vient presser sur le bouton du portillon électrique pour nous ouvrir. Il hurle sous la pluie. Incapable de braver les éléments, il finit par nous indiquer de grands gestes la direction du hall surmonté de la lettre B.

Nous ne nous attardons pas, le hangar nous attire, comme les moustiques le sont par la lumière. Un avion énorme nous y attend, un modèle militaire aux couleurs camouflage, dont le bout des ailes touche les murs, à se demander comment quelqu'un a réussi à le garer sans arracher un pan de la voilure. Quelques soldats du HRR patrouillent, ils nous dévisagent et détournent le regard, gênés, surtout en notant la présence de Matt, qui ne semble pas faire l'unanimité. Une femme de taille moyenne vient à nous, dans des habits civils aussi communs que peut être sa physionomie, le genre de personne que l'on croise dans la rue et que l'on oublie tant elle n'a rien de spécial.

– Matt, je craignais que quelque chose ne te soit arrivé !

Elle s'approche de l'intéressé qu'elle serre d'un bras avant de se reculer d'un pas pour mieux observer notre compagnie.

– Oh, mais couchez-la ici !

Une trousse de secours apparaît comme par magie, tirée d'un placard, tandis que Michael et Meg allongent Nat sur un plan de travail.

– Ils ont tenté de nous arrêter, puis ils ont abandonné, intervient Matt. Une raison ?

– Les choses sont… confuses, affirme-t-elle alors qu'elle aide à installer la blessée. L'Empereur s'accroche.

– Il vivra ?

– Vu l'état de notre médecine, j'en doute. Mais, pour le moment, il est malade et dangereux. Il a tenu un discours d'illuminé pour dénoncer son empoisonnement qui passe en boucle sur toutes les chaînes de radio et de télévision, et une partie de l'armée lui demeure fidèle.

– On a remarqué, répond-il en fixant Nat. Bon, ne tardons pas. Merci encore, Béatrice, de nous ramener.

– Nous vous l'avions promis. En revanche, il faudra attendre la fin de la tempête, jamais je ne décolle avec ce temps.

– Erin et Dan, surveillez l'extérieur. Les autres, on s'occupe d'installer les chevaux !

La pilote approuve d'un signe de tête et donne les consignes. Tout va très vite, Béatrice est une habituée de la procédure, et l'intérieur de l'avion-cargo abrite une vingtaine de boxes vissés dans la soute. En un gros quart d'heure, il ne reste que Pépère, le dernier à être monté pour des questions de gabarit. Darling l'a précédé, la petite jument impétueuse a fait preuve d'une modération surprenante, même si Matt s'est chargé de chaque étape, malgré la fatigue qui le plombe.

La tâche terminée, le Général s'assoit au bord de la rampe d'accès de l'appareil, la jambe gauche étendue. J'entends sa respiration sifflante alors que je me trouve à plusieurs mètres de lui, à parler aux chevaux peu enclins à s'enfermer dans une boîte de métal.

Un autre bruit me pousse à me retourner, le rugissement des

moteurs qui nous ont tenaillés dans la forêt, si proche qu'ils couvrent les hurlements de la tempête qui frappe sur la tôle du hangar.

– Le temps que les turbines chauffent, il sera trop tard, fatalise Béatrice. Et rien ne dit qu'on pourra s'arracher du sol, le vent est toujours très fort !

Matt marmonne quelques jurons incompréhensibles et, dans un effort qui lui coûte ses ultimes ressources, il se force à redevenir le Général qu'il nous faut. Nous nous préparons à défendre l'endroit tant que la pilote le jugera nécessaire.

– Nous n'avons nulle part où nous cacher, conclut Matt.

– Alors je le tenterai, se résigne Béatrice.

Pour la première fois, il m'inclut dans son plan de bataille, et je me retrouve appariée avec Meg pour installer des charges explosives sur la porte arrière du hall au cas où l'ennemi initierait une percée par là. Alors que nous commencions à sécher, nous retournons sous la pluie. Elle continue de tomber dru, et le vent entraîne dans le ciel assombri d'énormes nuages qui ne semblent jamais finir.

Il est difficile d'imaginer qu'il doit être au maximum une ou deux heures de l'après-midi, tellement la luminosité est basse. Des dizaines de véhicules hétéroclites sont garés devant l'entrée, au-delà des grilles de l'aéroport, tous aux couleurs du HRR. Des soldats arborant les mêmes uniformes leur font face, et l'armée divisée est prête à l'affrontement. Et là, je prends l'ampleur du problème : ceux qui se trouvent de notre côté sont deux fois moins nombreux que ceux de l'autre camp et c'est sans compter sur l'équipement adverse qui comprend notamment une mitrailleuse lourde vissée sur un pick-up.

– Général, hurle une voix éraillée.

Je cherche à identifier la provenance, et remarque une activité accrue autour d'un des camions, dans lequel est installé un lit improvisé sous une bâche. Une forme allongée s'agite et continue à brailler son ultimatum dans un mégaphone :

– Général ! Rendez-vous ou je rase cet endroit ! Je veux vous voir crever le premier !

Une silhouette m'est familière, menottée à côté de l'Empereur fou. Nicolò ? Le sort de mon ancien petit-ami m'inquiète, mais pas autant que le marché que Matt risque d'accepter à cause de sa fichue loyauté. Après un rapide échange, j'abandonne Meg et ses explosifs, mes connaissances sont limitées au strict minimum sur ce sujet, et je ne lui suis pas d'une grande aide. De retour à l'intérieur, l'ambiance est tendue entre Matt et John, ce dernier étant du même avis que moi.

– Tu ne peux pas te rendre ! s'énerve-t-il.

– Je te l'ordonne pourtant ! rétorque Matt.

– Je n'en ai rien à foutre, je t'écoutais car je croyais en ce qu'on accomplissait, pas parce que tu arborais des étoiles de Général. Je ne vais pas laisser mon meilleur ami se sacrifier !

– Je suis déjà mort, répond Matt avec une étrange douceur.

John se détourne, comme s'il refusait de regarder Matt en face et d'en voir la terrible preuve dans ses yeux fatigués.

– Nicolò est avec lui, annoncé-je.

Les autres me dévisagent, étonnés. Je réalise que ma phrase manque de précision mais, à l'extérieur, l'Empereur fou débite une flopée de menaces qui expliquent tout :

– Je vous envoie un cadeau en guise de bonne foi ! Le HRR ne veut pas de sales parjures dans ses rangs ! Général, rendez-vous ! Et j'autoriserai votre avion de traîtres à partir ! Il n'y aura pas de nouvel avertissement !

– Béatrice, vous pouvez décoller ? demande Matt.

– Ça va secouer, je ne le conseillerai pas, mais perdu pour perdu ?

– Alors, tiens-toi prête.

– Mon ami, commence John avec calme. Je ne peux pas le permettre.

L'air sinistre du Général quand il le fixe en ferait reculer plus d'un. John ne moufte pas, et il relève même le menton dans une attitude de défi.

— Ne m'oblige pas à te mettre une branlée, remarque Matt. Encore.

— Oh que si, je n'attends que ça, fanfaronne John. Un mourant échouerait, ça te prouverait que tu as tort !

— Je t'ai toujours battu, rétorque-t-il avec un sourire en coin.

— Mais… il reste tant à accomplir, Vince et toi rétablissez à peine la grandeur du Grand-Duché.

— Personne n'est irremplaçable, relativise Matt. Cette maladie me ronge, chaque jour davantage. J'étouffe, ça m'oppresse. Tout le temps. Mon heure est venue.

Il répond à la question de son ami, mais c'est moi qu'il fixe en continuant :

— Et voilà que je me mets à chialer. J'ai peur. Mais c'est la chose à faire. Vince avait pensé que je partirais dans un éclat de gloire. Vous pourrez lui dire qu'il avait raison. Encore une fois.

Matt essuie une larme qui perle au coin d'un de ses yeux. Je pleure aussi, et je laisse mon chagrin couler sur mes joues alors que je me blottis contre lui, le Rocailleux, qui sent le tabac, la sueur et le feu et me protège depuis mon réveil. Il me tapote le dos :

— Ça va aller, gamine.

Les mains de John se posent sur mes épaules et Matt m'écarte doucement. John ne cherche pas à me retenir, plutôt à me communiquer sa résignation. Je m'appuie sur lui, observant la silhouette encapuchonnée du Général progresser seule sous la pluie, avec un léger boitillement à la jambe gauche. Quand ils l'aperçoivent sortir du hangar, les soldats se rangent en une haie d'honneur, des deux côtés de la rambarde, à attendre ce héros qui avance vers eux. Trois formes courent en sens inverse, une femme, un homme, et un enfant. Ils dépassent Matt sans un remerciement pour celui qui marche à la mort pour les sauver, et leurs pleurnicheries viennent gâcher cet instant dans lequel ils n'ont aucune place.

– Tu as ruiné ma vie, sanglote la femme.

Elle me ressemble tant, que c'en est troublant, une étrange impression de voir mon portrait tel que le miroir me le montrera à quarante ans. La même constatation déforme ses traits, l'épouse de Nicolò fixe son mari, dans l'attente d'une explication.

– Je ne t'ai jamais caché les raisons de mon attirance, se justifie-t-il.

Dan et Michael les fouillent et les embarquent vers l'appareil, étouffant les remarques acerbes qu'ils s'échangent. Je voudrais accompagner Matt, au moins par ma présence, mais le vrombissement de l'avion nous presse, John et moi. Erin nous attend pour fermer le sas principal.

– Les autres sont à bord, dit-elle à notre arrivée.

Je remonte la cabine plongée dans l'obscurité. Les mines sont sombres chez mes compagnons qui terminent de s'attacher. Nicolò tente de rassurer sa femme, qui me fusille du regard tout en brossant les cheveux de sa petite qui sanglote entre ses genoux. De leur côté, Meg veille sur le sommeil de Nat. Je ne peux pas rester là dans cette ambiance si pesante !

J'ignore l'air interrogatif de Béatrice, et de son copilote auquel je n'ai pas été présentée, et je m'octroie le strapontin derrière eux, le casque sur les oreilles comme dans les films. Au moins, ici, je peux continuer à soutenir Matt, visible à travers le pare-brise. Il est arrivé à hauteur de la grille et avance désormais au milieu des soldats fidèles à l'Empereur. Ils jettent ses pistolets loin dans l'herbe et l'entraînent en direction du camion où se trouve Keller. Un véhicule les masque un instant… et l'extérieur se transforme en un champ de débris incandescent.

Le bruit de l'explosion est assourdissant, malgré la protection du casque, et fait vibrer la carlingue de l'appareil dont Béatrice vient de lancer les moteurs à fond. La force d'accélération nous plaque contre le siège. Mais je n'ai d'yeux que pour l'endroit où se tenait Matt, devenu un cratère. Toute la brutalité de la scène m'apparaît quand nous filons à côté, et je garderai à jamais en mémoire cette seconde où j'ai pu voir les corps brûlés au milieu des carcasses déchiquetées, avec la terrible certitude que l'un d'eux est Matt, mon protecteur. Nous décollons et l'horreur du monde disparaît dans les nuages et les hennissements déchirants de Darling.

Ce voyage qui nous a pris un mois à cheval est terminé en moins de deux heures. Et encore, la dernière demi-heure ne sert qu'à rassurer l'aéroport de Nancy qui panique à l'idée qu'un avion du HRR non annoncé veuille atterrir sans le Général à son bord pour donner le bon code d'autorisation. Mais je n'ai pas eu besoin d'aussi longtemps pour décider de mon futur. Je me détache dès que nos roues touchent la piste, et je suis la première à descendre.

Je m'enfuis, j'abandonne Nicolò, qui relève la tête au-dessus de sa jolie épouse éplorée et de sa fillette, je laisse Meg qui tente de plaisanter avec Nat qui endure le martyre et John, qui me sourit, pâle copie de Matt, mon protecteur.

Le Duc est dans le comité d'accueil, pas aussi droit et fier que d'habitude dans ses bottes de cavalier, les doigts un peu trop rigides sur l'épée et les yeux rouges. Je marche vers lui, motivée par la mission qui m'a été confiée. Un de ses gardes du corps m'arrête, d'une main posée sur ma poitrine.

— Ça ira, ordonne-t-il d'une voix fatiguée. Vous ne reconnaissez pas Léa ?

— Vince, nous devons parler.

Il lève un sourcil quand je choisis d'utiliser son prénom, non pas qu'il soit outré, il m'a lui-même autorisé cette familiarité. Non, je lis sur son visage de la surprise, voire du respect.

Nous nous éloignons de quelques pas, le temps pour moi de sortir mon cahier sur lequel j'ai travaillé durant le voyage du retour.

— J'ai ça pour toi, la clé de décryptage est à l'arrière de la couverture.

— Que s'est-il passé ?

Il lit en diagonale quelques pages, mais seuls les détails sur la mort de son ami l'intéressent pour l'instant. Je lui explique notre incursion au HRR, la trahison de Nicolò, terminée par l'héroïsme du Général, le tout d'une manière très factuelle, pour éviter de sombrer dans une nouvelle crise de larmes.

— Matt s'est sacrifié pour un idéal, il croyait en ce pays. Honore son héritage.

Vince me transperce de ses yeux bleus, imperturbable, avant d'approuver de la tête. D'un geste élégant, il m'invite à revenir vers son escorte, où l'attendent nos montures, dont Pépère, qu'un soldat est en train de finir de seller.

— Nous avons récupéré l'UCC, m'apprend-il.

— Et ?

Je vérifie que mes effets ont été chargés dans mes fontes, ainsi que la tension de la sangle, pas encore décidée à grimper en selle ou non.

— « Léa. Je t'aime, mais ce monde n'est pas fait pour toi. Dors, ma douce. Et oublie-moi. Nicolò - 1er décembre 32. »

— Et voilà où nous en sommes… Incapables de s'oublier, et pourtant séparés à jamais.

Mon regard glisse sur l'intéressé et sa famille qui sont conduits en direction d'un bâtiment administratif.

— Est-ce qu'il aura droit à l'asile ? demandé-je.

J'ignore pourquoi mon cœur continue à s'inquiéter de son sort après la façon dont il m'a traitée. Je ne suis qu'une idiote ! Cependant, malgré ses erreurs, je ne peux le nier, j'aime Nicolò et Nicolò m'aime, ce lien indéfectible perdurera même si son unique acte d'égoïsme nous a définitivement éloignés. Peut-être qu'un jour, dans une ou deux décennies, nous pourrons redevenir amis.

— Est-ce que tu le veux ?

Je valide en silence.

— Alors oui, me confirme Vince. Nicolò se trompe, ce monde t'appartient, Léa. Tu es exactement la fille que Matt aurait désiré avoir, si elle avait eu la chance de grandir.

— Je l'ai compris, et j'en suis fière, j'aurais aimé l'avoir comme père. Est-il trop tard pour prendre la route ?

Le soleil frappe en cette fin de journée comme un mois d'août au milieu du désert du Sahara.

— La canicule est là, confirme Vince. Si tu voyages de nuit, et sais où trouver des points d'eau, la pleine lune devrait t'aider à rejoindre Renée. Mais ses réserves ne tiendront pas cet été, ni pour toi, ni pour ton cheval.

Je souffle, d'un sourire triste, bien sûr qu'il connaît l'endroit où se cache sa mère. Dans l'avion, la décision me semblait évidente : l'exil pour faire mon deuil, à la fois de mon amour perdu et de mon protecteur. Le calme de la maison de la vieille dame me paraissait le lieu idéal. Quelle idiote, inadaptée au post *Big Hot* ! Prise dans ma douleur, j'en avais oublié la dure réalité de ce présent, qui va m'obliger à rester, et à affronter la pitié des autres.

Je n'ai pas encore assimilé cette idée qu'une furie sombre me dépasse au grand galop. Darling vient de revendiquer sa liberté, elle disparaît à l'horizon, sur ce chemin que je rêvais d'emprunter, vers un futur incertain.

Cette sortie remarquée a attiré l'attention, qui glisse vers moi. Je ne détecte pas de jugement chez mes compagnons de galère, juste l'assurance qu'eux, ils ne m'abandonneront pas. Chacun à sa façon, d'une moue boudeuse, d'un air amical, ou d'un fredonnement encourageant. Nat pousse Meg en ma direction, si fort que le pauvre jeune homme manque de s'étaler sur le macadam, au grand amusement de Michael et d'Erin. Il marche quelques pas et s'arrête à prudente distance.

Je me retourne, vers là où Darling a fui, l'indépendance, la solitude, sans doute la mort. Et de l'autre, l'amitié, peut-être l'amour, en tout cas une seconde chance avec Meg. Et Vince, l'ami d'enfance de mon protecteur, un pays à défendre, selon les volontés de Matt, l'héritage du Général...

Je soupire, vaincue.

– D'accord, je reste…

Le Duc pose sa main baguée sur mon épaule, un pâle sourire aux lèvres. En réaction à ce signal, et ignorant le protocole ou les gardes du corps, toute la troupe afflue. Ils viennent pour me serrer dans leurs bras, me frapper dans le dos, ou me tapoter le dos. John, Meg, Yuan, Erin, Nat, Dan, Michael… Le dernier à s'avancer est Meg. Dans ses yeux verts, je perçois une nouvelle détermination, ainsi qu'une question silencieuse. Il m'interroge à propos de cette promesse de ne jamais rien tenter, je l'en délivre d'un hochement. Ses traits s'illuminent, il comble le mètre qui nous sépare et m'accueille dans la chaleur de son étreinte. Je lui rends son câlin, pour la première fois capable de l'accepter sans arrière-pensée.

Demeurer pourrait avoir ses avantages…

Épilogue
Léa

5 janvier 2055

Dix mois sont passés depuis que Matt s'est sacrifié, douze que je suis sortie de cryo dans la grange des Bugs.

Le Général de l'armée ducale a eu droit à des obsèques nationales, une boîte vide a eu l'honneur des salves de canon car le HRR n'a pas répondu à nos demandes de récupérer son corps. Mauvaise volonté, ou problème d'organisation, difficile à dire, leur Empire frémit encore des conséquences de la mort de leur Empereur et du coup d'État à l'aube du début de la canicule. Leurs velléités d'expansions sont oubliées, et la Suède a déplacé ses troupes loin de nos frontières, ses dirigeants craignant de subir un traitement similaire à Keller. John s'est vu confier les étoiles de Général, et tente avec Michael, promu aide de camp, de se montrer digne de son prédécesseur.

Nicolò a obtenu l'asile, ayant prouvé sa volonté de rédemption. Il travaille depuis peu aux cuisines du Palais pour remplacer Véronique, absente pour un heureux événement. Le transfert m'a paru logique, et je n'ai pas mis de veto quand il m'a été demandé mon avis à ce propos. Il apporte un raffinement certain, utile pour éblouir les invités et faciliter des négociations lors des visites officielles. Il restera en poste, même au retour de la nouvelle maman, car ils se complètent bien. Les rares fois où nous nous sommes croisés dans les ors des couloirs, notre salut a été emprunté et les regards fuyants. Mais je reconnais sa façon de dresser mes assiettes quand mon repas m'est livré dans mon bureau. Il nous faudra peut-être moins que quelques décennies pour que nous décidions de nous reparler.

Je revois moins souvent les autres. Nat s'est rétablie de sa blessure sans séquelles, elle a plaqué Meg dès sa sortie de l'hôpital, avant d'être mobilisée avec Yuan et Dan sur nos frontières sud durant l'automne. J'ai discuté avec Erin la semaine dernière au stand de tir après une leçon avec Pépère. Notre snipeuse demeure fidèle à elle-même, elle m'a prodigué des conseils pour améliorer ma position sur la selle sans évoquer son quotidien ou le passé.

Quant à Meg, si les médias sociaux existaient encore, mon statut serait en « c'est compliqué », de ma faute principalement. Mais nous progressons, mon rouquin préféré est adorable, le meilleur ami qu'une fille au cœur brisé puisse espérer. Il me fait rire, m'emmène découvrir les coulisses festives de Nancy, et son insouciance m'aide à guérir.

Nous avons échangé quelques baisers timides la semaine dernière et je le soupçonne d'avoir prévu un dîner ce soir pour fêter ma sortie de cryo, que je considère plus importante que mon anniversaire de juin qui ne représente rien.

Peut-être que je suis enfin prête à laisser quelqu'un d'autre entrer dans ma vie. Peut-être…

Il faut dire que je suis très occupée, Vince m'a confié l'analyse des données de leurs services secrets et, à terme, je remplacerai Matt sur cet aspect de son poste même si j'ai énormément à apprendre avant de gérer notre réseau d'espionnage. J'ai aussi pu tenir ma promesse d'aider l'intendance, mon avis est souvent sollicité quand il est question d'un processus qui pourrait être optimisé au sein du Grand-Duché. Le travail ne manque pas et chaque journée apporte son lot de problèmes mathématiques à résoudre, pour mon plus grand plaisir !

Le Duc m'a confortée dans mon niveau 1, et beaucoup me considèrent comme la troisième tête pensante du gouvernement. Aux yeux des citoyens du Grand-Duché, je suis la fille adoptive de Matt, et j'essaie de m'en montrer digne, malgré l'ampleur de la tâche.

J'ignore ce que le futur me réserve, mais Matt avait raison. À défaut d'un petit-ami, j'ai trouvé ma place dans ce monde. Merci à toi, mon protecteur, pour tout ce que tu as accompli pour moi, et d'avoir remplacé ma famille. Sans toi, je serais restée cette gamine effrayée et j'espère que, peu importe où ton âme s'est envolée, tu reposes en paix.

Pour la première fois depuis ma sortie de cryo, je me sens pleinement réveillée.

Remerciements

Et voilà, c'est la fin ! Merci à vous d'avoir chevauché aux côtés de Matt, Meg, Léa, et même Nicolò jusqu'à leurs réveils.

En premier, abordons cette question qui m'a été posée fort souvent par les premières personnes qui ont découvert l'histoire : est-ce que je prévois une suite ? Je vais répondre un peu comme pour *Notre éternité pour harmonie*. La quête amoureuse de Léa s'est achevée, pas forcément de la façon dont elle l'espérait, mais le mystère est résolu. Donc non, pas de tome 2 caché.

Néanmoins, j'ai créé un univers, et je pourrais un jour y revenir. J'ai laissé certaines portes mal verrouillées, dont je garde la clé jalousement ! Mais ce n'est pas programmé dans l'immédiat, et l'ordre de mes futurs projets dépendra de la demande (un peu comme j'ai fait *Doutes* et *Destinée* pour *Libertas*). Alors si vous avez adoré, postez sur les médias sociaux, parlez-en à vos amis, et commentez sur les plateformes. Ou attendez juste que j'y retourne par nostalgie, mais ça risque d'être long !

Surtout que ce roman date de six années, je le confesse.

Il appartient à ces projets que j'avais abandonnés dans un tiroir virtuel durant cette période où j'écrivais pour moi et mes proches, ne sachant trop où mon aventure livresque me mènerait. La première version terminée remonte à février 2020, mais j'ai effectué une importante réécriture en 2024, qui a vu notamment l'arrivée du journal de Nicolò. L'histoire prend ainsi une tournure plus psychologique et romantique, même si je conserve 90% du texte original. Pour vous donner une idée : la complicité entre Meg et Léa était initialement secondaire, Léa avait une attitude bien moins volontaire face aux événements, et Nicolò n'était qu'une vague présence parfois citée par Léa (et il n'était pas Italien, se prénommant Nick, les fans de *Libertas* reconnaîtront l'influence).

Du côté des inspirations, il me faut citer en premier *Red Dead Redemption 2* de Rockstar Games (sorti en 2018), Matt ressemble beaucoup à Arthur Morgan, hors-la-loi malade sur la fin de sa vie engagé sur la voie de la rédemption. Vince tire certains traits du personnage de Bass Monroe, de la série postapocalyptique *Revolution* créée par Eric Kripke. D'ailleurs, l'amitié entre Matt et Vince n'est pas sans rappeler celle chaotique de Bass et Miles. Voilà ! Pour le reste, j'ai essayé d'imaginer notre Lorraine chamboulée, et j'ai sans doute une bonne dizaine d'autres livres, shows TV, ou jeux vidéo qui se sont greffés de manière inconsciente.

Merci à mes parents, éternels soutiens. J'ai mis le temps pour revenir à la création artistique, mais voilà, je suis en plein dedans. Nous verrons où cela me mène, je sais de qui tenir, et vous m'avez donné la motivation de ne rien lâcher !

Merci à ma famille, mon mari, qui encourage ma folle aventure dans les mots, et mon fils, que ça intéresse de plus en plus. Aucun n'aime lire de romans, mais vous êtes toujours là. En plus, peut-être un jour y aura-t-il un film ou une série (que serions-nous sans nos rêves ?). En attendant, je leur raconte dès que j'en ai l'occasion et ils vivent à travers mes récits !

La même équipe a œuvré comme pour les autres titres sortis en autoédition depuis fin 2023, ma maman à la relecture, puis Marine au suivi éditorial. La couverture ainsi que les éléments de mise en page ont été réalisés par Caroline. Je suis super heureuse de pouvoir compter sur vous ! Merci de me supporter, je ne m'excuserai jamais assez de vous embêter pour des détails, mais je suis, et je reste, perfectionniste !

Merci à vous, mes lecteurs et lectrices, qui me suivez, des salons aux médias sociaux. Je vous cite dans les posts que je partage après chaque événement. Merci. Merci mille fois ! Merci aussi à vous, chroniqueurs et chroniqueuses, qui parlaient de mes sorties à chaque fois.

N'oubliez pas, un petit retour, une note, ça change tout pour l'édition indépendante. Ou ne serait-ce qu'un email ou un DM, j'ai hâte de pouvoir discuter avec vous de mes personnages !

Je vais conclure avec une pub rapide si vous avez envie de découvrir d'autres de mes titres dystopiques. En premier, un autre de ces romans qui date de 2020, *Notre éternité pour harmonie*, avec des vampires. *Futur à l'abri*, se déroulant dans une société de jumeaux avec des rebondissements temporels. Ou, si vous préférez la romance, pourquoi ne pas vous envoler vers *Libertas* ?

Alors, à tout bientôt, dans ce monde, ou un autre !

Pour conclure

Si vous avez apprécié, pourriez-vous prendre
le temps d'écrire un commentaire ?
bit.ly/Lejourdenotrereveil

En tant qu'auteure indépendante, c'est l'un
des meilleurs moyens de trouver de nouveaux lecteurs.

Merci par avance !

Retrouvez mes autres livres
et restez en contact via onidra.fr.

Table des matières

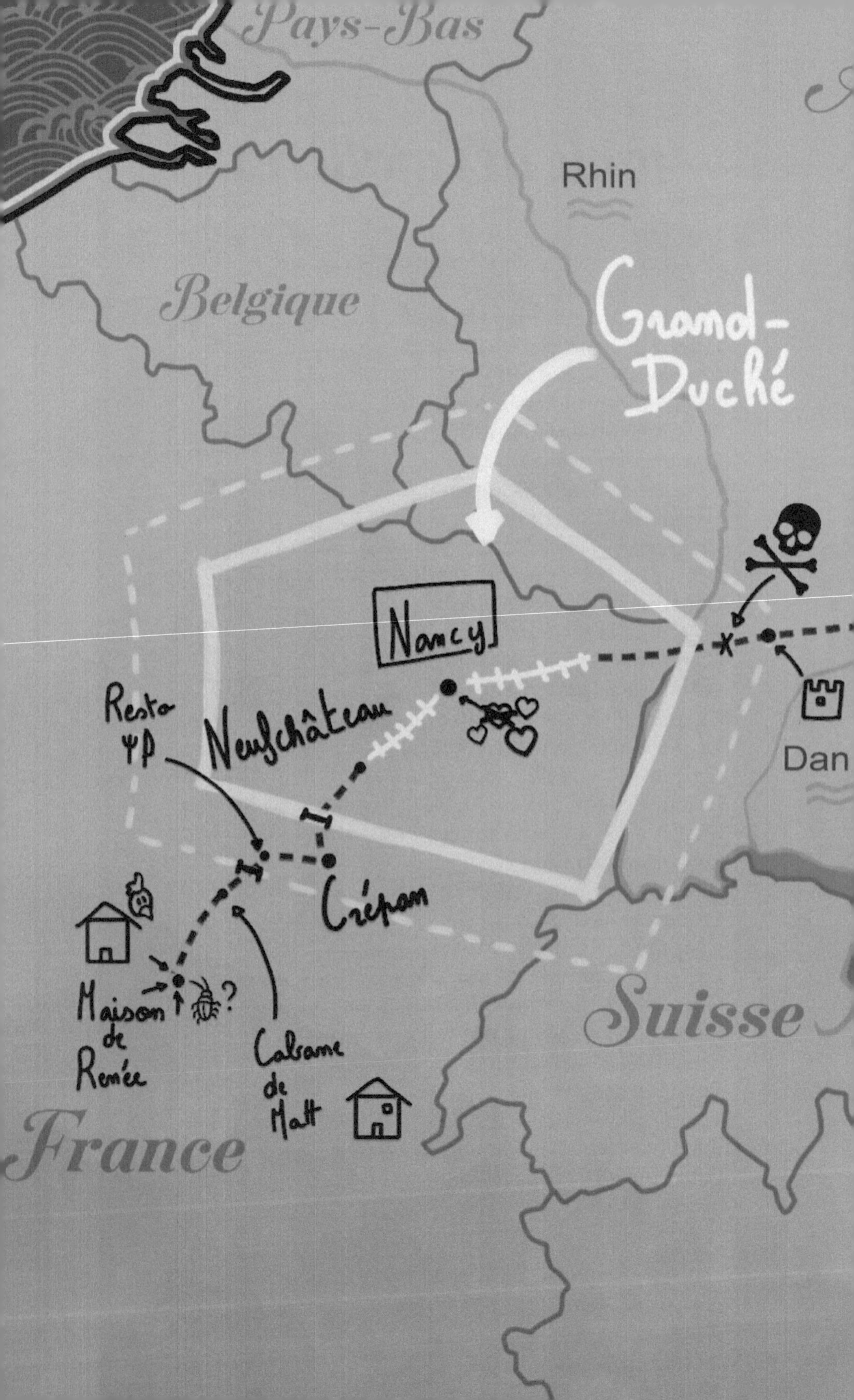

Pays-Bas
Rhin
Belgique
Grand-Duché
Nancy
Resta
Neufchâteau
Crépon
Dan
Maison
de
Renée
Cabane
de
Matt
Suisse
France

magne

N

O

E

S

Tchéquie

lage

"Henny"

Gare

Nouvelle-Vienne

HRR

Centre de commandement du HRR

Autriche

Slovénie

Croatie

lie

www.ingramcontent.com/pod-product-compliance
Lightning Source LLC
LaVergne TN
LVHW091036080826
845145LV00002B/513